書下ろし

サイバー戦争の犬たち

一田和樹

祥伝社文庫

目次

プロローグ

「就寝《しゅうしん》中に恐れ入りますが、緊急事態が発生した模様です」

聞き慣れた女の声で目が覚めた。目を開けたが、朝の光がまぶしくてすぐに閉じる。何度か瞬《まばた》きをするうちに慣れてきた。壁の時計に目をやると、朝の七時だ。起きるにはまだ早すぎる。

ベッドの上で布団《ふとん》にくるまったまま声のした方に目をやると、開けっ放しのドアの向こうのリビングで、綾野《あやの》ひとみがこちらに背中を向けて、ちゃぶ台でなにかやっているのが見えた。肩越しにノートパソコンの画面が見えるから、ネットでも見ているんだろう。

緊急事態ってなんのことだ？　嫌な予感がする。

白いシャツにジーンズという姿の綾野は、頭をかきながらぶつぶつつぶやいている。肩に触れるくらいの長さの黒い髪に、細身ながらも肉付きのいい身体《からだ》。

しどけなく乱れたシャツからのぞく肩には、離れたところからでもはっきりわかるほどの噛《か》み痕《あと》がついている。病的に白い肌に赤く浮き上がった痕から、しばらく目を離せなくなった。歯に当たる肉の感触や綾野の反応がまだ頭に残っている。綾野の全身を噛みまくった。特に耳は血が出るほど噛んだ。泣きながら声をあげるあいつは、ひどくいやらしく見えた。

「佐久間尚樹《さくまなおき》って誰でしたっけ？　かわいそうに、いいように個人情報さらされてます。ちょっとした人気者です。ツイッターのトレンド入りするかもしれませんね」

個人情報をさらされてる？　どういうことだ？　それに、「佐久間尚樹」って、オレの名前と同じなんだけど。別人だと思いたいが、この状況では間違いなくオレのことだろう。

「なにが起きてるんだ？」

アドレナリンが全身を駆け巡る。覚醒《かくせい》したオレは飛び起きてリビングに向かった。

「あなた様の個人情報が次々とさらされて、祭り状態になっているようです」

心臓が止まるかと思った。オレがちゃぶ台につくと、綾野は無言でタブレットを差し出した。掲示板やらフェイスブックやらツイッターに、オレの個人情報が流れている。どうなってるんだ？

「いったい誰がこんなことしやがった？　そうか！　あいつらか！」

「ざっと見た範囲では、ツイッターであなた様の過去のサイバー犯罪や女癖の悪さを、個人名をあげて攻撃するアカウントが複数、存在しています。自宅の住所や勤務先、あといやらしい生写真や、頭の悪そうなプリクラも流れています。同じく匿名《とくめい》掲示板やフェイスブックでも、情報をさらして攻撃している人がいます」

綾野は、画面を指さして解説する。そんな解説いらねえ。致命的《ちめいてき》な状況だってことは充分わかった。それにしても写真までさらされるとは容赦《ようしゃ》ない。

「写真だって？　くそっ、なんてことしやがるんだ」

「自業自得《じごうじとく》とも言います。あなた様がやってきた悪行ですからね。クソ女とプリクラなんか撮ってやがって」

オレとお前は付き合ってるわけじゃないだろう、と言いかけてやめた。それを言うと別のトラブルが噴き出しそうだ。目の前のトラブルを解決するのを優先しよう。

「日本語おかしいぞ」

「やったんですよね？　犯罪も女性も」

綾野は確認するように、オレをにらむ。コケティッシュな整った顔。ぷっくりした唇《くちびる》には怒っていても色気がある。オレが他の女とやってたことがわかってむかむかしているのはわかるが、それどころじゃない。

「だからって、情報さらしていいってことにはならないだろ。日本でセックスしてるヤツはたくさんいるけど、そいつらのセックス画像をネットにアップしていいってことはない」

「なるほど、まあ理屈ですね。ところで、殴《なぐ》っていいですか？」

「なんで？　オレは忙しいんだけど。なんとかしなきゃ」

「悪行は報《むく》いを受けます。『南総里見八犬伝《なんそうさとみはっけんでん》』の仁《じん》・義《ぎ》・礼《れい》・智《ち》・忠《ちゅう》・信《しん》・孝《こう》・悌《てい》ってわかりますか？」

「なに言ってるのか、さっぱりわからない。後にしてくれないかなあ」

「すぐにそうやって、わからないふりしてごまかすんだから」

いや、『南総里見八犬伝』なんて江戸時代の物語なんか持ち出されても、わかるわけないだろ。

「ヤバいな。これって警察や会社にもばれてるよな。もしかして、逮捕されるかもしれない。どうしよう」

「自業自得です。じごうじとく。大事なことなので二度言いました」

要するに因果応報《いんがおうほう》って言いたいのか？　世の中はアンフェアだ。因果応報ってのは、甘い汁を吸ってるヤツが負け犬を嘲笑《あざわら》う時に使う言葉だ。オレは負け犬じゃねえ。

「だからそういうのは、もういい。片《かた》っ端《ぱし》から運営にデマだって連絡して、消してもらうなり、アカウントを停止してもらうなりしなきゃ。ここまでやられたら、もう会社には行けないな。用意しといた退職願いをメールで送ろう」

オレは壁際の机に移動し、自分のパソコンに齧《かじ》りついて、ネットをチェックした。悪夢のような光景が画面に広がる。

「なにかお手伝いしましょうか？」

綾野が後ろからのぞき込んでくる。手伝ってくれるのは助かると言おうと思ったとたん画面に現われた表示を見て血《ち》の気《け》が失せた。

「あれ？　オレのアカウントが使えなくなってるんだけど。ツイッターもフェイスブックも凍結《とうけつ》されてる。どういうことだ？」

「乗っ取られたか、利用停止にされたかですね」

「くそっ」

嫌な予感がする。ものすごく嫌な予感。もしやと思って、他のサイトにログインしようとして、もっとヤバイことに気がついた。

「ネットバンキングも使えないって、すげえ困るんだけど。ログインに一定回数失敗すると一時的に凍結されるって、安全なんだろうけど、すごく不便だ。誰でも簡単に、オレのアカウントを止められるじゃん」

やられた……金が使えない。

「敵の仕業《しわざ》ですね。通常、ログインの失敗だけならATMは使えるはずですけど、おそらく敵はなりすまして口座そのものを解約したりして、完全に使えなくしていると思います。全額不正送金されてる可能性もありますね。それくらい徹底的にやるでしょう。お金ないのはかわいそうです。ご飯くらいならおごってあげます」

全額不正送金と聞いて頭が真っ白になった。多要素認証使っているし、そこまでできるはずがないと思ったが、攻撃手法がないわけじゃない。綾野の言う通り、ここまでやる相手ならとことんやるだろう。

「涙が出るほどうれしいね。いや、ほんとマジで」

銀行口座が使えないとなると、手持ちのキャッシュでしのぐしかない。クレジットカードだってすぐに停止されるだろう。

「なりすましのツイッターアカウントが複数できてますね。勝手に佐久間尚樹を名乗って、あなたのリアルの知り合いをフォローしてます。〝事情があってアカウントを新しくしました〟って挨拶《あいさつ》してますよ。古いアカウントは停止されてるから、バッチリのタイミングです」

綾野がタブレットを操作しながらつぶやく。

「ニセ者まで出てきたのか、くそっ」

ものすごい勢いで状況は悪化している。あいつらに攻撃を仕掛けたのが、まずかったに違いない。こんな形の反撃をされるとは、予想もしていなかった。オレを直接攻撃してくるくらいだろうと高《たか》をくくっていた。

「単純で簡単な解決方法があります」

綾野が、突然うしろからオレに抱きついてきた。

「教えてくれ」

「一緒に死にましょう」

「はあ?」

「死ねば全てチャラになります」

「オレはそういうことはしねえ」

こいつはなにかあると死にたがる。一部で根強い人気のある希死念慮《きしねんりょ》ってヤツだ。悪いがつきあえない。

綾野はため息をついてオレから離れ、しばらく黙っていたが、やがて恥ずかしそうに口を開いた。

「あたしの家においでになりますか?」

「お前んとこ?」

確かに個人情報がさらされている今、この部屋にいるのは危険だ。

「あたしの予想では、宅配ピザが山のように届くと思います」

あり得る話だ。インターネットで匿名の生放送をしている素人《しろうと》が身元を特定されて、いやがらせに宅配ピザや出前を注文されることはよくある。だが、それよりもっとヤバイことがある。

「昔のオレの客や、攻撃した相手が、オレを狙ってくるかもしれない。ここにいると危ないってのは確かだ。でも、お前のとこに行っていいの?」

「散らかしておりますし、定位置があるので、それを守ってもらえれば」

「定位置?」

「物を置く場所を決めているんです。傘はここ、マウスはここ、という具合に。場所が変わると不便です」

冗談《じょうだん》かと思ったが、真面目《まじめ》な顔のままだから、きっと本気なんだろう。定位置をそんなに大事にする人間がいるとは知らなかった。

「それくらいは大丈夫だ」

意外に神経質なのかもしれないとちょっと心配になったが、背に腹はかえられない。オレは急いでパッキングした。当座の着替えと、パソコン数台だけでいい。支度《したく》ができるとすぐに部屋を出た、二度と戻ってこられなかったら嫌だなと思いながら。

サイバー戦争の犬たちは、そんな風にオレを襲ってきた。

第一章　ジャスティス・ゼロ

「……うるさい」

　音を立てないようにしていたつもりだったが、耳障《みみざわ》りだったらしい。床の寝袋から声がした。机の陰で顔は見えないが、声で社員の山岡《やまおか》だとわかる。

「すみません」

　いちおう謝ったが、どう考えても平日の朝十時に会社で寝ている方が悪い。ここはキャンプ場じゃない。だが、そんな理屈や常識はここでは通用しない。末端の仕事には末端の常識がある。それによれば徹夜で床に寝ているヤツが正義なのだ。くだらねえ。

　オレは小さなウェブ制作会社で働く派遣《はけん》社員だ。この手の仕事の朝は適当だ。始業時刻は決まっているが、誰も定時には来ない。十時までに出社すると、真面目《まじめ》なヤツと思ってくれるし、社員が全員そろうのは夕方になってからだ。当然、深夜まで働くことになる。

　主にサーバーのシステム開発をやってる連中がひどい。さっきみたいに床で寝ていたりする。

忙しい時は、ふたつしかない会議室のひとつが仮眠室になるのだが、それでも足りないことがあるし、女性社員に会議室を占領されてしまうこともある。女性が泊まり込みで仕事というと驚く人がたまにいるが、ここでは珍しくない。

ついでに言うと、オレは徹夜は効率よくないと思っている。普通に朝から夜まで働いた方が絶対効率がいい。会社に泊まって昼まで寝て、睡眠《すいみん》不足でぼんやりして仕事していい結果が出るわけない。

でも、泊まり込みや徹夜は、仕事をやってる感じを与えてくれるし、夜中につるんでコンビニに出かけたりすると、修学旅行気分みたいに妙《みょう》にハイになってくるようだ。一度やるとクセになる。

ありがたいことに底辺の派遣社員のオレは、そこまでしなくていい。決まった時間に席につき、与えられた仕事をこなし、決まった時間に帰るだけだ。

その日も九時に出社し、社員が書いた指示をコンピュータのコードに書き換えるだけの簡単な仕事をこなした。プログラミングというとすごそうに聞こえるが、こんなのは小学生だってできる。自然とヒマな時間ができるが、だからといって映画を観にいったり、酒を呑《の》んだりするわけにはいかない。派遣社員は時間で拘束《こうそく》されているのだ。

そんな時は海外のサイトをのぞいて情報収集にいそしむことにしている。想像もしなかったような攻撃方法やサイバー兵器が毎日のように出てくるのを確認し、場合によっては実際に利用してみる。

二〇一四年九月、十六歳の高校生があるゲームサイトにサイバー攻撃を仕掛けた罪で書類送検された。そいつは海外のサービスに千円くらい払って攻撃を代行してもらった。見事にそのゲームサーバーは停止状態に陥《おちい》った。腕ききのハッカーでなければできなかったことが、そのへんの子供にできるようになるのに時間はかからない。常に新しい技術を吸収し、使いこなしていかなければ腕ききではいられない。

その日は今年の頭に開催されたアメリカ政府向けの最新サイバー兵器の内覧会のニュースに目を奪われた。民間人は入れないし、メディアも基本はシャットアウト。だが、いくつかのネットニュースが内覧会に出席した関係者に匿名《とくめい》取材した内容を流していた。

注目を集めたのは、ソーシャルネットワークを利用したサイバー兵器だ。ツイッターやフェイスブックなどのソーシャルネットワークで公開されている情報だけでもかなりの個人情報を集めることができる。友人関係や職場関係などつながりのある人間がネットで公開している情報までカバーすれば日常生活の細部まで場合によっては把握《はあく》できる。行動の予測まで可能なものもある。

これに政府が保有もしくは入手できる詳細な情報をマッチングすれば、狙った相手を丸裸にできる。

いくつかの新しいシステムが紹介されていたが、オレの目を引いたのは『プロクルステスの斧《おの》』だ。このシステムの特長は、自動攻撃機能がついている点だ。攻撃対象（通常は政府や組織らしい）を決めると、そこに関係するあらゆる情報を収集、分析し、重要と思われる情報をネットにさらして相手にダメージを与える。ソーシャルネットワーク用のツールは情報収集と分析まで行なうのが普通だが、これはそこからさらに相手に直接的なサイバー攻撃ではない方法でダメージを与える。情報が暴露《ばくろ》されることもダメージだし、さらされた情報を元に勝手に攻撃する第三者が現われる可能性も高い。

情報がさらされただけでは精神的に傷つくだけと思うかもしれないが、このシステムには盗み出した情報をもとに相手が引っかかりやすい標的型攻撃を実行する機能がついている。これを使えば、成功確率の高い攻撃でパソコンやスマホを乗っ取ることができる。

標的型攻撃というのは特定の相手（政府、企業などの組織や個人）に対して行なわれるサイバー攻撃の一種だ。普通のマルウェア（いわゆるコンピュータウイルスなどの総称）のように、無差別に感染を広げるものとはちょっと違う。特定の相手を狙っているから、メールに添付《てんぷ》してマルウェアを送る際も、実在する取引先や社内の人間などを詐称《さしょう》し、いかにも本物っぽいなりすましメールを送って、感染させる。

考えてみてほしい。マルウェアに感染する可能性があるから、信頼できる相手以外から送られてきた添付ファイルは開いてはいけないとよくいわれる。しかし、本物の取引先から見積書が添付ファイルで届いたら開けてしまうだろう。直近のプロジェクト名や担当者の名前や連絡先までつけていたら、うっかり信用してしまうだろう。仮に気になったとしても、アンチウイルスソフトに引っかからなければ開けてしまいがちだ。そもそも添付ファイルを開けないと仕事にならないことだって少なくない。

さらされた情報が銀行口座やクレジットカードのＩＤとパスワードだったら？　銀行口座のネットバンキングとクレジットカードは一時的に使用停止になる。対外的な決済を行なうことができなくなる可能性もある。自動引き落としや定期的な自動振り込みの設定を変更されたら取引不能に陥る。

あるいは、所属する企業や組織の内部連絡網にログインするＩＤとパスワードだったら？　社内連絡網が途絶《とだ》えたら業務は滞《とどこお》るし、ミスも多発するだろう。

すぐに思いつくものでもこれだけある。おそらく潜在的にはもっと破壊的なことができるだろう。

オレの知る限り、ソーシャルネットワークは情報収集の手段としてよく使われるが、サイバー兵器として攻撃に使われたことはない。『プロクルステスの斧』が最初になるのだろう。嫌な世の中になったものだ。おちおちツイッターもしてられない。

そんな感じでだらだら仕事をしているうちに夕方になった。帰る時間だ。決して仕事をさぼっているわけじゃない。手際《てぎわ》がいいから早く終わって自由な時間ができてるんだ。仕事が立て込んでくると残業を頼まれることもあるが「派遣会社の規定でできない」と断わるようにしている。派遣会社にも残業はできないと伝えてある。それが原因で契約を切られることもあるが、それは仕方がないと諦《あきら》めている。なにしろオレの収入の大半は派遣以外の仕事のものなんだから。

定時に退社して家に戻ると、仕事の依頼のメールが届いていた。昼の仕事が終わってからの秘密の裏稼業《うらかぎよう》、『ネットのなんでも屋ゼロ』。カッコよく『サイバー仕掛け人ゼロ』と呼ばれることもある。要するに、ネット上のことなら、なんでもお手伝いする便利屋。特に人気があるのは、ネット復讐《ふくしゆう》サービスだ。

基本パッケージは、三点セットになっている。依頼者が相手の情報をどれくらい持っているかにもよるが、これでだいたい五万円から十万円だ。

・復讐する相手の個人情報の調査
・復讐する相手の人間関係など相手の弱点の調査
・復讐する相手の秘密や個人情報のネットでの暴露
憎しみが深い場合は、係累《けいるい》、家族や現在つきあっている相手など関係する人間の個人情報までさらす。

その日の依頼は、ツイッターで知り合った女にうまいこと騙《だま》され、貢《みつ》がされて、逃げられた復讐の代行だった。ちなみに、依頼者はその女と一度も会ったことがない。ＬＩＮＥ《ライン》でトークしただけだ。あとはツイキャスというネットの生放送で女がだらだら雑談しているのを聴いたくらい。

信じられないが、ネットで知り合っただけの相手、一度も寝たことのない相手に、ほいほい金を貢いだり、物をプレゼントしたりするヤツはたくさんいる。オレのところに来る依頼者を見ていると、そういうのばっかりと言っても言いすぎじゃない。

その依頼者は数百万円も女に貢ぎ、最後に女に逃げられたという。ありがちな話だ。犯罪ですらない。単に間抜けが金を巻き上げられただけだ。警察にもいけないので、オレのところに来た。

でも、依頼をそのまま引き受けるわけにはいかない。なにしろオレがやるのは違法行為なわけだから、それなりに気を遣《つか》う。

最初に依頼者の正体について調べる。メールでこっそりとマルウェアを送りつけてパソコンに保存されている情報を盗み出すのだ。無茶なことをすると思うかもしれないが、警察の囮《おとり》捜査だったり、同業のヤバイ筋《すじ》の人間だという可能性もないわけじゃない。念には念を入れないと生きていけない。

そのために新しく専用のマルウェアを作った。同じマルウェアは二度と使わない主義だ。昔は専用のマルウェアを作るというと、腕ききハッカーしかできないイメージがあったが、最近は開発キットというものがある。アンダーグラウンドマーケットで評判のよい開発キットを仕入れて、目的や用途に合わせたマルウェアを新しく作り出せばいい。メニューから「感染方法」、「通信方法」などを指定するだけで完成する。ワープロやお絵かきソフト並みの簡単さだ。それで世界のどこにもないオレ専用の新型マルウェアができる。

もちろん、開発キットだから完全にオリジナルではなく、原型になるマルウェアに手を加えて新しいものを作るわけだ。セキュリティに関心のある人なら、ある時期からマルウェアに「亜種《あしゅ》」という言葉がついているのが増えたことに気がついているだろう。ひとつのオリジナルから派生して生み出されたマルウェアが増えたせいだ。

しかも開発キットは売って終わりじゃない。有料のサポートサービスを申し込んでおくと、使い方を教えてくれる上に、新しいマルウェアの原型を定期的に提供してくれる。至れり尽くせりだ。開発キットを作ってるのは腕ききなんだろうけど、自分でヤバイ橋を渡るよりも、ヤバイ橋を渡りたがってる連中にツールを売りさばいた方が安全で手っ取り早く金になると思ったんだろう。おそらくそれは正解だ。オレだって技術があったら、使う方じゃなくて道具を売る方になりたい。

二〇一五年十一月には、札幌《さっぽろ》の中学二年生が海外の掲示板で、ゼウスというマルウェアをサポートつきで一万円で販売していて逮捕された。それくらいお手軽になっている。

完成した専用マルウェアを依頼者へのメールに、『依頼確認書』という書類のファイルに隠して送ると、あっさり感染してくれた。

依頼者、唐沢秀俊《からさわひでとし》は都内のシステム会社に勤務しているごく普通の二十八歳の会社員だった。ちなみに、オレへの依頼メールでは、「ヤミカン」というハンドル名を使っていた。

唐沢のメールやツイッターの内容を見て、すぐに〝出会い厨《ちゅう》〟だとわかった。ネットで女を引っかけようとして、出会い系やツイッターなどでせっせと声を掛けまくっている。出会い中毒者という意味で、〝出会い厨〟と呼ばれている。

——会いたいでちゅー

――好きにゃん

という赤ん坊言葉とともに、アニメのスタンプが並ぶ依頼者のＬＩＮＥをながめた時、思わず殴《なぐ》りつけたくなった。そこまで女に媚《こ》びを売ってセックスしたいのか？　こんな頭の悪いメッセージで落ちる女がいるのか？

だが、過去のメールやＬＩＮＥを見る限りでは何人かの女とはセックスできたようだ。中には十八歳未満もいる。犯罪だ。開いた口がふさがらない。やる男もひどいが、簡単に股《また》を開く女もひどい。

いつだってどこにだって、やりたい男と股を開く女はいる。ネットがなけりゃ手軽に出会うことはなかった。ネットのおかげで、あっという間に出会ってやれるようになった。お手軽すぎる。

その手軽さが、こういう出会い厨の男を増やし、さらに男を食い物にする女も増やした。

どうしようもない出会い厨野郎《やろう》でも、金をふんだくられて逃げられたら頭にくるのだろう。

そもそもネットでまともな女をお手軽に手に入れようと思うのが甘い。唐沢秀俊という男は元から半端《はんぱ》な性格なのだろう。オレとの連絡のために、わざわざ新しいメールアカウントをヤフーで作り、ふだん使っているメールソフトで送受信せずにウェブメールを使っていた。素性《すじょう》を隠したいんだろう。慎重にやるなら、マルウェアに感染しないように気をつけろ。

もうひとつ仕事を受ける時の基準がある。あまりにも悪どい連中からの依頼は受けないことにしている。世の中には金にあかせて、他人を追い詰めて金を奪い取るヤツがたくさんいるが、オレはそれには加担しない。正義の味方を気取るわけじゃないが、寝覚めが悪くなるのは嫌だ。底辺には底辺の意地がある。

唐沢秀俊の身元も確認できたし、過去のメールから確かに女に騙されたこともわかった。問題ないだろう。そう判断して引き受けた。

仕事にかかろうとした時、スマホが鳴った。見ると綾野が、「行きたい」とメッセージを送ってきていた。迷ったが、仕事はすぐに終わると判断して、「いいよ」と返事した。あいつの場合、オレの家のすぐ近くまで来てから連絡してくるので断わりにくいってのもある。

断わったら家の前に一晩中座っていたこともあった。朝、会社に行く時、ドアを開けたら、そこにいたのでびっくりした。オートロックマンションのはずなのだが、なぜかこいつは簡単に侵入してくる。他の住人が入ってくるタイミングで一緒に入ってきたり、ドアの隙間《すきま》から紙を放り込んでセンサーを誤作動させ、オートロックを開けたりする。

やっぱり近くにいたらしく、すぐにインターホンが鳴った。あきれながら開けてやり、綾野を部屋に入れた。メッセージなんか送らずに、最初からインターホンをかけた方が早いんじゃないかと思うが、あいつなりの理由があるんだろう。

「仕事が終わるまで、ちょっと待ってろ」

そう言うと黙ってうなずき、床に座り込んだ。まるで野良猫《のらねこ》みたいだ。オレが机に戻って仕事を続けると、いつの間にか近くまで来てじっと見つめていた。ますます猫っぽい。だが、惑《まど》わされるわけにはいかない。

「なんだかクズいことしてますね」

綾野が笑ったが、オレは無視した。かまってちゃんの挑発《ちょうはつ》に乗って相手にするとキリがない。

相手の女のことでわかっていたのは、ハンドル名とメールアドレス、ツイッターアカウントの三つ。銀行の支店名からおおよその居住地を推定できる。東京都内だ。これだけわかっていれば女を完全に特定するのは難しくない。

そういうゲスな女は他にも同じことをやってるだろう。意外とリアルでは大人しくて目立たないタイプだったりもする。主婦って可能性もある。いずれにしても、相手の個人情報を盗み出して、ネットにさらせばかなりのダメージになる。ネットには正義の味方を気取って弱みのあるヤツを叩《たた》くのが好きな連中が腐《くさ》るほどいるから、ちょっと火をつけてやれば勝手に燃え広がる。炎上して相手はひどい目に遭《あ》う。

過去にそいつがカモにした男のメールアドレスを使い、スマホにメールを送ってデータを盗み出すアプリをインストールさせ、スマホの中身を写真から連絡先までごっそりいただいた。依頼者が女に教わった住所や本名はウソだった。女の本名は小木美里《おぎみさと》。過去の男たちとのメールや一緒に撮った写真を本名、職場、住所と一緒にさらしてやるつもりで用意した。正味二、三時間の仕事。ちょろいもんだ。

それから特にきわどいエロい写真と、小木の住所と本名をまとめて、いくつかの掲示板やクラウドサービスに昨晩掲載した。それで終了。簡単な仕事のはずだった。

翌朝目覚めたオレは、まだ眠っている綾野をベッドに残したまま、リビングに移動して朝食を用意した。

テレビをつけるとジャスティス・ゼロというハッカーの事件を報じていた。目立ちたがり屋がなにかやってると能天気に思った。やがて動画サイトにアップされたジャスティス・ゼロの動画が映された。といっても画面に映っているのは「ジャスティス・ゼロ」という文字だけで、音声が流れているだけなのだが。

＊

——インターネット利用者のみなさん。私の名前は、ジャスティス・ゼロ。もちろん架《か》空《くう》の名前である。インターネットの正義と自由のために、この名前を使うことにした。みなさんが利用しているインターネットがアメリカを始めとする各国政府機関によって盗聴《とうちょう》され、個人情報が蓄積《ちくせき》されていることをご存じの方も多いだろう。少しくわしい人なら、グーグル、マイクロソフト、フェイスブック、アップル、ヤフー、スカイプあるいは一部のプロバイダなどが政府機関に利用者の情報を提供していることも知っていると思う。二〇一三年に元ＣＩＡ局員でＮＳＡ（アメリカ国家安全保障局）契約者だったエドワード・スノーデン氏が告発したことで世界的に明らかになった。

半世紀前、アメリカ大統領アイゼンハワーは、軍産複合体（military-industrial complex）が影響力を増し、制御できない状態になりつつあるとアメリカ国民に警告した。

それから軍も産業も様変わりした。底辺からのしあがるために必要なものはサイバー戦闘能力と飽くことのない欲望だ。アメリカの支配者は軍産複合体から軍ネット複合体に変わった。

各国政府機関に協力、あるいは彼らをリードする形で盗聴などの監視を始めとする活動を行なっている『死の商人』たち、『サイバー戦争の犬たち』がいる。かつてのアメリカの軍産複合体にとって代わった軍ネット複合体の中心にいるサイバー軍需《ぐんじゅ》企業だ。

世界中にあふれるサイバー兵器の多くは、彼らの手によるものだ。二〇一三年三月に〝You Only Click Twice: FinFisher's Global Proliferation〟というレポートをトロントのシチズンラボが公開した。これによると、世界二十五カ国（日本も含まれる）に及ぶ国際的サイバー諜報《ちょうほう》活動が見つかったのだという。その中心になっていたのが、サイバー軍需企業ガンマインターナショナル社が開発したフィンフィッシャーというソフトだ。数多くの国で同社のスパイウェア、つまりマルウェアを、自国民や仮想敵国の関係者に感染させ、情報を盗み、監視するために利用している。

インターネットの正義と自由を守るためには、サイバー軍需企業の悪行を暴《あば》き、軍ネット複合体を潰《つぶ》さなければならない。

微力ではあるが、私はそのためにサイバー軍需企業ベータ社の内部情報を公開することにした。この資料には、彼らが開発、販売しているサイバー兵器の詳細と、各国政府機関との取引に関わる情報が含まれている。

この資料の公開によって、より多くの人々がインターネットの危機に目覚め、ともに声を上げて戦うことを望む。

＊

画面は情報を公開したサイトのURLのリストに変わった。ロールパンを齧《かじ》り、コーヒーを飲んでいるうちに妙な感覚にとらわれた。なにかがおかしい。でも、そのなにかがわからない。

〝正義の味方〟のメッセージを紹介した後で、ニュースキャスターが説明を始めた。

「昨夜遅くに、ジャスティス・ゼロと名乗る人物がネットに声明文を公開しました。一緒に米国ベータ社の機密情報がインターネットに掲載されており、その内容に関係機関は騒然となっています。同社は米国国防総省や国家安全保障局などを顧客《こきやく》とするサイバーセキュリティ企業の大手で、日本政府関係機関や商社とも接点があったことが、この資料の中で明らかになりました。さきほど、ベータ社は流失した資料が自社のものであることを正式に認めました。今後の対応については弁護士と協議中とのことです。スタジオにはネットにくわしい井坂《いさか》まことさんにおいでいただいています。井坂さん、今回の事件で注目すべき点はなんでしょう?」

ずんぐりした眼鏡《めがね》の男がキャスターに促《うなが》されて話し出す。

「まず、このメッセージとともに掲載されていた資料が驚くべき内容でした。莫大《ばくだい》な量なので、まだ全部確認されていないようですが、わかっている範囲でも、このベータ社が開発、販売しているサイバー兵器のカタログと技術資料、価格表、それに顧客一覧。取引先とのメールの内容や契約書の控えなどきわめて機密性の高いものばかりで、これを読むと取引先の政府機関がどのようなツールを使って国民や他国政府を監視していたかがわかります」

「サイバー兵器というと私たちにはなじみが薄いように思えるのですが、具体的にはどんなものなんでしょう?」

「マルウェアやボットネットなどが主なものになります。マルウェアは、以前はコンピュータウイルスと呼んでいたものですが、多様なものが出てきて、このような名称に変わりました。ボットネットは莫大な数のパソコンやスマホを支配しているシステムです。持ち主の知らない間に乗っ取って、必要に応じて命令を送って実行させています」

「それは犯罪ですよね。そんなものを堂々と販売していいんでしょうか？」

「もちろん、我々が使えば犯罪になります。でも、政府機関、たとえば警察や軍隊なら犯罪にならないこともあります。考えてみてください。ほとんどの兵器は民間人が使えば犯罪だし、持っているだけで罰せられることも少なくありません。でも、彼らの顧客は政府機関だから犯罪にはならないというわけです。実は政府機関でもやってはいけないことはあるんですが、おおまかに言うとそういうことです」

「では、今回被害にあったベータ社はジャスティス・ゼロの言う通りの軍需企業、〝死の商人〟ということなんですね。暴露されたマルウェアなどのサイバー兵器も政府機関が使えば犯罪にならないから、堂々と商売していた。そういうことですか？」

「そうです。ただ、犯罪ではないからいいのかというと、そうも言えません。マルウェアは、国民や周辺諸外国の要人を監視するために用いられることもあります。自分のスマホやパソコンが傍受《ぼうじゅ》されていたら気持ち悪いですよね」

「おっしゃる通りです。問題の人物、ジャスティス・ゼロは盗み出したデータを、ネット上の掲示板やクラウドサービスに掲載しました。その直後からネットで話題になり、データを入手した一部の人々が他の場所にも掲載し、急速に拡散しているようです。日本の政府機関がベータ社にコンタクトしていた記録も見つかっており、国内でも大変な話題になっています」

　ジャスティス・ゼロが掲載した掲示板やクラウドの一覧をながめながら、おかしいと思った。なぜ、ウィキリークスに情報を掲載しなかったんだろう？　機密情報をネットで暴露するならウィキリークスと相場が決まっている。あるいは、どっかの新聞社やメディアに情報提供するのが普通だ。そうでないと、まず信憑性《しんぴょうせい》を疑われてしまうし、すぐに削除されてしまう。今回のように勝手に拡散してくれればいいが、必ずそうなるとは限らない。相手の政府機関が迅速《じんそく》に動けば、話題になる前に消される可能性も大きい。

　それに、使われた掲示板とクラウドサービスは、ふだんオレが使っている日本のものと同じだ。なぜ海外の業者でなく日本の業者なんだ？　比較的管理の甘いところを選んだ結果、同じものになった可能性もあるが、なんとなく気持ちが悪い。気になる。

　一番おかしいのはメッセージが日本語だってことだ。簡単な英文が終わりの方についているが、英語があまり得意でないオレが見ても単純で雑な英文だ。犯人が日本人だからこうなったんだろうけど。過去にこういう騒ぎを起こした日本人はいない。日本初の世界的ハッキングヒーローなのか？

　なんかもやもやするのでパンを齧りながら、スマホでいろいろ調べてみた。掲示板やクラウドサービスでジャスティス・ゼロが使っていたというアカウントを確認して、血の気《ちけ》が引いた。これはオレのアカウントだ。心臓が急に激しく動き出した。ゼロというのは、オレの裏稼業の屋号でもある。『ネットのなんでも屋ゼロ』。単純に考えると、ジャスティス・ゼロは、オレってことになる。本人であるオレは、そうじゃないことを知っているが、『ネットのなんでも屋ゼロ』のことを知ってる人間が見たら、オレがジャスティス・ゼロだと思うに決まってる。

ヤバイ。絶対ヤバイ。オレは、あわててパソコンに飛びつき、自分のサイトを閉鎖《へいさ》し、サイト上にある全てのデータのバックアップをとって、サイトからデータを消去した。いつの間にかコーヒーを飲みきっていた。頭がくらくらする。カフェイン摂りすぎた。アドレナリンが全身を駆け回っているのがわかる。

作業を終えて、ふとテレビに目をやるとまだジャスティス・ゼロのことを話していた。そんなに盛り上がってるのか？　やめてくれ！

「正義の味方としてジャスティス・ゼロを賞賛する声がある一方、各国の国家機密を含む重大な漏洩《ろうえい》事件の犯人として責める声も多く見られます。資料とともに残されていたジャスティス・ゼロのメッセージには、今後も同種の暴露を続けると書かれており、サイバー軍需企業、あるいは政府機関の機密情報をネットで公開する可能性を示唆《しさ》しています」

なんだ、そりゃ？　まだ続きがあるのか？　ふだんは海外企業の情報漏洩のニュースなんかたいして報道しないくせに、今回は各局が流している。日本の政府機関、おそらく公安が関係しているせいだろう。妙に関心が高い。

もしかしてオレはすごくヤバイことになってるんじゃないだろうか？　神経はすごくとんがっているのに、全く現実味がない。夢ならさめてくれ。

正義の味方なんてどうでもいい。バットマンやアイアンマンみたいに、金と時間の余ってる金持ちが勝手にやっててくれ。オレを巻き込むな。


気がつくとメールが何通も届いていた。夜中に届いたものらしい。最初のタイトルを見てげんなりした。「ごぶさたしてます」って昔の女のアドレスからだが、開いちゃいけない。ひと目見てわかる。マルウェアつきのニセ物に違いない。誰が仕掛けてきてるのかからない。そもそもオレの昔の彼女のアドレスなんか、どっから仕入れたんだ？　メールのチェックは後回しだ。この様子だと他のメールも似たようなものだろう。

マズイ。同じ女からLINEのショートメッセージまで来ている。会いたい？　一瞬、もしかしたら本物かもしれないと思ったが、どう考えてもそんなはずはない。タイミングよすぎる。こいつはニセ物。罠《わな》だ。

誰かにはめられたのは間違いない。だが、いったい誰がオレを正義の味方に仕立てあげたんだ？　オレに恨《うら》みを持っていそうな連中なら、数え切れないほどいる。過去に個人情報を盗んだ相手や復讐代行した相手は、少なくとも百人以上いる。しかし、どうやってオレがやったってわかった？　依頼主を締め上げれば、オレの裏稼業のアカウントまではわかる。だが、それ以上はわかるわけない。

その時、はっとした。まさかと思って、ヤバイ作業専用にしているサブのパソコンを引っ張り出してみた。オレは裏稼業やヤバイ作業用に、専門のパソコンを数台持って使い分けている。昨今のマルウェアの中にはアンチウイルスソフトで防ぐことができないものもあるし、なんかの拍子《ひょうし》で逆探知されて侵入される危険もある。そんなことになっても、そのパソコンに大事な情報を保存していなければ少しは安心できる。だからヤバイ仕事のパソコンには大事な情報は残さない。単純だが、効果的だ。

さっきメールを送ってきた女のアドレスはヤバイ仕事用のパソコンにも保存してあった。そしてヤバイ仕事用のパソコンには、ジャスティス・ゼロが漏洩情報をアップした複数のサイトのＩＤとパスワードも保管してある。

掌《てのひら》がじっとり汗ばんでくる。ネットに接続しない状態で通信しようとしている先や、稼働《かどう》しているプロセスを確認する。やられた。知らないプログラムが動いている。しかも通信しようとしている。間違いない。ここから漏れた。だが、どうやってここに侵入したんだ？

いや、待て、まずは被害の状況を把握しよう。このパソコンがやられたとなると、さっきのメールやＬＩＮＥも、誰かがオレの依頼人になりすましていたので確定だ。このパソコンに保管してあるアドレスからの連絡は、危険と思った方がいいだろう。

なによりヤバイのは、過去の顧客と復讐相手の情報の一部が盗まれた可能性があるってことだ。基本的に顧客情報などは保管しないのだが、作業をするためにやむなく登録してあるものがある。それらは盗まれたと思っていいだろう。

幸いなことにオレの個人情報は、この端末《たんまつ》には全く保管されていない。すぐにオレの素性が特定されることはないだろう。漏洩元がわかって少しほっとした。もっともこれだけと決まったわけではないから油断は禁物《きんもつ》だが。

ふとスマホに表示されている時刻を見てあせった。いけねえ。時間だ。会社に行かなきゃいけない。敵はまだオレの昼の姿は知らないようだ。ふだん通りの生活をしなきゃいけない。今日は金曜なので、一日乗り切れば週末は三連休だ。

オレを狙っているのは謎の敵だけじゃない。警察だって、ジャスティス・ゼロを捜しているだろう。正義の味方って言ったって、情報を盗み出して公開したのは立派な犯罪だ。警察よりもっとヤバイとこも捜してるかもしれない。ＣＩＡとか？　映画やマンガじゃないんだ。信じられない。でも可能性は否定できない。

もしも相手がオレの昼の仕事を知っていたら？　会社で待ち受けていたら？　いや、待ち受けているとすれば警察だろう。いやな妄想《もうそう》が頭の中に広がる。

このまま会社にのこのこ出かけていっていいのか？　休むべきか？　いや、休んだら怪しまれるかもしれない。待て！　もし相手がオレの会社まで知ってるとしたら、もう素性がばれてるってことで、会社に行かなければ、ここにやってくるだろう。逆に会社がばれていないなら、むしろ行かない方が不審に思われる。行くしかない。

着替えている間も、スマホにＬＩＮＥやメールが入ってくる。どうしろっていうんだ。

オレが必死の思いで着替え終わると、

「お出かけですか？」

寝室から髪の毛がぼさぼさの綾野が這《は》い出てきた。オレの部屋は全室フローリングでカーペットを敷き詰めているんだが、こいつはまるで猫みたいに歩き回り、あちこちで寝転がる。ちなみにオレはちゃんとスリッパを履《は》いている。事件に気を取られてすっかり綾野のことを忘れていた。

オレはぶっきらぼうに答えた。こんな時、他人を気遣えるほど人間ができてない。

「仕事だよ。お前は？」

「休み。ここにいてもいいですか？」

綾野が上目遣いにオレを見る。ぶかぶかのTシャツを寝間着代わりに着ているんだが、それが妙にかわいく見えて少し気分がなごんだ。でかい胸の谷間がTシャツの隙間から見えたのもポイント高い。ちらっと見えるところがミソだ。

「いいけど、オレのものいじるなよ」

こいつが敵の手引きしてたら完全にアウトだなと思ったが、もしそうなら、もっと簡単にオレの息の根を止められただろうから、きっと違うと勝手に納得した。

綾野ひとみは、彼女というわけじゃない。オレのアシスタント兼性欲解消相手だ。こいつはオレにとって都合のいい道具。それ以上でも以下でもない。余裕のある時は大事に使うが、必要なくなったら捨てる。向こうはオレに依存しているが、オレは誰にも依存しない。人は人を救えないとわかっているからだ。

綾野は秋葉原《あきはばら》のパーツ屋でバイトしながら、家でハッキングしている変わった女だ。性《せい》癖《へき》も変わってる。いわゆるMっ気がある。誤解してる人が多いが、Mって基本的に自分からはなにもしないで、してもらうのを待ってる、ものすごくわがままな存在なのだ。

Sはサービスの Sと言われるくらいに、こまめで気遣いできないとダメだ。オレは妙に気のつくところがあって、綾野が黙っていても、なんとなく察して罵倒《ばとう》したりしている。いつも先回りして、してほしいことをやってあげるという、ありえないくらい面倒《めんどう》なことをさせられている。

正直、蹴《け》りたくて蹴ってるわけじゃなかったり、嚙《か》みたくて嚙んだりしてるわけじゃないことも少なくない。でも、そうすると悦《よろこ》ぶからやってるわけで、見かけはオレが一方的にいじめてるように見えるのだが、本当はオレが綾野に尽くしているのが実態だ。

「身体《からだ》中に歯形がついてるんですけど」

「お前が欲しがったんだろ?」

「知らない。佐久間さんが嚙みたいから嚙んだと思っていました」

こういうところが面倒くさい。素直に、「嚙んでほしい」とは絶対に言わない。敬語を使うのも、綾野の趣味だ。寝たことのある男女が敬語を使うって、オレの感覚ではありえないんだが、あいつはいつまで経《た》っても、「佐久間さん」と呼ぶ。その方が、気分が盛り上がるんだろう。

「オレは行くぞ」

「ねえ。ODしててもいいですか? リリミン手に入れたんですよ」

ＯＤとは、オーバードースの略だ。薬の過剰摂取《かじようせつしゆ》のことというと深刻そうだが、向精神薬や睡眠剤を大目に飲んで気持ちよくなる遊びもＯＤだ。こいつは中学生の頃から精神を病んでるそうで、何軒かのクリニックを回って、薬をたくさん入手してはＯＤする。

リリミンってのは睡眠薬の一種で、その色から〝赤玉〟と呼ばれることもある。大目に飲んで寝るのを我慢していると酩酊《めいてい》状態というか、多幸感を味わえるらしい。オレは薬で幸福になんかなりたくないので、やらないことにしている。そんなヤバイ遊びは、オレに許可を取らずに勝手にやれ。

「部屋から出るなよ。騒ぎにならなけりゃ、なにしても別にかまわない」

近所迷惑にならなければいいんだが、ＯＤでラリっているとなにをするかわからない上、記憶がきれいに消えていることも少なくない。このタイミングで、近所で騒ぎなんか起こされたら面倒だ。

「ゼロも飲みますか?」

「その名前で呼ぶな!」

わざとだ。絶対にわざとオレを引き止めようとしている。

「佐久間さんもいりますか?」

「いらねえ。仕事だって言ってるだろ」

「あはあ」

　綾野が小首をかしげてにっこりした。悔《くや》しいが、こいつはこういう時ほんとにかわいい。狙ってるとわかっていても引っかかる。しかもどこから取り出したのか眼鏡をかけた。世の中には眼鏡をかけた女を見ると、それだけで心拍数の上がるバカがいる。オレがそうだ。

「お前、すでにやってるんじゃないの？」

　さっきから様子がおかしい。それに瞳孔《どうこう》が開いているような気がする。

「昨日《きのう》、メール出した覚えないのに、いろんな人にメールしてたみたいなんだけど、これってどういうことでしょうか？　ハッキングかなあ」

　話していることも少し支離滅裂《しりめつれつ》になってきた。

「わかって言ってるよな？　前向性健忘《ぜんこうせいけんぼう》か、若年性《じゃくねんせい》アルツハイマーだ」

　睡眠薬や向精神薬の中には、ODしている間の記憶がなくなるものがある。ちゃんと意識があって、なにかしているのに、全く思い出せないんだ。オレはすごく怖い。それもあって薬はやらない。平気で連日ODしてるこいつの神経を疑う。

　こいつは基本かまってちゃんだから、適当に切り上げないと会社に行かれない。オレはくるりと背を向けて扉を開いた。

「気をつけて行ってらっしゃいませ」

綾野が身体を斜めにかしげてお辞儀《じぎ》した。その拍子にTシャツがずれて肩が露出する。そのあざとい誘い方を止めろと言いたくなるが、ほんとに切りがなくなるので無言で扉を閉めた。

家を出ると、また不安が襲ってきた。悔しいが綾野の鎮静《ちんせい》効果は想像以上だ。落ち着けと自分に言い聞かせ続けて満員電車に乗った。さっき見損なったメールを確認する。以前オレに仕事を頼んできた客からだ。なんだ？　と思って確認する。

——あなたには失望しました。知人から紹介されてお願いしましたが、今回のことはとても許せません。被害届を警察に出しました。こちらの恥をさらしてもかまわないと覚悟して、あなたとのやりとりを全て渡してあります。

なんのことだ？　やりとり全て？　もしかしてそれってオレのビットコインのアカウントや、仕事用のメールアドレスが警察に渡ってるってことか？　やめてくれ。ビットコインはネット上で流通している仮想通貨の最大手で、リアルな金に両替することもできて利便性が高く、匿名のまま利用できるので重宝《ちょうほう》する。

警察にメールアドレスなんか教えたら、業者に問い合わせがいって、オレの正体がばれるかもしれない。もちろんでたらめの内容で登録して取得したメールアドレスだが、メールの内容やメールサーバーへのアクセスログを確認されると、使っているプロバイダやオレの居場所がわかる可能性がある。そもそも過去のメールの内容を見られたら、ヤバイ仕事がばれる。常習犯で、相当数の犯行を重ねていたことがわかれば、力が入るだろう。いや、もうヤバイ仕事用のパソコンから情報を盗まれてるから、どうしようもないんだが。

さっきから頭の中で警報が鳴り響いて、早く逃げろと言っている。だが、どこに？　まだ現実のオレの正体はばれてないはずだ。ここでいつもと違う行動をとらない方がいい。必死に落ち着こうとするが、だらだら汗が出てきて止まらない。

またスマホが鳴った。投げ捨てたくなるが、確認する。またただ。他の客からクレームだ。どうやら、オレというか、オレになりすましたヤツは、過去の依頼者に「依頼内容をネットにさらされたくなかったら金を出せ」と脅《おど》しているらしい。よりによってジャスティス・ゼロなんてヤツが騒ぎを起こしてる時に、やめてほしい。

いや、待て。偶然ってわけがない。もしかして、同じ犯人の仕業《しわざ》なのか？　もしかしなくてもそうだ。オレになりすましてサイバー軍需企業の情報を暴露し、過去の客に脅迫《きようはく》状《じよう》を送りつける。理由はわからないが、誰かがオレを潰そうとしている。当たり前すぎることに、今さら気がついた。そして、これは始まりにすぎないという気がした。

こうやって道を歩いている間だって、警察や、オレに恨みを持つヤツが近づいてくるかもしれない。オレはうつむいて、できるだけ顔がわからないようにした。


出社したら警察が待ち構えているかもしれないと思って、会社の扉を開ける時ひどく緊張したが、杞憂《きゆう》だった。人気《ひとけ》のない静かなオフィスだ。床に寝ているヤツもいない。

「おはようございます」

通りかかった総務の柏木《かしわぎ》という女が、不器用な笑顔をオレに向けた。いつもと同じだ。どうやら会社までは手が回っていない。ほっとした。

席について仕事を始めたが、すでに帰りたくなっていた。手は与えられたコードを入力しているが、頭は全然働かない。

一日中仕事そっちのけで、ネットニュースをながめていた。仕事で首になってもかまわないが、やってもいない正義の味方にされて逮捕されるのはまっぴらだ。人生かかってるんだ。

だが、朝のニュース以上の情報はほとんどなかった。新しいニュースはひっきりなしに流れてくるが、ほとんどが漏洩した情報の内容に関することだった。なにしろ数ギガバイトにおよぶ極秘資料だ。内容を確認するのにも時間がかかるのだろう。

流出した情報は心臓に悪いものばかりだ。某国政府との契約書、メールのやりとり、某国のサーバーを攻撃して情報を盗み出した時の報告書、未公開の脆弱性《ぜいじやくせい》情報、どれをとっても犯人がこっそり拷問《ごうもん》されて殺されてもおかしくない気がする。

特にヤバイのは脆弱性だ。ソフトウェアやシステムの弱点は、言ってみればプルトニウムのようなもんだ。悪用しやすい脆弱性を使えば、核兵器なみの威力を持つサイバー攻撃を行なえる。弱点を攻撃して狙ったシステムを停止させたり、情報を盗み出したり、遠隔操作したりできる。銀行やECサイト（ショッピングサイト）からデータを盗んだり、大停電を起こしたり、交通網をマヒさせたりすることだって可能だ。その気になれば一国のインフラに壊滅的なダメージを与えることができる。

日々、脆弱性が発見され、それを利用した攻撃が行なわれている。サイバー攻撃においてもっとも重要なもののひとつだ。サイバー兵器は「現代の核兵器」と呼ばれることもある。脆弱性は、その兵器の重要な材料だ。サイバー時代のプルトニウム。

幸い捜査は進んでいないようだ。少なくともニュースではそうなっている。でも、こういうのって、犯人に逃げられないように、情報を出さないで調べてたりするんだよな。考えてもきりがないが、それでも考えなくてはいけない。ありとあらゆる可能性を考えて先手を打たなければ生き残れない。そういう世界だ。一番楽なのは追う側になることだ。だからオレは、追う側の商売を始めた。それなのに、裏をかかれた。

ふと気がつくと新着メールが来ていた。メーラーを見ると、社内用のメーリングリストからメールが届いていた。件名を見てぎょっとした。

――米国ベータ社情報漏洩事件協力のお願い
なんだこれ? なぜこんなものが、社内用のメーリングリストで送られてくるんだ。震える手でメール本文を表示させる。念のため、テキストベースでスクリプトなどが動かないようにし、画像も表示させないようにしておいた。

――すでに報道などでご存じかもしれませんが、米国ベータ社の機密情報がネット上に漏洩しました。この事件に関連して、弊社《へいしゃ》のログ保存期間を超える四ヵ月前頃に、機密情報を掲載したサイトに、当社からの不自然なアクセスが確認されたとの連絡をいただきました。

つきましては、心当たりのある方は総務部までご一報くださいますようお願いいたします。

どういうことだ？　オレは会社からはアクセスしていない。まさか同じ会社にジャスティス・ゼロがいるのか？　背筋が凍《こお》った。同じ会社の人間がひょんなことからオレの正体を知って、うまくなりすまして利用しようと考えた可能性は、ないわけじゃない。それじゃ、オレの本名も住所も、かなりの情報を握《にぎ》られていることになる。

いや、待て！　だったら標的型攻撃なんて回りくどいことを仕掛けてくる必要はないはずだ。

そこまで考えたオレは、とんでもないことを見落としていたことに気がついた。ベータ社から情報を盗んで公開した犯人と、いまオレを攻撃している相手は別という可能性だ。なぜこんな当たり前のことに、すぐに気がつかなかったんだ。

メールの末尾に「ベータ社日本総合代理店オメガインテリジェンス」という社名が入っていた。

くそっ、オレを狙ってるのはベータ社なのか？　連中は、オレをジャスティス・ゼロと勘違《かんちが》いして追いかけているのか？　そう考えると、つじつまが合う。とんだ濡《ぬ》れ衣《ぎぬ》だ。いっそのこと「オレがやったんじゃない」と名乗り出たいが、そんなことをしたら、なにをされるかわからない。

それに、ベータ社がオレを狙ってると確定したわけじゃない。もしそうじゃないのに下手に動くと、かえってベータ社にもにらまれることになる。誰かが、オレがベータ社を敵だと誤認して動くように仕掛けているのかもしれない。

警察に相談することもできないし、オレひとりでサイバー軍需企業と戦うことになるのか？　そんなことができるのか？

オレはベータ社のことを調べることにした。相手のことをなにも知らないと、逃げることだってできない。

だが、会社からアクセスするのは危険だ。相手が逆探知してくる可能性だってある。逆探知を回避する方法があるが、会社からだと難しい。オレはじりじりしながら定時になるのを待った。

派遣社員であるオレは定時の十八時に退社できる。一般社員は残業代も出ないのに居残って仕事しなければならない。明らかに仕事が終わってそうな社員が、空気を読んで居残っていることもある。そういうのを見ると、派遣でよかったと思う。

「お先に失礼します」

この時だけは社員の羨望《せんぼう》の視線を感じながら会社を出る。でも、今日のオレにはそれを楽しむ余裕はない。頭の中は事件のことでいっぱいだ。こういう時に、なるようになれと腹をくくれればいいんだろうが、あいにくそういう無神経さは持ち合わせていない。

エレベータに乗り込んだ時、外でなにかがぶつかる大きな音と、軽い震動があった。事故か工事かなと思いなら、そのまま一階まで降りる。エレベータの扉が開くと、会社の前に人だかりができていた。

よくわからないが、すぐそこでなにかがあったらしい。さっきの音と振動もそのせいだろう。人の間を抜けて前に出ると、ビルの前の道路で、複数の車が衝突《しょうとつ》して煙を上げていた。道路を占拠《せんきょ》するように横倒しになった車や、斜めに曲がっている車、路上には血だらけでしゃがみこんでいる男が数人いる。

「爆発するんじゃねえの」

誰かがつぶやく。遠くからサイレンの音が近づいてくる。事故なのはわかるが、ここは高速道路でも幹線道路でもない。三十キロくらいで走る場所だ。こんなひどい事故が起きるはずがない。

わけもなく不安になった。一連のオレへの攻撃と関係あるんだろうか。自動車がハッキング可能というニュースを読んだことはあるが、本当にそんなことを街中でやったヤツはいない。考えすぎだ。オレは野次馬《やじうま》の群れをかきわけて、駅へ向かった。

その時、会社のあるビルの監視カメラの角度が、いつもと違うことに気がついた。ふだんは出入り口に向いているのに、今は事故現場を向いている。しかも、ゆっくりと角度を変えている。血の気が引いた。誰かがネットの向こうで、笑いながら自動車をハッキングして事故を起こし、現場を監視カメラでじっくり観察しているのかもしれない。いや、違う。カメラが向いているのは事故そのものじゃなく、周囲の人間たちのほうだ。とっさに顔を伏《ふ》せ、それから、そんなことがあるはずないだろ、と自分に突っ込む。だが、顔を上げる気にはなれなかった。まさかと思うことが起きるのが、サイバーの世界だ。

新宿《しんじゆく》のオフィスから調布《ちようふ》の家までは、ほんの三十分くらいだが、ひどく長く感じられた。満員電車に揺られながら、これからなにをすべきかを考えたが、全くまとまらない。そもそもなにが起きているか、よくわかっていないのだ。

さっきの事故が気になったのでネットのニュースで確認すると、都内数カ所で自動車が暴走する事故があったようだ。いったいなにが起きてるんだ? 不安は広がるが、なにもわからない。

駅から多摩川《たまがわ》に向かって数分歩くと、オレの住んでいるマンションがある。見かけは白くてきれいだが、中身は築年数二十年の年代物だ。

自宅の扉を開けると、目の前で綾野が寝ていた。ほわほわの白いカーディガンにミニスカートという恰好《かっこう》で、猫のように丸まって気持ちよさそうに寝息を立てている。化粧《けしょう》っ気《け》のない横顔がひどく無防備で愛らしい。こういう時でなかったら、癒《い》やされる光景なのだが、あいにく今は心のゆとりがない。

オレは靴を脱ぐと、綾野をまたいで部屋の中に入った。寝ているヤツはほうっておけばいい。とにかく早くすべきことをしないと落ち着かない。

もしかしたら綾野はあざとく計算して、オレを誘っているのかもしれないが、そしたらますます反応するわけにはいかない。そんなことをしている場合じゃない。

オレのマンションは1LDKだ。裏の仕事部屋は寝室でもあるので、綾野も自由に出入りできる。今日は邪魔《じゃま》しないでくれ、そのまま玄関で寝ててくれと祈りながら、五つあるノートパソコンのうちのひとつを取り出して起動する。もしかして監視されてるんじゃないのか？　電気も点《つ》けない方がいいんじゃないか？　とか次から次へと湧《わ》いてくる不安を押し殺した。まだ、ここはばれていない。落ち着け。どのみち、ばれていたら終わりだ。オレは映画『96時間』のリーアム・ニーソンみたいにタフじゃない。

すぐにネットに接続し、ニュースサイトを片《かた》っ端《ぱし》からチェックした。どうやら、新しい情報はない。メールやメッセージを確認し、クレームや、過去の女からの誘いがまだ続いているのを知った。念のためメッセージが見かけ上未読のままにしておく。

どうしよう。どうすればいいんだ。頭の中が整理できない。オレになりすまして悪さしているヤツがいる。本来なら警察や、それぞれの運営会社に相談すべきだが、そんなことはできない。なにしろ悪用されているアカウントは、全て犯罪に使っているものだ。くわしい説明なんか、できるわけがない。

いろんなアカウントをいったん停止するしかないかもしれない。ウェブ、クラウド、メールアカウント……正直すごく不便なことになる。メールアカウントをＩＤ代わりに使っているサービスも、いくつかあるのだ。それらが使えなくなる。

「中イキできないから、あたしは欠陥品《けっかんひん》でしょうか？」

うしろから舌足らずな声が聞こえてきた。綾野だ。機嫌《きげん》が良くて性欲のある時なら、「欠陥品かどうか検品してやるよ」と言って事に及ぶんだが、あいにくそういう気分じゃない。すぐそこまで敵の手が迫っているかもしれないんだ。

「ちょっとヤバイことになった。お前の相手はしてられない」

振り返りもせずにそう言うと、綾野の声音が変わった。

「あたしがいた方がいいですか？　いない方がいいですか？」

凜《りん》とした力のある声だ。こいつ、声を作って誘ってやがった。

「素面《しらふ》で手伝ってくれるなら、いた方がいい」

綾野は素面なら、かなり使える。特に攻撃に関しては、オレよりも上かもしれない。

「吐いてきます。それからカフェイン錠剤入れて、アドレナリンばりばりにしてきます。少し殴ってもらえると、もっとアドレナリン出ると思います」

「そうか……わかった」

それで使い物になるとは思えないが、邪魔にならなければいい。

暴力は好きじゃないが、暴力をふるったことのないヤツは信用できない。ある場面では暴力ほど効率的なものはない。何時間もかけて説得するより、締め上げて言うことをきかせた方がずっと早くて簡単だ。

オレはケンカの強い方じゃないが、必要な時には躊躇《ちゅうちょ》なく人を傷つけることができるし、殺すこともできる……と思う。サイバー空間でもリアルでも、敵と対峙《たいじ》したら迷いは禁物だ。一瞬のためらいが死を招く。きれい事を抜かすヤツは、自分の言葉を抱いて死ねばいい。オレは死にたくない。

顔を洗って戻ってきた綾野は、黙ってオレに近づいてきた。吐いたばかりで少し顔が青ざめている。なにを求めているかはわかる。オレは椅子《いす》から降りると、思い切り頬《ほお》を平手《ひらて》ではたいた。綾野の身体が壁にぶつかり、そのまま床に崩れる。軽くひっぱたいたくらいではダメなんだ。女に暴力をふるうのは好きじゃないが、そうしてほしいと言われているのだから仕方がない。

「ありがとうございます」

綾野が頬を赤くして立ち上がった。口の端がゆるんでいて、かすかに笑っているのがわかった。こういう時、オレはなぜだか切なくて泣きたくなる。綾野のような人並み以上の容姿《ようし》と能力を持った女が、殴られ罵《ののし》られることで悦ぶというのが理解できないせいだろう。なにも悪くないのに申し訳ない気分になる。

オレたちは、ある意味似たもの同士だ。こういう風にしか交われない。恋愛とか家庭とか幸福とかいうものとは無縁だ。幸福な人間は絶望を感じる感受性のない愚鈍《ぐどん》な連中だ、とすら思っている。

オレは自分のパソコンを操作しながら、これまでのことを綾野に説明した。綾野は自分のノートパソコンを開いて画面に見入っている。いつもなら、ここでオレは綾野に頼みたいことを指示するんだが、あいにくと、なにを頼めばいいのかすらわからない状況だ。とにかく情報を集めて、なにが起きているのかを確認しなきゃいけない。

「よけいなお節介かもしれませんが、適当にソーシャル・デコイを撒《ま》いておきます」

「ソーシャル・デコイ？」

「知りませんか？　ソーシャルネットワーキングサービス《SNS》を利用した追跡を撒くための囮です。佐久間さんに似た行動特性や言動の人物を見つけて、佐久間さんと誤認されるように仕立てときます。いなければ架空の人物を作っちゃいます」

「自分で、〝自分になりすましたニセ者〟を作るようなものか。それで相手の調査を攪乱《かくらん》するんだ。頭いいな。やっといてくれ。それってお前もやってるの？」

初めて聞いたが、確かにその通りだ。

「わかりました。やっときます。あたしは前から十人とアカウント共有してます。佐久間さんも日頃から気をつけていればいいのに」

「無防備で悪かったな。つくづく思い知ったから次から気をつけるよ。アカウント共有ってなんのことだ？」

「メールやツイッターやフェイスブックのアカウントを、それぞれ十人で共有してるんです。世界中に散らばってて、バラバラのことしてるから、どこの誰がなにしてるか、さっぱりわかりませんよ」

「他の九人のヤツに、メールやメッセージを見られちゃうだろ」

「暗号化して送受信してるから、自分の分しか読めません。ツイッターやフェイスブックでも見られてヤバイのは、暗号化してDMやメッセージしてます。相手を混乱させられるし、暗号化してあるからすぐには内容を読まれないし、いいことずくめです」

「……先に教えてほしかったぜ」

マジで深くそう思う。

「えっ？　教えましたよ。でも、佐久間さんは、面倒だからいいって言ってたじゃないですか」

そういえば、そんなこともあったような気がする。過去の自分を殺したくなる。

「昔のことは忘れた。目の前のことをやろう」

オレは話題を変えて、作業に取りかかることにした。

綾野は、オレの指示なしでも勝手に自分の判断で調べてくれる。自分の女がハッカーっていうのは、こういう時に重宝する。

ふと思いついて、昨日、女の情報をアップするのに使ったパソコンを取り出して、立ち上げてみた。内容をスキャンし、ファイルを精査し、稼働しているプロセスを確認する。

どうやらこちらには異常がないようだ。まさかと思うが、匿名ネットワークかもしれないと閃《ひらめ》いた。オレはいつも、匿名ネットワークを経由してネットを利用している。普通にインターネットに接続すると、こちらの情報が接続先にわかってしまうし、ウェブを見ればウェブサーバーにこちらの情報が残るが、匿名ネットワークを経由すれば、こちらを特定することができなくなるからだ。

オレの使っている匿名ネットワーク・オーア（Oor）は、ボランティアのサーバーによって維持されている。政府の監視を逃れるために、有志が無償《むしょう》でサーバーを提供しているのだ。

単に混んでいることもあるが、気になる。嫌な予感がしたので、VPNサービス（仮想専用ネットワーク）に切り替えた。暗号化した安全な通信を行なうことができる。だが、それでも遅い。VPNサービスは、いくつかのボランティアサーバーで利用できる。ふだん使っていないサーバーに接続すると、快適な速度が出た。

それにしても、いつもと違うことが起きすぎている。嫌な感じだ。通信経路を横から盗聴されたら防ぐことは難しい。暗号化はしているが、相手によってはそれが無効化されている可能性もある。特に政府関係は危ない。大手暗号会社が、政府が解読しやすくなるような仕掛けを仕込んでいた事件もあった。

昨晩の記憶をたぐってみる。あの時、通信速度に違和感はなかっただろうか？　ダメだ。そんなこと気にしてなんかいない。ちょっとした拍子で速くも遅くもなるんだ。気が立っている今だから気がついたが、普通の状態では無理だ。

通信経路を盗聴された可能性もある。通信を遮断《しやだん》した状態で、パソコンの中を精査する。怪しい通信を試《こころ》みているものがいくつか見つかった。もちろんネットに接続していないから、通信は失敗してるんだが。

マルウェアが見つかった。三カ月も前に感染していたらしい。相手はそんな前からオレを調べていたのか。ぞっとした。中身をくわしく調べれば手がかりがあるかもしれないが、それには時間がかかる。とりあえず、すぐできることをしよう。

次に依頼者を調べることにした。

オレは仕方なく、めったに使わない有料のVPNサービスを使うことにした。有料なら速度が出るだろうと期待した。背に腹はかえられない。非常事態なんだ。

「唐沢秀俊のパソコンは乗っ取られています。ふたつのマルウェアに感染しており、ひとつは佐久間さんのものですが、それとは別に、もうひとつあります。どちらも唐沢本人には気づかれないように、こっそりと利用していたようです」

綾野が澄《す》んだ声で恐ろしいことを報告してきた。

「なんで唐沢のことを知ってる?」

依頼者の唐沢について綾野に話したことはない。

「昨日の夜、操作してるのを横で見ていました」

「なんだと!?」

「あたしがあなたのそばにいる時は、あなたのことだけ見てます」

普通の状況ならロマンチックな言葉だが、これは立派なのぞき見、盗聴の自白だ。

「パスワードも暗記していますから、忘れたらいつでも聞いてください」

パスワードは画面に表示されないはずだ。オレの指の動きから文字列を認識して記憶したってことだ。身近なハッカーってこういう時やっかいだと思う。

「唐沢のパソコンを調べてみました。さっき申し上げましたように、あなた以外のマルウエアにも感染していました。佐久間さんのような、開発キットを使ったなんちゃってマルウェアではないようです。開発キットを使って作ったマルウェアは、どうしてもコードに特徴が出ます。それがありません」

この短い間に、そこまで調べたのか。敵にしたくないというか、オレをなめてないか?

「佐久間さんのような、ってのは、よけいだ。なんちゃってマルウェアで悪かったな。あ、あ、くそっ。じゃあ、相手はちゃんとしたハッカーってわけだ」

「そうだと思います。とてもコンパクトに美しくできています。プロトタイプを高級言語で作った後で、難読化と誤読化をしたのだと思います。相手はちゃんとシステムおよびプログラミングを学んだことのある人物でしょう」

「難読化と誤読化？　なんだそれ？」

「難読化は、コードの解析を妨害《ぼうがい》するために、わざと読みにくくする方法です。普通はわかりやすいコードを書くのが常識ですが、その逆の技術です。誤読化は、異なる言語のコメントを入れたり、ローカルな仕様のライブラリやクラスを使ったりして、解読者をミスリードする方法です」

「わけわからない。いいんだ。オレはどうせコードの中身はわからない。そういううんちくはいらない。とりあえず、唐沢のパソコンの中身を調べてくれ。乗っ取られていたってことは、オレへの依頼も唐沢本人じゃなくて、乗っ取ったヤツがやってた可能性が高い。メールのやりとりなんかも残ってるだろうから、そこを見てくれ。オレは小木美里や、他の連中を調べる」

「わかったことをその都度報告した方がいいですか？」

「報告してくれ。うんちくとオレへの皮肉《ひにく》なしでな」

「マルウェアは消去されていました。おそらく佐久間さんに罠を仕掛け終わったから消したのでしょう。特別なツールを駆使して、運良く無理矢理復元して、さきほどのことまではわかりました。これ以上は難しいでしょう」

「自分を消去する……まあ常套手段《じょうとう》だな」

「依頼関係のメールのやりとりは見つかりません。消した痕跡《こんせき》もありません」

「そんなバカな」

いったいどういうことなんだ？　唐沢のパソコンは誰かに乗っ取られていた。誰かが唐沢になりすまして、オレに依頼してきた。なぜ、メールがないんだ？

「いえ、この方が自然です。持ち主である唐沢も、毎日パソコンを使っています。したがって、このパソコンにメールの痕跡が残っては、気づかれる可能性があります。おそらく犯人は、他の場所から自分のパソコンを使って、依頼を行なったのでしょう」

一瞬、納得しそうになったが、すぐに違うことに気がついた。

「違う。オレは唐沢にマルウェアをメールで送って、パソコンの中身をチェックした。メールの下書きのテキストファイルが見つかった。オレあてのメールを発信したパソコンは、唐沢本人のものだと思う。オレのマルウェアの痕跡もあったんだろ？」

そこまで話してオレは、あっと叫びそうになった。唐沢本人に気づかれないように、犯人はウェブメールを使ったんだ。オレに正体を隠すためではなく、唐沢になりすましがばれないように、痕跡を隠しやすいウェブメールを使った。唐沢本人が使っているメーラーを利用したり、新しいメーラーをインストールすると、気づかれる可能性がある。

やられた。裏をかかれた。いや、オレが油断していたせいだ。どうせたいしたヤツじゃないと甘く見ていた。唐沢はたいしたヤツじゃなかったが、踏み台にされて攻撃に使われていた。そんな可能性まで考えていなかった。

だが、そんな手の込んだことをするなんて誰なんだ？　なにが目的だ？

「やられた。依頼者になりすましたヤツはウェブメールを使ってた」

「なるほど……思った以上にやりますね」

今の状況から導かれる答えは、ひとつだけだ。オレをはめるために全部仕組んだ。なんのために？　オレに恨みを持つヤツの心当たりはたくさんあるが、ここまでやりそうなヤツはいない。

「なあ、いったい誰がなんのために、オレをはめたんだと思う？　きっと復讐だよな。他に理由ないもんな」

「なぜ、復讐だと思うのですか？」

「いや、だってオレは、金も地位も名誉も持ってないんだぜ。オレから奪うものなんかないだろ。恨み以外に、なにがあるっていうんだ？」

「佐久間さんがいなくなることで、新しい派遣社員を送り込むことができます。今の会社に誰かを送り込みたい人間がいるのかもしれません」

「おいおい。あんなしょぼい会社に人を送り込むためにしては、仕掛けがでかすぎる」

「ひとつの例です。思考実験を続けましょう。佐久間さんが席に座っていると邪魔な人がいるのかもしれません」

「そんなの机をずらせばいいだろ」

「サイバー軍需企業を攻撃したい人がいて、正体を隠したいから、社会に不満を持っていそうで犯罪に手を染めている人物に、罪を着せようとした」

「その人物って、正義の味方を気取りたいヤツってことか。オレは哀《あわ》れな犠牲者《ぎせいしゃ》で、冤罪《えんざい》を被《かぶ》るってことか？」

「自分の正体を隠しておきたいから、佐久間さんを身代わりにしたというわけですね。ご愁傷《しゅうしょう》さまです」

「……考えたくないが、可能性としてあるな。でも、なぜオレを攻撃してくる？」

「佐久間さんを機能不全にしておいて、その隙に第二弾の暴露を仕組んでるかもしれませんね。現時点では、情報が決定的に不足しています。あらゆる可能性を考慮しつつ、情報を集め、絞り込んでいかないと、正しい結論は得られないでしょう」

「お前に正論を言われると、すごく腹が立つ。でも言う通りだ。なんとかしなきゃな。お前も手伝え」

「あたしは佐久間さんの人型性欲処理装置です」

「このタイミングで言う言葉じゃない。脱力した」

「すみません。日本語不自由なもので。ところで、これってベータ社から情報を盗んで公開した犯人と、佐久間さんを狙ってる相手は別ってことでいいんでしょうか？　後者は、被害者であるベータ社が、佐久間さんを犯人と思って攻撃してきてる可能性が高そうなんですよね？」

肝心《かんじん》なことを忘れていた。その通りだ。オレになりすましてジャスティス・ゼロを名乗ったヤツを追いかけても、現在進行形の攻撃は止められない。

「……そうだな。目の前の敵は、オレを狙ってきてるヤツだ。情報を盗んだヤツは全くわからない。手がかりは全くない」

「佐久間さんは、どうしたいんでしょうか？」

「えっ、そんなこと決まってるだろ」

と言ってから言葉が止まった。あれ？　なにをしたいんだっけ。

「とりあえず、オレに対する攻撃を止めさせる。それからオレをはめたヤツに復讐する」

「復讐はなにも生みませんよ」

また正論を言いやがった。煽《あお》ってるのか？

「オレに言うな。最初に仕掛けてきたヤツに言え」

「仕方がありませんね。まず、敵を特定しなければいけないわけですが、今のところ手がかりはありません。佐久間さんの会社に来たベータ社のお知らせくらいです。でも、露骨《ろこつ》に罠ですよね」

「罠とは限らないだろう」

「罠でなければ、敵ではないってことだと思います。こんなに堂々と、自分たちはお前を狙っているぞ、とは言わないでしょう」

「そっか、ベータ社について調べるとヤバイかな。調べようと思ってたんだけど」

「普通の情報をウェブや掲示板で調べるのは、問題ないと思います。あの事件が起きてから、まだ二十四時間経っていません。かなりの数の人が調べていると思いますから、紛れるでしょう」

「なるほど、じゃあ、ベータ社について調べておこう」

会社で情報提供を呼びかけていたオメガインテリジェンス社と、情報漏洩元のベータ社についても調べることにした。

会社のウェブサイトを読み、ウィキペディアや掲示板などを一通り、チェックする。

だが、結局これという決め手になる情報は見つからなかった。思わずため息が出る。

その時、ぞくっとした。背中に悪寒《おかん》が走る。誰かがネットワーク越しにオレを見ている。そんな気がした。もちろんそんなことがわかるわけがない。だが、ハッカーは稀《まれ》にそんな感覚に襲われることがある。直感ってヤツだ。オレは直感を大切にする。

いったん全ての通信を遮断した。見られているって、どういうことだ？

そうだ。もしかすると相手は、オレが女や他のヤツの端末に侵入するのを待っていたのかもしれない。なんのために？　オレの正体を暴くためだろう。考えてみれば、すでに乗っ取られている端末に易々《やすやす》と侵入できすぎた。あれはわざと邪魔しなかったんだろう。

オレは侵入してからのことを思い出した。逆探知されるような危険や、こちらを特定できそうなことがなかったか反芻《はんすう》する。どうやらなさそうだ。ほっとする。

「どうかしました？」

「ヤバイ感じがしたんで通信切った」

「え？」

しばらく沈黙が続いた。綾野にもヤバイことがよくわかったのだろう。

「あの……ベータ社のサーバーを、ひとつくらい落としときますか？」

オレの認識が甘かった。綾野はそんなことでひるむハッカーではなかった。

「どこのサーバーだ？」

「ベータ社の保有しているIPアドレスを走査したところ、真っ正直にアプリケーションバナーを返してきたサーバーが複数、発見できました。おそらく試験的に立ち上げて、そのまま放置されているのだと思います」

IPアドレスってのは、インターネットの番地みたいなものだ。接続する際に必要になるもので、あらかじめさまざまな企業や組織に割り振られている。

一部のハッカーは、狙いをつけた相手の保有している全IPアドレスを、相手に気づかれないように調べて穴を発見する。どんなに管理の行き届いた組織でも、莫大な数のサーバーを全て完璧な状態に維持するのは大変だ。どうしても見落としや遅れが発生する。そこを狙って攻撃するのだ。

この短時間で相手の弱点を見つけた綾野の腕はなかなかだと思うが、だからといって攻撃する必要はない。

「なんで攻撃するんだ？　ケンカ売るつもりか？」

「最初にケンカを売ってきたのはあちらです」

「お前、わかってんのか。相手は軍需企業だぞ。なまぬるい日本企業とは違うんだ」

「サイバー空間では、守勢に回ったら負けます。力の差があるなら、よけいに攻勢に回らないといけません。それも、こちらの力が過大に見えるようにして攻撃しないと」

「過大に見せる?」

「海外の踏み台を経由して、ゼロデイ脆弱性を狙った攻撃を仕掛けます」

綾野は、とんでもないことを言い出した。脆弱性が発見されてから対処のためのツールなどが配布されるまでの空白の期間は守る方法が限られるし、アンチウイルスソフトなどの防御製品でも検知できない。その期間中の脆弱性を、ゼロデイ脆弱性と呼ぶ。もちろん、誰でも簡単にゼロデイ脆弱性を入手できるわけじゃない。こういう時でなければ、ヤバイ女と思って引いてただろう。

「だけど、こっちまで向こうのケンカに乗ったら、相手は本気になって増員してくるかもしれないだろ」

「結果的には同じです。増員してでもこちらを潰すつもりなら、守っていてもそうなります。そうでないなら、ケンカを売った時点でコストがかかりすぎると考えて、手を引くでしょう」

「そんな論理的な話が通じる相手か?」

「これまでの動きから考えて、相手はプロです。商売ですから、決められた予算とリスクの範囲で動いていると思います。メンツのためだけに、ムダなリスクは冒《おか》さないでしょう」

「じゃあ、売ったケンカを買われたら、そうとうやる気だってことだよな」

「相手の真剣度合いがわかるという意味でも、やってみる価値はあります」

「いちおう念のために訊《き》くけど、やってみたくてうずうずしてるから攻撃する、じゃないよな」

ハッカーというのは、やっかいな生き物だ。なんの必要がなくても、そこに攻撃可能な弱点があれば、やってみたくなる。

「それもあります」

「やめろ。オレの身の安全を最優先に考えてくれ」

こっちは自分の身を守るだけで精一杯なんだ。相手が引っ込んだら、それでいい。そういう興味本位の戦いは他でやってほしい。

オレは綾野の横で画面をながめていた。なにをやっているかはだいたいわかる。そのサーバーにはそこに弱点があって、そういう風に攻撃するんだあ、という感じだ。でも自分では、こんなに手際よくできない。弱点を探すのも手間がかかるし、その弱点を的確に突ける攻撃方法を調べるのも時間がかかる。

ついでに言うと、システムを作る方が、さらに向かないだろう。サイバー空間では、攻撃者有利の法則がある。社会できちんと働いて家庭を維持している人間を作るには、かなりの時間と教育などの投資が必要不可欠だが、人間を壊すのは、短期間で簡単にできる。

オレがぼんやりしている間に、綾野はてきぱきと作業を終えた。こいつの手際はすごくあざやかだ。商売柄、他の連中の仕事ぶりも見たことがあるが、独り言をしゃべり続けるヤツや、やたらと情報をチェックしたがるヤツばかりで、ごく普通に黙々と事を終わらせるヤツを見たことない。

「終わりました。サーバーの中身を全て消去して、Fワードを残しておきました」

「Fワード?」

「Fで始まることから、そう呼ばれている言葉です。ファックユーとかですね。敵を挑発しました」

頭の悪い駆け出しハッカーみたいなことをしやがる。自分の能力を過大に見せるっていう当初の目的とは、ずれてるんじゃないか?

「そこまでやる必要ないだろ?」

「まあ、気分が乗ったので……」

そういう問題じゃない。

「あのな」

オレは説教しようとして、思い直した。そもそもこいつはオレを助けてくれているんだし、ちょっと暴走したからって、説教をたれる筋合いではない。むしろ感謝すべきなんだが、こいつの顔を見ていると言えなくなる。

「いけない。手入れしなきゃ」

突然、綾野が立ち上がって、股間《こかん》を押さえた。

「なんの話だ？　お肌の手入れか？」

化粧を落とすとかなら顔に手を当てそうなものだが、こいつは特殊だから股間にも化粧しているのかもしれない。見たことないけど。

「いえ。パイパンなので、手入れをさぼるとちくちくします」

不安と緊張が一挙に消えた。ちくちくってなんだよ。

「すげえ脱力した。お前、なんでそういうこと言うわけ？　すごく感謝して尊敬してたのに」

「申し訳ありません」

綾野は頭を深々と下げる。そういうことじゃないんだと思いながら、頭を撫《な》でてやると上目遣いに微笑《ほほえ》んでみせた。

「のぞかないでください」

がらにもなく頰を赤らめ、綾野は風呂場に消えた。椅子の背にもたれ、天井を見上げる。でこぼこした灰色の景色。

昔から努力が嫌いだった。好きなことなら、いくらだってやる。でも、嫌なものはダメだ。嫌なことをするほど人生は長くない。

勉強は嫌いだったが、そこそこ成績はよかった。きっと頭はよかったんだろう。おかげで、中の上の高校に進学できた。大学を選ぶことになった時、両親が交通事故で死んだ。今のところオレの人生最大の事件だ。

保険金が手に入ったのでその金で大学に進むこともできたけど、そうはしなかった。親のすねを齧って大学に行ってもいいと思ってたが、自分の金だと思うと、もったいなくなった。専門学校で好きだったコンピュータの勉強だけして、その手の仕事に就《つ》こうと考えた。

バカだった。入学してから現実を知った。同級生は金がないか、頭が悪くて大学に行けない連中ばかりで、当然ろくなところに就職できない。学校で学ぶのは、上っ面《うわつら》で即戦力になるようなことだけ。長く応用できる基礎は教えてくれない。教えたところで理解できないヤツばっかりなんだろうけど。

ほとんどの生徒は専門学校を卒業して正社員にはなれない。派遣やバイトで食いつなぐことになる。そのうち首になって路頭に迷う。その頃には、学んだ知識や技術は陳腐化《ちんぷか》している。のたれ死にだ。運良く会社に残れても、派遣やアルバイトの収入なんか、たかがしれてる。家庭など持てるはずもない。死ぬまで他人のために働くだけの人生だ。

オレはあせって、卒業後の身の振り方を考え、いろいろ調べまくった。入学前に調べておけって話なのだが、なにしろ親が死んだり、遺産を整理したりで大変だったんだ。浪人するって手もあったが、人生のムダ遣いを一年延《の》ばすなんてまっぴらだった。

オレは、サイバーセキュリティを学び始めた。片言の英語で海外のハッカーコミュニティに参加し、最新の情報を直接仕入れた。

一年もしないうちに、一通りのハッキングツールを使いこなせるようになっていた。開発者として勉強したのなら、こんなに早くは習得できなかったろう。攻撃者としてハッキングを学んだから、これだけ早く上達した。オレは、攻撃者絶対有利の法則を我が身で感じた。

とはいえ基礎知識や技術がないので、ゼロからマルウェアを作るようなことはできない。開発キットを使って新しい亜種を作り出して利用している。

卒業する頃には、それなりに商売できるようになっていた。そこで始めたのが『ネットのなんでも屋ゼロ』だ。

　昔のことを思い出すなんて、縁起《えんぎ》でもない。思い出なんか、死ぬ直前のなにもすることがない時に思い出すくらいで充分だ。生きているうちは、目の前のことに集中したい。

　風呂場からシャワーの音が聞こえてきた。オレもだいぶ汗をかいた。身体がべとべとしている。あいつももう手入れは終わっただろう。一緒に風呂につかるのもいいなと思ったが、そこまでくつろいでいいのかという気もする。

　警察のことや、ベータ社の攻撃のことが気になりだした。サイバー空間以外の危険も迫っていないとは言えない。突然、逮捕される可能性だってないわけじゃないし、ベータ社の人間がここに現われる可能性もある。いても立ってもいられなくなって、そっと窓から外の様子をながめたりした。

　しっかりしろと自分で自分に言い聞かせた。身の回りの危険を意識するのは大事だが、過度にこだわるのはかえってよくないし、そもそも、ここがばれたら防御方法はない。今はまだ、ここに警察やベータ社がやってくる可能性は低いはずだ。それよりも先に、やらなければならないことがたくさんある。とにかくベータ社のことを徹底的に調べ上げよう。

しばらくすると綾野が風呂から出た。全裸にバスローブをまとっている。常識のある女は、身体を拭《ふ》いたり、髪を乾かしたりしてから現われるもんだが、こいつはタオルも使わないで、びしょ濡れのままバスローブを着て出てくる。おかげで床がびちょびちょにな る。

「海外では、みんなこうしてますよ」

綾野はそう言うが、絶対にそんなことないと思う。百歩ゆずって、もしそうだとしても、ここは日本だし、オレの部屋だ。床を濡らしてほしくない。おかげで床に物を置かなくなったのはよいことだが。

綾野は、濡れた足でびたびた歩いてくる。

「それ以上、動くな。部屋が水浸《みずびた》しになる」

「はあ。でも、着替えがそこにあるんです」

綾野はそう言って、ベッドの上のバッグを指さす。

「わかった。持ってく」

オレは黒いバッグを手に取ると、それを持って、風呂場の前に待機している綾野に渡す。

「オレも風呂に入る」

そう言って風呂場に入り、扉を閉めた。

風呂から出ると、綾野が食事の支度《したく》をして待っていた。ちゃんとスウェットに着替えて、エプロンをつけている。まるで新婚家庭みたいだ。少しというか、すっかりくつろいだ気分になったが、そんな状況じゃないんだと自分に言い聞かせる。これで酒を呑んだら終わる。

「お食事の準備をしておきました」

そう言うと、椅子についたオレの前でお辞儀する。いちいちおおげさだ。意外なことにこいつは料理がうまい。

「ありがと。あのさ。なんか悪いな。なにからなにまでやってもらってさ。ありがとう」

そんなこと言うつもりじゃなかったのに、やさしい言葉が出てしまった。ここまでされたら、ひどいことは言いにくい。

「素直にそう言われると照れるので、やめてください。それに、あたしがしたいから、してるだけです」

「照れるんだ。顔が赤いじゃん」

「やめてください。ほんとそういうストレートな攻撃には弱いんで」

「照れてるところもかわいいな」

綾野がもじもじしているのを見るのは、おもしろい。

「殺すぞ」

突然声が低くなって、オレの椅子を蹴飛ばした。ふだんは穏《おだ》やかなのでつい油断してしまうが、たまにガチで怒り出すことがあるので注意が必要だ。嫌がることを繰り返すのは得策ではない。うっかりしていた。

「ハンバーグとサラダです。事件で落ち込んでたらいけないので、元気が出るようにと思って作りました」

「助かる」

オレは味覚がお子様なので、ハンバーグやカレーが大好物だ。

「心をこめて作りました。鉄分も豊富です」

「まさか、自分の血を入れたのか？」

綾野は瀉血《しゃけつ》もしている。手首や腕を切るのは、まだかわいいもんだ。瀉血は、そこから血をしたたらせる。中には注射で血を抜く猛者《もさ》もいるという。この手のことをする連中の気持ちは全くわからないのだが、そうすると気持ちが楽になったり、落ち着いたりするのだそうだ。

瀉血をしているくらいだから、料理に入れるくらいの血には困らないのだろう。そう思うと、寒気がする。

「あたしの心を受け取ってください」

そう言ってにっこり笑う。なまじかわいいから、よけいに怖い。

「マジか……」

オレはまじまじとハンバーグを見た。世の中には豚の血のソーセージや蛇《へび》の血をありがたがる人間もいるんだから、血入りハンバーグぐらい驚くようなことでもないんだろう。でも、オレは絶対嫌だ。

「冗談《じょうだん》です。引っかかりましたね」

ほっとした。

「いただきます」

力の抜けたオレをよそに、綾野は、さっさと食べ始めた。オレも気を取り直して食べ始める。テレビをつけ、ニュースをながめながら、とりとめのない会話を綾野とかわす。

オレが綾野といて落ち着く理由のひとつは「好き」と言わないことだ。オレも「好き」とは言わないし、言ってほしいと頼まれることもない。打算なく「好き」と言えるのは、世の中のことがわかっていないガキだけだ。物事が少しわかってくると、単純に「好き」

とは言えなくなる。それがわかっているから「好き」なんて言葉はいらない。「好き」の安売りは、出会い厨やロマンス脳の連中にまかせておけばいい。

食事が終わると、オレはすぐに席を立った。綾野が食事を作った時は、オレが後片付けをしてコーヒーを淹《い》れることが、暗黙のルールになっている。

片付けや食器を洗うのは苦じゃないし、コーヒーを淹れるのは好きだ。コーヒーの袋を開いた時や豆を挽《ひ》いた時に広がる香りがいい。豆じゃなく粉を買ったり、インスタントを使っているヤツの気が知れない。

洗い物をしているオレの背後に綾野がやってきた。

「します？　しませんよね？　あたしはちょっと休みます」

なんて露骨にセックスの予定を訊いてくるヤツだ。YES／NO枕を使うような女は嫌いだが、あまりさばさばしているのもどうかと思う。

「オレはもう少し調べ物をしてから寝る。今日はありがとうな」

振り返らずにそう言うと、突然尻を蹴られた。

「さっきもお礼言ったでしょ。何度も言うな。悪いことした気になるじゃん。せっかくいいことしたのに」

わけのわからない理由だが、こいつの感性はこいつにしかわからないから、言う通りなんだろう。だからって蹴っていいわけじゃないが。

「蹴るな」

「はいはい」

「はい、は一回」

「わかりましたよ」

綾野はそう言うと、オレの尻を撫でてからキッチンを出ていった。なんだか悪いことをしたような気がして、追いかけて抱きしめたくなったが止めた。

オレが洗い物を終えると、すでに食卓に綾野の姿はなかった。オレはテレビを観ながら黙ってコーヒーをすすり、パソコンを叩いてその後の動きをながめた。

例によって標的型メールらしいものが舞い込んでくるが、新しい動きはない。ニュースでもジャスティス・ゼロやベータ社について、新しい情報はなかった。時間はまだ二十二時。寝るには早いが、寝ることにした。

明日、いつものように出社していいのか判断に迷う。会社が特定されているのだから、いっそ休んでしまってもいいような気もするが、監視されている可能性もあるから、休めば目立つ。だが、休まなければオフィスで逮捕されたり、攻撃を受けたりする可能性がある。究極の選択だ。

しばらく考えたが、情報が足りなさすぎてダメだ。明日の朝には状況が変わっているかもしれない。やっぱり寝て、早めに起きて情報をチェックしよう。

ひとりで歯を磨いていると、嫌な妄想が浮かんできた。オレが逮捕されたり、銀行口座から根こそぎ金を不正送金されたり、犯罪者としてネットに個人情報をさらされて叩かれたりするんだ。

顔を洗って妄想を振り払う。そうなるかもしれないが、考えてもしょうがない。時間のムダだ。

ベッドに行くと綾野はすでに寝ていた。安らかな寝息を立てているが、こいつの眠りはそんなに甘いもんじゃない。中学生の頃から睡眠薬を服用していたせいで、すっかり耐性がついている。いまでは効き目のきついバルビツール酸系の錠剤と、向精神薬を大量にアルコールで流し込む。睡眠導入剤なんて生やさしいものではなくて、麻酔《ますい》に近い威力がある。そうしないと眠れない身体だ。

左腕は肘《ひじ》に近い場所から手首まで傷痕がある。普通の傷痕は平行についているものだが、こいつのは、所々十字に切ってある。五目並べができそうなくらいに、はっきりと痕が残っている。迫力ありすぎだ。

おそらくすさまじい過去があるんだろうけど、触れないようにしている。訊きたいと思ったこともない。過去なんかどうでもいい。いま、同じ時間を居心地《いごこち》よく共有できればいい。それ以上も以下もない。

こいつは「とんこつ次郎《じろう》」というふざけた名前でインターネット上のアンダーグラウンドコミュニティに出没《しゅつぼつ》し、ハッキング行為をしていた。開発キットとかお気楽ツールでやってるオレと違って、スクラッチ、つまりこれといった道具なしに、正面からサーバーの脆弱性を突いて侵入することができる。その代わり、できることが限られている。守りはからきし弱いし、知らない種類のサーバーには手も足も出ない。本人曰く、クラシックなハッカーの部類なんだそうだ。今どきはオレのようにツールを使いこなして、オールラウンドに立ち回るヤツが多い。

半年くらい前、オレの裏稼業でやっかいなサーバーを攻略しなきゃいけなくなった時に手伝ってもらったのがきっかけで、メシを食うことになり、会って初めて女だと知った。メシを食った後、酒を呑みにいき、そのまま関係を持って今に至る。

寝ているのをいいことに、オレは綾野のパソコンとスマホの中身をチェックすることにした。パスワードを破るのとか面倒くさいので、DVDから解析用システムを立ち上げて、パソコンの中を確認した。

これといって怪しいものはない。例えば、オレのパソコンにあったマルウェアの痕跡が残っていたらヤバいんだが、そういうものはない。

メールの内容も確認する。オレ以外とのやりとりは、ほとんどない。友達のいないヤツだ。

スマホのパスワードは、オレも知っている。「人型性欲処理装置にプライバシーは不要だ」と言って、訊き出したことがある。あれから変えていなければいいんだが。

スマホでLINEやツイッターを確認する。やはり特別なものはない。というか、なんでこいつ他の男といちゃいちゃしてるんだ？　オレ以外にも誰かいるってのか？　むしゃくしゃしたので、履歴《りれき》を消したくなったが、そういうわけにもいかないので、黙ってスマホを戻した。

布団《ふとん》に潜り込むと、腕に綾野の肌が触れた。起こすといけないと思って引っ込めようとすると、つかんできた。

「大丈夫ですか？」

顔を布団の中に隠したまま、ろれつの回らない口調で尋《たず》ねてくる。

「悪い。起こしちゃったか？」

「いえ、寝てたような寝てないような……別にいいんです」

「寝息立ててたぞ」

「じゃあ、寝てたのかも」

「布団から顔出せよ。のぼせるだろ」

「かなりストレスになっていますね」

綾野は布団にもぐったまま話し続ける。

「そんなことねえ」

「佐久間さんが、あたしのスマホをチェックしたのは、初めてです。これまでは、あたしが見ていいって言っても見なかった」

「お前を疑ってるわけじゃない」

「疑ってもいいんです。いつもと違うことの方が気になります。気をつけてください。敵の攻撃よりも、メンタルを維持する方が大事です」

「オレがそんなやわに見えるのか？」

「タフな人は、やわに見えるのか、なんて訊きません」

そうなのかもしれない。これまでも攻撃を受けたことはあったが、たいていは相手がわかっていたし、ここまで広範囲でしつこいのは初めてだ。しかもジャスティス・ゼロの罪まで被せられてる。怖くならない方がおかしい。

それにしても、なぜよりによって、オレなんだ？

第二章　ベータ社シチュエーションディビジョンマネージャー
クレア・ブラウン

サンフランシスコ郊外。サンノゼにほど近いビルが、ベータ社の本社だ。周囲は道路以外なにもなく殺風景だが、一歩ビルに入ると、明るく都会的なオフィスだ。ビルの中はランチに移動する人々でごったがえしていた。見るからにエスタブリッシュメントといった感じのスーツ姿の男女が、エントランスを行《い》き交《か》う。陽光あふれるガラス張りのエントランスには、銀色の近代彫刻が燦然《さんぜん》と鎮座《ちんざ》し、フロアのあちこちに警備員が控えている。

すらりとした長身の女が現われた。挑発《ちょうはつ》的な赤い髪に黒縁《くろぶち》の眼鏡《めがね》、黒のパンツスーツを着こなし、颯爽《さっそう》とした足取りでエレベータへ向かう。落ち着いた雰囲気《ふんいき》の周囲の人々とは、明らかに違う人種だ。

数人が好奇《こうき》の目で女を見るが、女は意に介さず、エレベータに乗り込む。中にはスーツ姿の男と、くたびれたジーンズの青年がいた。ふたりともベータ社の社員だ。訝《いぶか》しげな顔で、女に探るような視線を向けている。

こんな社員、見たことない。取引先にもいそうにないと思っているのだろう。当たり前だ。昨日までこんな女は存在しなかったのだから。女は満足げな笑みを浮かべる。

エレベータから降りると、明るく広々としたオフィスを抜け、奥まった場所にある虹彩《こうさい》認証の扉を、眼鏡をはずして開ける。

そこには、扉の外の明るさとは対極的な、仄暗《ほのぐら》いオフィスが広がっていた。個々人がパーティションで区切られた机でディスプレイに向かっている。

女は、一心不乱《いっしんふらん》にコードを打ち込んでいた男に声をかけた。

「おはよう」

相手は一瞬、戸惑《とまど》った表情を浮かべる。

「ああ、それが今週のスタイルなのか」

相手はすぐに相手を認識して、笑顔を浮かべる。

「商売してる以上、自分もそれなりでないとね」

女はにやりと笑って眼鏡をはずした。小麦色の肌に黒い瞳は、ラテンの血を連想させる。濃い顔立ちは猛禽類《もうきんるい》のように精悍《せいかん》で美しい。

「本当に、どんな顔認識システムでも同一人物とわからないの?」

「スタイルを変えるたびにチェックしてるから、確かよ」

そう答えてウインクをし、壁際にあるマネージャールームへ入ろうとすると、入り口近くの席にいた秘書が顔を上げた。

「クレア。ボスがお呼びよ。例の件だと思う」

「わかってる。今日はそのためだけに来た」

女は満面の笑みを浮かべ、部屋に入った。

クレア・ブラウンは、ベータ社シチュエーションディビジョンのマネージャーのひとりだ。ベータ社と同じオフィスで働いているが、正式には社員ではない。形式上は、外注業者ということになっている。外部から見た場合、シチュエーションディビジョンという部署は存在しない。

役員直轄《ちょっかつ》のトラブル処理専門部隊。もちろん並みのトラブルではない。海外のサイバー諜報《ちょうほう》組織に奪われた情報を消去したり、誘拐《ゆうかい》されたハッカーを救出したり、正体不明のサイバー攻撃の元を突き止めて破壊したりする。サイバー空間の傭兵《ようへい》部隊に近い。ほとんどの活動が違法であるため、露見したらすぐ切り捨てられるように、社内に籍はない。

メンバーはハッカー、元軍人、元警官などで占められるが、出自を明らかにしていない者も多く、クレアもそのひとりだ。クレアは、物騒《ぶっそう》なメンバーの多いこの部署の中でも腕ききのハッカーであり、格闘技にも長《た》け、歩く凶器と呼ばれている。

クレアはベータ社の取締役フリードマンの部屋に向かった。オフィスの中心に、複数の役員の部屋がある。隅っこの暗いシチュエーションディビジョンとは、天国と地獄くらい雰囲気が違う。

部屋の入り口近くの席にいるアシスタントの女性が、訝しげな表情でクレアを見上げる。

「クレア・ブラウンよ」

アシスタントは絶句し、まじまじとクレアの顔を見つめる。相手の驚いた顔を見ると、少し誇らしい気分になる。苦労して髪型や服装を変えた甲斐《かい》があるというものだ。

「ごめん。わからなかった。ボスがお待ちです」

「いいのよ。簡単にわかってもらわれちゃ困る」

クレアは笑い、フリードマンの部屋の扉を押した。フリードマンは、シチュエーションディビジョンを束《たば》ねる男であり、シチュエーションディビジョンの法人格、SDコーポという会社の代表取締役社長でもある。SDコーポは表向き、ベータ社からコンサルティング業務を受注していることになっている。

部屋の壁際にある巨大なデスクで、初老の白髪の黒人がじっとクレアを見ている。彫りの深い顔には、なんの表情も浮かんでいない。白いシャツと黒い肌のコントラストが美しく際立っている。

「お呼びでしょうか?」

クレアはフリードマンの目を見返し、机の前まで歩く。

「君はいつもノックをしないな」

「お呼びになった以上、来ることは予想なさっているはず」

「まあいい。新しい仕事だ。わが社の情報漏洩《ろうえい》事件の犯人を突き止め、排除しろ」

ため息まじりにフリードマンが言うと、クレアの目が輝く。

「了解しました。タイムリミットと制限事項は?」

眼鏡をはずし、唇《くちびる》をなめる。

「四十八時間以内」

だが、フリードマンの言葉に、すぐ顔を曇《くも》らせた。

「不可能です」

「と言いたいところだが、一カ月猶予《ゆうよ》を与える。制限事項は特にないが、できればB9を使用してほしい。ラボの連中が、実地テストのデータを欲しがっている」

B9は、ベータ社が開発中のサイバー兵器のひとつだ。標的型攻撃に使うマルウェアと違い、組織を相手にした大量破壊兵器の部類に入る。

「おっしゃる意味がわかりません。あれは実戦に耐えうる状態なんでしょうか？」

「そろそろ実戦データが欲しいんだ」

無謀《むぼう》だ。そもそも兵器を通常時に使用するのは違法行為に当たる。米軍の指揮下では、この種の攻撃を何回も行なっているが、独自かつ海外の個人に対して行なったことはない。

「危険はないのですか？」

「あるよ。だが、我らに危険を及ぼすことはない。だから問題ない。もしかすると君は、違法行為であることを気にしているのかもしれないが、相手は日本にいる。日本の警察は我々に対してなにもできない」

クレアは苦笑いし、ため息をついた。ベータ社の上層部は能天気だ。抵抗できない相手には、なにをしてもいいと思っている。

「物理的な方法で排除してもよいのですか？」

サイバー戦で相手を追い詰めるのが基本だが、必要に応じて誘拐、脅迫《きょうはく》、あるいは最終手段を講じた方が効率的なこともある。相手の場所が特定できたら、端末《たんまつ》を乗っ取るより、乗り込んで身柄を拘束《こうそく》して拷問《ごうもん》した方が早い場合も少なくない。弾丸はコードより速い、とはクレアの口癖《くちぐせ》だ。

かつては核研究者や技術者が、ハニートラップやテロや暗殺の対象になった。いまは、サイバーセキュリティ関係者も狙われている。腕ききの者は監視され、狙われているが、ほとんどの者は、まだそれを意識していないため、いとも簡単に罠《わな》にかかってしまう。シチュエーションディビジョンの中でもクレアは、リアルに手を下す荒事が得意だ。

「かまわないが、好ましくはない。B9を使って排除した場合、君の査定は高くなり、物理的方法を使って排除した場合は、ちょっと高くなる程度だ。失敗した場合は下がる」

「わかりやすい説明、ありがとうございます。プロジェクトコードを発行してください」

「すでに発行してある。X079だ」

「最後に確認です。私に話が来たということは、そういう意味だと考えてよいのですね?」

「そうだね」

つまり対象人物だけでなく、必要と判断した場合は、誰でも殺傷してかまわないという意味だ。これもまた違法行為だ。

「ただしオフィス内で社員を殴《なぐ》るのは止めてほしい」

フリードマンの顔に苦笑いが浮かぶ。

「了解しました」

前回の任務で、部下が敵のハッカーに侵入を許してしまったあげく、自分の端末を乗っ取られた。クレアは部下を椅子《いす》から引きずり下ろし、思い切り殴りつけた。相手は鼻の骨が折れて、入院する騒ぎとなった。パニックに陥《おちい》った上に、端末を離さなかったための緊急措置《そち》だったが、ひどく上層部の不興《ふきょう》を買った。暴行が原因ではなく、目の前で血だらけになって倒れた人間を見て、近くにいた数人のハッカーが数日、使い物にならなくなったためだ。皮肉《ひにく》なことに、暴行自体は問題にされなかった。

クレアは踵《きびす》を返し、フリードマンの部屋を出た。

「いいことがあったのね」

アシスタントから声を掛けられた。そうかもしれない。

「たぶんね」

クレアは、あいまいに答えて、颯爽と歩み去った。

クレアは満面の笑みを浮かべて、シチュエーションデイビジョンに帰還した。それから壁のスクリーンに目をやる。メンバーの在籍状況と、プロジェクトへのアサイン状況が表示されている。

「イギー、サナイ、ジェイク。これからうちの情報を盗み出したジャスティス・ゼロを狩るので、手伝ってちょうだい」

オフィスにいた三人が無言で、クレアに視線を送る。

クレアはそのひとり、小太りで眼鏡をかけた、ひげ面の男に近づく。

「イギー。あなたは今、完全に空いてるわね。ラボに連絡して、B9の説明と、デモンストレーションを依頼してちょうだい。一時間後にデモが見たい。それから今回のターゲット、ジャスティス・ゼロに関するデータを可能な限り集めて、プロファイルを特定。容疑者を百件前後に絞り込めたら、私の指示と確認なしに、そのまま標的型攻撃を開始。相手の端末を乗っ取って、ジャスティス・ゼロを特定しろ。他のふたりは、今手がけているプロジェクトを一時間以内に終わらせること」

しなやかな肢体《したい》をパーティションにもたれかけて、イギーの横顔を見る。イギー・ポップという名のエンジニアが、丸眼鏡越しにクレアを見上げる。

イギーは、スタンフォード大学在学中にいくつかのアメリカ政府関係機関に侵入し、逮捕された。司法取引で釈放された後、ベータ社がスカウトした。ある意味、誇ってもいい経歴だが、本人にとっては黒歴史らしく、隠している。

過去にいくつかのプロジェクトで一緒に仕事をしたクレアは、酒の席でその話を聞いたことがある。本人の口から聞いたからといって真実とは限らないが、いかにもそんなことをしそうな人物には見える。

「了解。戦争？　テロリスト？」

イギーはクレアを横目で眺《なが》め、すぐさまラボにメッセージを送った。ラボとは、ベータ社の研究開発部門だ。それから社内の資料を検索し、ジャスティス・ゼロに関する情報を集める。

「知らないの？　うちから情報を盗んでさらした正義の味方。テロリストよりたちが悪い。テロリストは信念のために戦っているけど、正義の味方は、世の中でもっとも愚《おろ》かな大衆のために戦っている」

表示された検索結果を指さして、クレアが笑う。

「相手が正義の味方なら、こっちは悪魔の手先か？」

イギーも口元を歪《ゆが》めて答える。

「イラクではそう呼ばれたわね。死の商人の意地を見せてやらないとね」

クレアはそう言うと、イギーから離れた。

「クレア、一時間以内は無理だ」

離れた席の小太りの男が手をあげた。

「ジェイク。あなたならできる。やってちょうだい」

クレアはジェイクを見ようともせずに答える。ジェイクはおおげさに肩をすくめると、

「なんとかします」と答えた。

「サナイは？」

「問題ないはず。ボスに確認中」

奥の席の東洋人が手をあげた。クレアは親指を立ててウインクを投げる。

イギーが右手をあげてクレアを呼ぶ。クレアはイギーの席の横に戻った。

「ねえ。クレア」

「こいつ、ほんとにうちから情報を盗んだのかな？　足跡べたべた残してる。もし、情報公開に使ったアカウントの持ち主が、そのまま相手の正体だとしたら、この『ネットのなんでも屋ゼロ』ってのが犯人になる。間抜けすぎないか？」

イギーが画面を指さしながら説明すると、クレアはかがんでのぞき込んだ。赤い髪がふわりと広がり、イギーの頬《ほお》に触れた。

「ああ、うん。確かに痕跡《こんせき》が残りすぎてる。なんでこんなに油断してるの？　中国の低級

ハッカーみたいだな」

膨大《ぼうだい》な数のハッカーを抱える中国政府では、ハッキングは完全に普通の仕事になっている。毎日決まった時間に攻撃を開始し、昼休みをとり、定時に終了する。その活動時間は決まっているため、世界中のサイバーセキュリティ関係者には、昼休みが二時間もあるということも含めて、中国政府ハッカーの勤務時間と昼休みが知れ渡っている。当初は、なぜ攻撃に毎日二時間の休憩があるのか、誰もが不思議に思ったものだ。

ただし、そんな仕事をするのは低級ハッカーたちだ。彼らは痕跡を消すことも、存在を隠すこともしないので、攻撃元を探知するのは簡単だ。上級には別の仕事がある。

「一番簡単な回答は、注意する必要がなかったから。つまり、こいつ自身は危険なことをやっていると思っていなかった」

「他に犯人がいる可能性は？」

「誰かがアカウントを乗っ取って、情報を公開したって可能性がある。そうだったら、真犯人にたどりつくのは、ちょっと面倒《めんどう》かもしれない」

クレアが舌打ちして身体《からだ》を起こした。

「思ったより面倒かもしれないってわけね」

「もしかしたらね。単に注意不足の悪ガキかもしれない」

「注意不足のガキに、うちがやられると思う?」

「もっと不注意な社員がいれば可能性はある」

イギーは肩をすくめた。

「うちの内部監査資料から、犯人の足取りは追えないの? 事件のあと、徹底的に調べたはず」

イギーは無言で首を横に振る。

「その通り。うちの中は徹底的に調査した。でも、完全に足跡を消されてた。まず、検出不可能なマルウェアを送り込まれて、普通のブラウザの通信に見せかけて、追跡不可能な匿名《とくめい》ネットを介して情報を送り出してる。もちろん多重に暗号化されてる。そっちからの追跡は難しい。同じ犯人が、こんなに簡単にわかる足跡を残すのはおかしい。オレはいま、そのレポートをまとめてるとこだ」

いつの間にか、サナイが近くにやってきていた。

「それは好都合。じゃあ、誰かが、なんとかゼロとかいう間抜けなヤツのアカウントを乗っ取って、情報公開した可能性が高いってこと?」

「あるいは、正義の味方になりたがっている間抜けな第三者に情報を渡したとか、いくつか可能性はある。もちろん同一人物という可能性もゼロではない。まだなにも断定できない。情報が決定的に不足している」

　イギーは腕を組む。

「いずれにしても、情報を盗み出した経路から犯人を追えないなら、情報を公開したアカウントを追うしかない。アカウントの持ち主についての情報を、できるだけ集めてちょうだい」

「もう始めてる。標的型攻撃も準備した。ええと、日本語の堪能《たんのう》なスタッフを回してほしい。日本語でそれっぽい文章を作らないといけないからね」

　イギーが自慢げに説明する。

「もう来てるわよ」

「どこに？」

「私は日本語を使える。ついでに言うと、スペイン語、北京《ペキン》語、韓国語もね」

「ほんとかよ！　じゃあ、標的型攻撃に使う文章を日本語にしてもらえます？　いいのかな？　ボスにこんなこと頼んで」

「相手のパソコンにあった情報の内容はわかるの？　日本語でしょ？」

「翻訳ソフトを通せば、だいたいのことはわかるから大丈夫。まず、相手は男性で、おそらく二十代半《なか》ばくらい。身長は百七十センチ前後で、性欲は強い方だね。それからネットで違法行為を請け負《うお》うサービスをしている。活動時間帯から考えると、昼間は普通の仕事をして、夜だけヤバイ仕事をしてるんじゃないかな」

イギーの説明に、サナイが笑い出した。この短時間で、そこまでわかるはずがない。どういう仕掛けだ。

「はあ？　性欲が強いって？」

「女とのメールがたくさんあったのさ。その女になりすまして攻撃するつもり。あと、こいつのクライアントに、こいつになりすましてメールを送りつけて反応を見る。騒ぎを起こしてもいいよね？」

サナイの笑い声が大きくなった。

「かまわない。逃がさないように注意してね。ああ、そうか、私がその女になりすまして文章を書かなきゃいけないのね。どういう羞恥《しゅうち》プレイなの？」

「僕はちょっと楽しいけどね」

「あとで、ヒールで踏んであげるわよ」

「なんで僕の趣味を知ってるんだ？　もしかして盗聴した？」

イギーはおおげさに驚いてみせ、クレアはため息をついた。

「冗談《じょうだん》はそこまで」

クレアはジェイクの横に移動し、「どんな調子?」と声をかける。

「正直、厳しい」

ジェイクが情けない声を上げた。

「わかった。そのプロジェクトのマネージャーは?」

「ケビンだけど……」

ジェイクが答え終わる前に、長身の男がクレアの前に現われた。

「さっき、あんたがジェイクとサナイを指名した時点で、ふたりの作業を移行する手はずは整えた。データだけ渡してもらえば、すぐにふたりを解放できる」

感情を全く表さないケビンに、クレアは笑顔で応《こた》えた。

「ありがとう。恩にきる」

「なぜ、オレに先に言わない」

「そうね。なぜかしら」

クレアは口の端を歪めて微笑《ほほえ》んでみせる。

「理由はわかってるよ。その方が君にとってはムダがない。通常の手順でオレに話をし、それからジェイクとサナイに話をするよりも、先にジェイクとサナイを動かした方が早く仕事が進む。放っておいても、気づいたオレがしゃしゃり出てくる」

「ずいぶんと私を買いかぶってくれたのね」

「同じことを、次に君にする」

「次のチャンスを待つのは、愚か者のすることよ」

クレアは意地の悪い笑顔で、ケビンの頰を軽く撫《な》でた。その時、初めてケビンの顔に表情らしきものが浮かんだ。

クレアはいったん自分の部屋に入り、きっちり一時間後に出てきた。

「クレア、こいつ意外にしぶとい。なかなか侵入できない」

すぐにイギーが話しかける。

「さっき端末に侵入してたって言ってなかった?」

「複数の端末を、用途によって使い分けてるらしい。さっきのはヤバイ仕事と、ヤバイ女用ってことだね。そこには、おそらく本人に関する個人情報などはない。他のパソコンとスマホでメールやメッセージを受信してるのはわかるんだが、そこに入り込めない。クレアがもっと官能的なメールを書いてくれるといいんじゃないかな」

複数の端末を常時使用している者は少なくない。セキュリティを確保するために、そうしている。最近のマルウェアは凶悪になりすぎた。感染されないことは非常に難しいし、もっとやっかいなのは、感染されたかどうかも判別しにくい。

重要なデータや作業のために、専用の端末を用意することによって安全を確保する。その端末では、メールもウェブも見ない。物理的に分けることで安全性を高めている。確実だが、費用も手間もかかる。そこまでやるのは慎重な人間に限られる。

「そういう問題？　違うでしょう？　相手は、攻撃されていることに気づいていると思う？」

「気づいているだろうね。こちらからのメールと、クライアントからのクレームメールには反応していない」気づいていなかったら、なにかやるだろう」

「位置情報は確認できない？　反応がないのは、日本がまだ夜中だからじゃない？」

「無理だ。東京というところまでしかわからない。それも位置情報じゃなく、口説いた女との待ち合わせ場所とか、メールの内容からの推測だけどね。たないと反応はないな」

「その女は、そいつの情報を持ってない？」

「女の端末は乗っ取ってあるけど、メールとSNS以外の情報はないなあ。メールアドレスと電話番号はヤバイこと専用で、他では使っていないようだ」

「ああ、そう。そいつが女と何時に、どこで待ち合わせたかはわかる？」

「わかるよ」

「年齢、身長、肉体的特徴も調べられる?」

「やってみる」

イギーがキーボードを叩《たた》き出すと、画面にメッセージがポップアップした。

「クレア、ラボのアレクセイが、B9の説明の準備ができたと言ってる」

「ちょうどいい。そいつに関してわかっていることをまとめて持ってきて、一緒にB9の説明を聞きましょう」

「なに? どういうこと? B9ってなに?」

「開発中の新兵器のコードネーム。これを使えば相手をあぶりだせるかもしれない」

クレアはそう言うと、部屋の奥に向かって声をかけた。

「サナイ! ジェイク! ラボについてこい」

「了解!」

同時にふたりが答え、駆け寄ってくる。

「サイバー空間の大量破壊兵器。私も見るのは初めてだ」

クレアの言葉に、三人は顔を見合わせた。

ラボは、シチュエーションディビジョンの隣にある。四人が連れだってラボに入ると、すでにひとりの研究員が待っていた。よれよれのシャツにジーンズという出で立《いでた》ちは、全くもって最先端の兵器を研究している者には見えない。

「クレア？　今日もまた別人の顔になってるね。自宅でいくらでも身体のパーツを生産できるって、おそろしい。３Ｄプリンタが犯罪を助長する、いい実例だ」

無精《ぶしょう》ひげを撫でながら、クレアの顔をじとじと見る。

「アレクセイ、よくわかったわね」

「来るって言われてたからさ。予備知識がなかったら、わからない。見事だ」

「ほめ言葉に受け取っておく。で、Ｂ９は？」

「スタンバイしてる。こっちだ」

アレクセイは、他の三人には一顧《いっこ》だにせず、すたすたと歩きだす。その後をクレア、さらに三人が続く。

連れていかれたのは会議室だった。

「本体はここにはないし、見てもしょうがないからね。ここだとディスプレイが使える」

アレクセイがそう言い、軽く手を振った。するすると天井から三つの巨大ディスプレイが降りてきた。

「見やすいところにかけてくれ。Ｂ９を呼び出す」

アレクセイは、まるでオーケストラの指揮者のように、軽く空中で指を動かす。

「ジェスチャー操作を使っているヤツを初めて見た」

クレアが自慢げに指を動かしているアレクセイを冷やかしながら、椅子に腰掛ける。三人もそれに従う。

「まだ実験中だがね」

アレクセイが肩をすくめると、ディスプレイになにかが表示された。

「ようこそ、Ｂ９へ。これはわが社が誇る世界最先端のサイバー兵器です。痕跡を残さず、相手を事実上抹殺《まっさつ》できます。本来は特定の組織を攻撃するためのものですが、個人を攻撃することも可能です。想定していませんでしたけどね」

そこでアレクセイは笑った。

「個人攻撃を想定していなかった理由は？」

クレアが鋭《するど》く質問した。

「攻撃能力に対して、攻撃対象が小さすぎるからです。人ひとりを殺すために、ミサイルは発射しないでしょう？　銃やナイフで充分。これはいわば大量破壊兵器です。個人に対して使用した場合、本人だけでなく、関わりのある人々にも被害を及ぼす可能性が高い」

「では、個人を倒すには充分な武器ということで合っているか？」

「そうです。ただし巻き添えで、少なくとも数人は、深刻な被害を受けると思います」

「クレア、アレクセイ。僕らの任務は、情報漏洩の犯人を特定し、機能停止させることだろう？　Ｂ９とどんな関係があるんですか？」

　サナイが首をかしげる。

「大いにあります」

　アレクセイが胸を張り、クレアがにやりとする。

「Ｂ９で犯人を特定し、排除する。フリードマンによれば、Ｂ９を使うことがとても大事らしい」

　クレアはため息をついた。新しい兵器を使うのは結構だが、実験台にされるのは、あまりうれしくない。正常に動くとは限らないし、誤動作や暴走した時に、なにが起こるかわからない。戦場で使うのは、枯《か》れた技術の慣れた兵器が一番だ。

「クレア、それは我々の足を引っ張りかねない要素と考えていいんだね」

　サナイが苦笑いする。

「アレクセイ、君の意見は？」

　クレアは答えず、アレクセイに目を向ける。

「B9は革命的な兵器だが、しょせんは道具。勝敗を決めるのは使い方です」

アレクセイはとぼけた答えを返すと、手を振った。

「デモンストレーションを始めます」


一時間後、B9のデモンストレーションを受けた面々は、持ち場に戻っていた。クレアはイギーの席の横に立って報告を受けつつ、指示を出している。

離れた席でジェイクが手をあげたので、クレアはそちらに移動する。基本的にメッセージでやりとりすることの多い職場だ。いちいち移動すると目立つのだが、直《じか》に話をしながら状況を把握《はあく》するのが、クレアの流儀だ。

作業している人間の精神状態も気になる。パニックに陥《おちい》ったり、過信していたり、過《か》剰《じょう》に反応していたりしては危険だ。

ジェイクのディスプレイには、複数のライブ映像が映っている。思ったより早い。クレアは口角《こうかく》を上げる。

「クレア、監視カメラをハッキングする準備が整った。これでゼロの映像を撮れる」

世界には莫大《ばくだい》な数の監視カメラが存在する。インターネット経由で画像を観られるようにしているものも多い。中にはセキュリティが脆弱《ぜいじゃく》だったり、そもそもパスワードを設定していなかったりするものも少なくない。二〇一六年一月に、約三千台の監視カメラの映像を見ることのできるサイトが登場して話題になった。日本国内の監視カメラも含まれていた。

こうした手間なくのぞけるものに加えて、ハッキングしたものなどを含めると、数万台がベータ社シチュエーションディビジョンで閲覧《えつらん》可能だ。

莫大な映像データが送られてくることになるが、相手の顔がわかっていれば、顔認識のマッチングを行なって、自動的に関係する映像だけに絞り込める。

「まずは正確な顔のデータを手に入れて」

「ゼロが昼間勤務している会社の入っているビルか、その近辺の監視カメラを探している。でも、プロファイリングに近い人間が多すぎる」

ジェイクが頭をかく。

「東京は人が多いから、紛れるとわからない。Ｂ９を使って、ソーシャルネットワークから探し出してもらえない？」

デモを見た後で、四人はＢ９のＩＤを与えられた。最新兵器を使って敵を駆り立て、抹殺しなければならない。

「その手があった」

フェイスブックを始めとするソーシャルネットワークに写真を投稿する人は多い。いったんネットに投稿してしまえば、どこから拡散するかわからず、一度拡散したものは二度と回収できない。本人が自分の写真を投稿しないようにしていても、知人や家族が撮影した写真を投稿することもある。ごていねいに、本人とわかるタグまでつけることがある。

知人にしか公開していないから安全ということはない。知人と思っている相手が本人とは限らない。うろ覚えで友達リクエストを許可した昔の知り合いや、子供の頃の同窓生はあてにならない。簡単に詐称《さしよう》できる。フェイスブックを始めとする主要なソーシャルネットワークは本名でなくても登録可能だから、他人になりすますことも、架空《かくう》の人物になることも簡単なのだ。

ジェイクは画面の隅にマニュアルを表示したまま、Ｂ９にログインし、操作を開始する。

「ねえ。ぶっつけ本番だけど、大丈夫でしょうね。間違って関係ない人間を巻き込むのは仕方ないけど、絶対にＢ９の存在がばれないようにしてよ」

クレアが笑いながら言う。

「プレッシャーかけないでくれ。大丈夫……のはずなんだ。どんな操作を行なっても、自動的に自分自身の痕跡を完全に消すような安全機構がそなわってる」

「へえ。ご親切なことね。それはオプション？」

「いや、オプションじゃない。なにも指定してなくても、勝手にそうなる。正確に言うと、利用者しているこちらにも、どこに足跡が残っているかまではわからないから、勝手にやってくれないと困る。ええと、つまり……」

ジェイクは、そこで言いよどんだ。なんと説明すればいいのか、わからないのだろう。

「Ｂ９はボットや踏み台を管理していて、それは利用者にわからないようになっている。台数や位置も隠している。痕跡を完全に消すには、ボットや踏み台に残っている痕跡も消す必要があるが、利用者には、なにをどう使ったのかわからない。だから、Ｂ９自身が自動で消すしかない。そういうこと？」

「その通り」

「こちらで把握できない部分があるのはやっかいだ。改善の余地ありだな」

違法なものもあるからわざと利用者にわからないようにしているのだろうが、嫌な予感がする。クレアは眉《まゆ》をひそめる。

「セットは終わった。情報収集だけだから、万が一、指定が間違っていても大事にはならないだろう。そう信じてる」

ジェイクの言葉が終わらないうちに、めまぐるしくＢ９からのメッセージが流れ出した。どうやら関連しそうなデータを見つけるたびに報告してきているようだ。

「早いな。もう写真を見つけた」

ジェイクが画面を指さす。特徴のない東洋人の顔がそこに映っていた。

「間違いないか?」

「まだ検証してないから、なんともいえない。第一フェーズでデータを収集し、第二フェーズで検証する。検証と言っても、ソーシャルネットワークやその他のネット上のデータと照合して、矛盾《むじゅん》や齟齬《そご》のあるものをはじくだけなんだが」

「それにしても早い。もしかして、こいつはあらかじめ、ソーシャルネットワークのデータをデータベース化してるんじゃないのか?」

「まさか……いや、でもありえない話じゃない。開発に当たってはNSAが協力してるはずだ。データの提供があってもおかしくない。お、結果が出た」

ジェイクが数枚の写真を拡大した。

「ええと、容疑者は数人まで絞られた。容疑者といっても、行動パターンと、事件前後の様子からの推定でしかないけどね。まだ本名は特定できない。昼の職場は特定できた。あと、個人的な知り合いっぽいのも何人か見つけた」

「容疑者の顔と監視カメラの映像でマッチングできる?」

「可能だけど、すでに数人まで絞り込めているから、さらに絞り込むのは難しい。いろんなパターンの写真を入手しておくのが目的なら意味がある」

「職場……当社となにか接点がないか確認して。知り合いのスマホとパソコンは全部乗っ取って、情報を吸い上げてね」

「了解」

「容疑者と、それに関連して出てきた人物で、うちの情報漏洩と接点のありそうな情報は見つかった？」

「全くない。そもそもうちの情報漏洩に関しては、手がかりがほぼないに等しいんだ」

「B９はもっと絞り込むこともできる？」

「この調子なら、本人の守りは堅いが、職場と周りの知り合いはそうでもない。本人の特定も時間の問題だろう。B９には見えない部分も多いので、なんとも言えないけどね」

「それにしてもたったあれだけの情報から、この短い時間でよく数人まで絞り込めたものね」

「莫大なデータベースと、効率的な推論エンジンがあるからね。デートの待ち合わせと時間、それにおおまかな年齢や特徴からだけで、だいぶ絞れる。待ち合わせ場所は主要ターミナル駅だったから、監視カメラの映像から、犯人の条件に当てはまる人間を抽出する。

そこに、女性と一緒にいたという条件と、クレアが調べろといった女の年齢や肉体的特徴を追加すれば、さらに絞り込める」

「その段階で容疑者たちの顔が手に入ったわけね」

「顔がわかると、今度は東京エリアで顔のマッチングを行なえる。職場は、毎日同じ時間に容疑者が現われる場所からの類推だ。さらに職場や年齢、データの日時場所と、ソーシャルネットワークなどのデータをマッチングする」

「ソーシャルネットワークなどのデータ？」

「フェイスブック、ツイッター、グーグルやマイクロソフトやヤフーのメールサービス、スカイプ、ＬＩＮＥの通信内容をデータベース化している。ここから関連しそうなデータを引っ張り出す。もともとはＮＳＡからもらってるものだけどね。二ホップまでだから、カバー率は高い」

二ホップとは、データ追跡の範囲のことだ。一ホップの調査範囲は、怪しい通信をした相手の通信先までだ。たとえば、過去に一〇〇人と通信していたら、その一〇〇人までを調べる。二ホップは、その一〇〇人それぞれの、過去の通信相手を調べる。仮にそれぞれ一〇〇人ずつだとすると、一万人になる。基本的には二ホップまでだが、三ホップまで行なう場合もある。同じ計算をすると、一〇〇万人が対象となる。

「でも、それだけやっても絞り込めてないわけ？」

「うーん。そうだね。まあこの手のものは、レイセオン社の〝ライアット〟が見本というか、先行してるんだけど。あれだと、ここまでもわからなかったと思う」

「信じられない」

「B9は、データフュージョン技術も駆使してる」

「データフュージョン？　ボーイング社だかナルス社だかの専売特許じゃなかったの？」

「データフュージョンそのものはその通りだけど、類似の機能が実装されてる。データフュージョンは、収集したツイッターや、フェイスブックなんかのデータをマッチングして解析して、詳細な個人情報が入手できるし、匿名でも行動特性などから他の個人情報と紐《ひも》付けして、正体をつかもうとする。そのへんの基本機能は、B9にもついてる」

「それでわからないの？」

「相手がそれだけ慎重なのさ。だからよけいに、ジャスティス・ゼロとの違いが気になる」

遠くからイギーが叫んでいるのが聞こえた。B9が気になるらしい。新しいおもちゃを使いたくて仕方がないのだ。純粋な好奇心と、常に新しいものを試してみないと不安になる強迫観念《きようはくかんねん》のなせるわざだ。

「いずれにしても、まずは『ネットのなんでも屋ゼロ』を徹底的に調べ上げるしか手がかりがないのよね」

クレアはイギーの席に向かいながら話しかける。

「クレア、向こうもこっちを調べてる。これはある意味チャンスだ。また罠を仕掛けて誘い込んでみるか、あるいはなにか仕掛けるか、してみるかい？」

「なにができる？」

「うーん。こっちの正体がわかってもいいんなら、関係している日本の会社を通じて、揺さぶりをかける手がある」

「正体？　わかってもかまわない。どうせ警察に届けるようなことはしないだろうし、ジャスティス・ゼロを追ってる組織といえば、うちのことを最初に疑うでしょう。いまさら隠す必要はない。具体的にはなにをするの？」

「日本の取引先を通じて、ジャスティス・ゼロに関する情報を集める。特にこいつの職場に通信の痕跡が残っていたとか言って、資料を持たせて誰かに行ってもらう。そうすれば、それを知った誰かが、うちのことを調べ出すだろう。そいつが犯人で確定だ」

「悪くない……待って！　でもその前に広報に頼んで、今回の情報漏洩に関するプレスリリースのページを、少しいじってもらえないかな？」

無関心を装いつつも耳をそばだてていた周囲の数人が、ぎょっとしてクレアに視線を向ける。

「ダメだ。それはダメだ。おびき寄せて、罠にかけるつもりなんだろ？　そりゃ、水飲み場型攻撃だ。同業者や軍関係者も見にくるんだ。さすがにばれる」

「ターゲットだけにしか感染しないように、アクセス制御すればいい」

「アクセス制御にはふたつ方法があるけど、どっちもダメだよ。ページの内容をこちらで書き換えるのはすぐにできると思うけど、それだとページのソースを見れば一発でわかってしまう。同業者や軍関係者に気づかれる可能性がある。ウェブサーバーでアクセス制御かければばれないけど、今度はウェブサーバーの管理者に話を通さなきゃいけなくなる。あそこは本社の広報の担当なんだ。すぐにはOKもらえない」

「ダメか。じゃあ、この件に関する情報をまとめているサイトを急遽《きゅうきょ》作って、検索結果が上位に来るようにSEOかけて、水飲み場型攻撃を仕掛けましょう。それと、ベータ社について研究した日本語の情報サイト。これならいいでしょ」

　クレアは、敵が関心を持つようなサイトを作り、検索結果の上位に表示されるようSEOを行ない、やってきた閲覧者を追跡する罠を仕掛けようとしている。

「可能だ。マルウェアを埋め込むんだね。同業者や軍関係者も来るだろうけど、まとめサイトなら、うちにクレームは来ないだろう」

「あと、履歴《りれき》傍受とHPKPとキャンバス・フィンガープリンティングもね」

HPKPとは、ひとことで言えば、ページを見にきた利用者を追跡する方法だ。利用者が過去に訪問したサイトなどを知ることもできる。キャンバス・フィンガープリンティングも同じく利用者を追跡する技術で、どちらも利用者にはわからない。

「徹底してるね」

「匿名ネットワークは、オーアを利用してるのよね。だったら、うちの匿名ネットサーバーの情報も拾って」

「なんの話?」

「知らないの? オーアと日本のVPNプロジェクトに、うちからサーバーを提供してる。もちろんダミーの個人名でね。そこを経由する通信は、全部こちらで把握できる」

日本には独自のVPN技術を開発、広げているグループが存在し、サーバーの多くはボランティアによって運営されている。

匿名ネットワークもVPNも、経由するサーバーのアクセスログから利用者をある程度、追跡することができる。台数が多いほど、精度は高まる。

「しまった。それは知らなかった。そこのログもB9に入れなきゃ」

「入ってなかったの？」

「僕が見た限りでは入っていない。おそらくそのサーバーを管理してるとこは、ラボと仲が悪いんだろう」

「じゃあ、追加をお願い」

イギーは気軽にＯＫと返事した。だが、そう簡単なことではない。クレアは笑いを返し、時間を確認した。日本は午前中だ。会社に勤務しているから、この時間帯は派手な動きはできないはず。イギーたちの調査が終わるのにも時間がかかるだろう。クレアは自分の部屋に戻り、状況の整理をしつつ、少し休むことにした。この仕事には昼夜《ちゅうや》の別がない。世界中が相手だから、常にどこかは昼間だ。いつでもすぐに稼働《かどう》できるように、自分を管理しておく必要がある。

目覚めると、深夜だった。昨晩は充分睡眠をとったはずだが、だいぶ寝られた。軽く身体を動かし、全身を目覚めさせて、オフィスに戻る。さっそくイギーが手を振ってクレアを呼ぶ。

「クレア、絞り込んだゼロの職場に、自動車でも突っ込ませるってのはどうかな？」

イギーが笑いながら手を振る。

「なんのために？」

「こっちが本気だって知らせるのと、事故に気づいて人が動けば、監視カメラに映る人数も増えて見つけやすくなる。道路沿いにあるＷｉ《ワイ》－Ｆｉ《ファイ》スポット経由で自動車を乗っ取れるから、実行は難しくない」

自動車のブレーキなどを含む多くの動作は、ＣＡＮと呼ばれるシステムや、類似のシステムに制御されていることが多い。サイバーセキュリティの重要性が認識される前に作られたため、攻撃に対して脆弱だ。しかも昨今は無線から侵入できる。

「派手にやって」

クレアは笑いを返し、時間を確認した。日本は夕方だ。退勤する前に仕掛けないと意味がない。日本人は残業が好きとはいえ、早い方が確実だ。

「まかせろ！」

クレアはイギーの画面をしばらくながめ、やがて納得したようにうなずいた。

「成功した。とりあえず事故は起きた。相手がこっちの仕業《しわざ》って気がついてくれるといいんだけどね」

イギーが笑う。この短時間で、海の向こうの街を走る自動車数台を、ターゲットのビルに突っ込ませることができた。自分は同じ目に遭《あ》わないようにしたい。クレアはイギーから離れて、ジェイクの席に戻り、稼働中のＢ９の様子をながめていた。

しばらくすると、イギーがまたクレアを呼んだ。

「クレア、相手が、こっちが乗っ取った女のスマホやパソコンに侵入しようとしてる。どうする？　追い返すかい？　それともわざと乗っ取らせて、追跡できるかやってみる？」

クレアが近づくと、イギーが余裕の笑みを浮かべている。これまでのところ、こちらと向こうの腕前の差は歴然としている。その上、こちらは相手の正体をほぼ把握しているが、相手はこちらについて、まだなにもわかっていない。圧倒的有利な立場から、余裕をもって対応できる。

「逆探知される可能性と、こちらの正体がばれる可能性は？」

罠にかけたつもりが、かけられていたということはよくある。相手が不注意の間抜けなのも、そういうふりをしているだけかもしれない。

「逆探知の可能性は低い。五十パーセントもないだろう。相手も慎重だからね。こちらの正体がばれる可能性は、限りなくゼロに近い。そんなヘマはしない」

イギーは完全に相手をなめている。危険だなと少し感じるが、この状況なら心配することもないだろう。

「じゃあ、乗っ取らせてやって。くれぐれも慎重にね」

「了解。じゃあ、相手の罠に引っかかることにする。念のため、隔離した環境でやる」

イギーは画面にひとつ新しいウィンドウを開くと、そこで送られてきたメールの添付《てんぷ》ファイルをクリックした。そのままファイルを開くと、マルウェアを仕込まれていた場合に感染する危険があるが、サンドボックスという隔離された空間で開けば感染することはなく、安全に動きを監視できる。

即座に、画面に赤い文字でメッセージが出た。マルウェアが不審な挙動をしている警告だ。

「へえ、ゼロデイ脆弱性を使ってる。どこで手に入れたんだ？　まさかうちが売ったヤツじゃないよな」

イギーは笑ったが、クレアは笑わない。手強《てごわ》い相手には、ゼロデイ脆弱性を使わなければ攻撃は通じないだろう。しかし、強力であるがゆえに、手かがりになりやすい。

「使ってる脆弱性から売り手を特定できる？」

ゼロデイ脆弱性とひとことで言っても、アンダーグラウンドマーケットで手軽に買えるものから、政府機関に高額で販売されているもの、あるいは企業が買い取ったものまでさまざまだ。それがあまり知られていないものであれば、入手経路から相手を特定することもできる。

致命的《ちめいてき》なゼロデイ脆弱性があれば、甚大《じんだい》な被害を相手に与えることができる。発電システムに侵入し、停電させることもできる。二〇一六年、ウクライナはサイバー攻撃によって大停電となった。ゼロデイ脆弱性は、サイバー時代のプルトニウムなのだ。

「脆弱性の詳細を調べる手間をかけるならね」

「サナイ！　お願い。イギーから検体をもらって、出所を調べて」

クレアが声を張ると、奥の席のサナイが手を振ってみせる。

「わかった。アメリカ国内なら、うちとデスチーム社、それにエンドゲーム社。あと脆弱性を売ってるとこというと、有名どころだと、フランスのヴューペン社。他にも小さなとこはたくさんある。当たってみよう」

サナイが返事した。一口にサイバー軍需《ぐんじゅ》企業といっても、その範囲は広い。事業領域が重ならなければ競合することもないが、重なった時は、その競争は熾烈《しれつ》を極める。そして大手は全てをカバーしようとするため、必然的にぶつかることとなる。デスチーム社とベータ社は、どちらも急成長を遂《と》げており、互いに互いの動きを牽制《けんせい》し合っている。双方が活動領域を広げているせいで、ぶつかる機会も増えた。

「こいつ、慣れてるな。標的型攻撃を使いこなしてる。こちらが乗っ取って操ってた十二人のスマホやパソコンを、どんどん乗っ取ってる」

イギーが感嘆《かんたん》の息を漏らす。

「こっちが監視してることには気がついている?」

様子が違う。もしかしたらチームなのかもしれない。べたべた足跡を残していた人間と同一人物とは思えない。クレアは頭の中で可能性を検討し始める。

「おそらく気づいてる。ただ、他の誰かに乗っ取られていることはわかっても、それが誰なのかとか、どうやって通信しているとかは、わからないはずだ。それが簡単にわかったら、うちのビジネスが終わる」

イギーがにやりとする。その通りだ。これが我々のビジネスなんだ。

「乗っ取った後に、なにをしてる?」

「うーん、とにかく調べ回ってる。

「互いの尻尾《しっぽ》を探し回ってるわけね。状況はイーブンってことか」

「いや、先に仕掛けたのはこっちだし、監視に割《さ》ける人数も、おそらくこちらの方が多いから、こちらの方がかなり有利だ」

「島国のアマチュアに負けるようなことはないでしょうね」

複数の犯人かつ、その中に腕のたつ人間がいるということは、あまりなめてかかれない。相手のチームの中にもプロがいないとは限らない。

「止めてくれよ、こっちはプロなんだ。三年間、サイバー空間でサーチ・アンド・デストロイばかりやってきたんだぜ」

イギーが苦笑する。彼なりの自負がある。実力もプライドも持っていて当然だが、過信は禁物《きんもつ》だ。

「相手もそうかもしれない」

クレアが皮肉っぽく言うと、イギーは黙った。

「……うん。確かにそうだ。甘く見ない方がいい。なにしろ相手の正体がわかっていない」

素直にイギーがうなずく。

離れた席のサナイが、おおげさにクレアに向かって手を振った。

「脆弱性の出所と流れを把握できた」

クレアはサナイの席に移動しながら、

「報告して」

と声をかける。サナイは苦笑しながらうなずく。

「一週間前に、ロシアのアンダーグラウンドマーケットで売りに出ていたヤツだ。三つの業者が購入して、エクスプロイトコードと一緒に売り出した」

サナイの画面には、ふたつのコードが表示されている。赤く表示されているのは、似ている箇所《かしょ》だ。ほとんど赤い。

「量産品なの？　特定できないじゃない」

「残念ながら、そうです。大量生産品とは思わなかった」

サナイは肩をすくめて見せる。

「出所を隠すために、わざとやったのかしら」

「そこまで考えてないと思いますよ。攻撃相手のレベルを考えると、とりあえず手っ取り早く使える量産品で充分と判断したのかもしれません」

「わからない。敵のプロフィールがイメージできない」

「僕にはチームのように思える。それも腕ききの」

「なぜ、腕ききだと思う？」

「まだ正体がわからないからさ。僕らはプロだ。その上、B9まで使ってる。だけどいまだに相手の正体を完全には把握できないでいる。そうは思いませんか？」

「偶然という可能性もある」

「ふむ。いずれにしても、これだけやっているのだから、相手の正体はすぐにわかると思います」

「そう願いたいものだ」

その時、イギーが声を上げた。

「クレア！　管理部からの連絡で、うちのサーバーが攻撃を受けて乗っ取られた。気になったので詳細を問い合わせたら、ゼロのような気がする」

「ゼロ？」

「ああ、悪い。『ネットのなんでも屋ゼロ』のこと」

クレアはイギーの元に急ぐ。

「いいわね。ゼロの方が呼びやすい。これからそう呼びましょ。で、やっとこっちに気がついたのね。それにしても、なんで関係ないサーバーを攻撃したの？　闇雲《やみくも》に攻撃しているだけ？」

「そうだね。おそらくうちのサーバー群を全部調べて、脆弱なサーバーを攻略したんだろうと思う。そこを乗っ取って、さらに内部に侵入するつもりだったんだろう。幸い実験用に立ち上げたもので、他のサーバーやネットワークとは接続されていなかった」

「ふーん。腕前は？」

「調査から攻撃に要した時間や、利用したゼロデイ脆弱性などから考えて、少なくともA級だろう」

「おかしいじゃない。ゼロはもっと低レベルだったはずでしょ」

やはり腕ききのいるチームなのか？　クレアは眉をひそめる。

「チームという可能性が高くなってきたか……ジェイク！　B9を使って、他のメンバーを探すことはできる？」

「できると思う」

「見つけて、そして攻撃して」

「クレア！　相手が多人数……例えば五人以上で、しかもA級以上の腕ききがそろっていたら、こちらも態勢を整えないといけない」

イギーが珍しく弱気を見せた。

「どうして？　守りは完璧なはずでしょ？」

「チーム戦になれば、うちの取引先や家族や知人もターゲットにして、戦線を拡大してくる。広い守備範囲をカバーする態勢がないとやられる」

「取引先や家族や知人を狙うかもしれないのは、相手がひとりでも同じでしょう？」

「相手がひとりなら、同時多発的に攻撃を仕掛けるのは困難だ。個別に発生するならこちらも対処が簡単だし、今は相手をモニターできているから予防もできる。でも、一度に複数となると難しい」

「そうか、大事なことを忘れていたわね。ひとりの優秀なハッカーが戦況を変える時代ではない。チームと戦略に優《まさ》るものが勝つ。そういうことね」

「その通り」

「でも日本に、A級がそんなにいると思う?」

「可能性は否定できないし、日本とは限らない。ネットを通じて世界中の誰とでもチームを組める」

「それでも、こちらが負けるとは思えない。ここにいる四人と戦って無事な相手は、世界中のどこにもいないでしょ」

自信たっぷりのクレアの言葉に、イギーは黙る。一瞬「油断は禁物だ」という言葉が頭をよぎったが、そうではないと打ち消す。当たり前の状況判断だ。もしもサイバー空間で後《おく》れをとっても、実力行使という最終手段がある。

弾丸はコードより速い。相手のサーバーを潰《つぶ》すために、物理的な破壊工作を指揮したこともある。極東《きよくとう》のちんけなハッカーを相手にして負けるはずがない。

「A級ハッカーなら正体をつかみやすいかもしれない。調べる方法はある?」

クレアの言葉に、イギーは我にかえる。

「日本の公安なら、日本国内のハッカーの情報を持ってると思う。アノニマスの日本人メンバーはリスト化されてるらしいし、主要なサイバーセキュリティ勉強会の参加者リストは全部入手しているそうだ」

「うちの上から手を回して、NSAかFBI経由で入手できない?」

「すごい無茶ぶりだ。待ってくれ。他の方法がある。社内の他の部署で、日本国内の情報提供者を持ってるはずだから、そっちに照会してみる」

「うちを攻撃してきたA級ハッカーがわかれば、チーム構成もわかる。相手の力量を把握できたら、作戦を立てやすくなる」

イギーは目にもとまらない速さでタイプし、メールとメッセージを送りまくる。

しばらくは、まかせておいていいだろう。クレアはいったん自室に戻ることにした。狙いはあくまでも情報漏洩の犯人だ。ゼロが犯人かどうかは、まだわからない。

部屋に入る時、秘書に声をかけられた。

「マコーネルが会いたいって言ってきたけど……断わった方がいいわよね」

「マコーネル? いまごろなんだろう? そうね。今は無理。この仕事が一段落つくまでは、他のスケジュールは入れられない」

クレアはそう言うと、返事を待たずに部屋に入った。窓際のソファに腰掛け、ブラインド越しに外の景色に目をやると、茫漠《ぼうばく》とした砂漠の景色が目の奥に蘇《よみがえ》る。乾いた空気と血の予感。

マコーネルは、一九九〇年の湾岸戦争でのクレアの上司だ。日本ではあまり知られていないが、湾岸戦争における情報戦が、米国における戦争へのサイバー技術の本格的応用の始まりだった。

クレアはソファに身を横たえ、目を閉じる。バザールの強烈な熱砂と、香辛料の香りが鼻腔《びこう》をくすぐる。あの時、自分は十七歳だった。マサチューセッツ工科大学を卒業し、そのまま修士課程に進んでいたが、湾岸戦争でしようとしていることを知って、マコーネルの隊に志願した。ハッカーコミュニティで、サイバー部隊が投入されることを知って、いてもたってもいられなくなった。指導教授の強い推薦もあって、部隊に潜り込めた。

その隊では、盗聴や位置の特定や、偽情報を流して相手を罠にかけるなどの手法を開発、駆使した。これはサイバー技術を戦闘に応用した初期の貴重な体験であり、その有効さを知らしめることとなった。マコーネルの隊の主要メンバーが、のちにＮＳＡや軍のサイバー諜報機関化を推進することになったのは、あまり語られることのない、アメリカのサイバー戦闘の歴史の一ページだ。

語られないが、別に秘密ではなかった、とクレアは思い出す。司令官のシュワルツコフがサイバー戦にくわしくなかったせいで、資料に詳細が記載されなかっただけだ。

その後、クレアは一九九五年の暮れに誕生したカリフォルニア州のショー空軍基地の609空軍情報戦中隊に異動した。表向きは、空軍の情報システムへの脅威《きょうい》に対抗する組織だったが、敵国の情報システムを攻撃する方法の開発が、主たる目的だった。組織そのものは一九九五年八月十五日に発足していたが、その時点ではたった三人しかおらず、クレアが参加した同年末でも、まだ十数名程度だった。

ポケットに入れたままのスマホが揺れた。

――調子はどうだ？

マコーネルからだ。

――相変わらずのキツネ狩り

そっけなくクレアが返す。軍にいた頃に比べると、ここの仕事は小規模な作戦ばかり。たいていはハッカー狩りだ。規模が小さい分、現場に飛び出して生身の感覚を味わえる。

――亀《かめ》を鷲《わし》に変える仕事に戻らないか？

以前から何度も何度も、軍あるいはサイバー軍需企業のしかるべきポジションに就《つ》くよう勧められていた。人材が足りないのだ。

多くの努力にもかかわらず、アメリカでは長い間、サイバー空間の危機は解消されていない。

だからサイバー戦争で常に後れを取っていた。危機感の薄さだけが理由ではない。インターネットがもっとも早く普及し、利用されていることも大きな理由だ。利便性と安全性は相反《あいはん》する。防衛、産業、日常生活でネットが利用されているということは、そこにつけ込まれる隙《すき》があることにつながる。しかもネットが悪用された時のダメージは、諸外国よりも大きい。

クレアは愛国心に燃えていたわけではない。この分野がおもしろく、やりがいがあった。戦場で死を間近に感じた時に、生きている感覚を得た。学問や研究では得られなかった、めくるめく高揚感《こうようかん》がある。クレアはそのまま軍に残ることに決めた。

――成長しない生徒を教えるのは柄じゃないから

アメリカという国がサイバー空間で足踏みしている間、クレア自身は変化し、成長した。

湾岸戦争の後は空軍で心身ともに鍛《きた》えられ、アメリカサイバー軍の設立とともにそちらに異動し、その後はNSAに勤務、退職後フリーランサーとして、いくつかのサイバー軍需企業を渡り歩いた。必要に応じて火器を使った破壊活動のできるハッカーはほとんどいないため、クレアは貴重な存在だった。最新型殺人アンドロイド、あるいはターミネーターと陰口《かげぐち》を叩《たた》かれる由縁《ゆえん》だ。

――だからこそ君のような人間が必要なのだ。わかっているだろう。

――わかりすぎてるから、乗り気になれない。わかるでしょう?

彼女は、ある意味、アメリカにおけるサイバー戦の歴史の証人だった。ほとんどの大きな事件に立ち会ってきた。

一九九七年六月九日、極秘《ごくひ》の総合演習「エリジブルレシーバー」では、NSAのハッカーチーム「レッドチーム」に参加し、アメリカ陸海空軍のシステムに対してサイバー攻撃を行ない、指揮命令系統をたった四日で制圧した。しかも、これは事前に通告しない演習で、陸海空軍は実戦として対応したにもかかわらずだ。

一九九八年二月三日に発足した「ソーラーサンライズ」タスクフォース、一九九八年十二月十日の「ムーンライトメイズ」タスクフォース、二〇〇一年初頭に発見された「タイタンレイン」の全てにかかわった。これらの事件では、サイバー空間での守りの弱さを思い知らされた。イスラエル、ロシア、中国から、さんざんな目に遭わされた。

危機感がないのにもほどがある。「サイバー攻撃で物理的な破壊などできないだろう」

と高をくくっていたのだろう。あるいは、危険性を全く理解していなかったのかもしれない。

政府の中枢《ちゅうすう》には、わずかながらこの問題を認識している者はいた。たとえば、リチャード・アラン・クラークは、もともとはビン・ラディンの専門家だったが、安全保障・インフラ保護およびテロリズム対策のナショナル・コーディネーターに抜擢《ばってき》され、サイバーセキュリティ対策までまかされることになった。矢継《やつ》ぎ早《ばや》にサイバーセキュリティ関連の法案や組織案を提案する。かなり強引なやり方だったが、そうでなければ進まなかっただろう。二〇〇〇年問題対策組織を業界別サイバーセキュリティ情報共有組織（ISAC）に編組《へんそ》するなど、彼でなければできなかった。彼はハッカーグループ・ロフトのリーダー・マッジ（ピーター・ザッコ）をブレーンにつけて、クリントン大統領を交えたミーティングにも参加させた。そこまでやっても、まだ大多数の政治家と官僚は、サイバーセキュリティの重要さに気づかなかった。

それでも、演習はふぬけの連中の目を少しは覚ました。二〇〇二年にガートナーのアナリストや米海軍大学などがロードアイランド州ニューポートに集まって、重要インフラおよびIT関係者を集めて行なわれた机上演習「デジタル・パール・ハーバー」、二〇〇三年、国土安全保障省が実施した机上演習「ライブワイヤー」は実演習ではなかったが、それなりに効果はあった。

二〇〇七年三月四日、二・二五メガワット、二十七トンの発電施設を実際にハッキングして破壊する実験「オーロラ発電機実験」が行なわれた。それまで、サイバー攻撃で損傷は与えられるだろうが、そこまで深刻なものにはならないだろうと多くの関係者は考えていた。だが、クレアには破壊できることがわかっていた。彼女の予想通り、たったの三分で施設は修復不可能なまでに破壊された。

発電機から煙が上った時は、仲間と手を叩いて喜んだ。周囲の連中がぽかんとしていたのが滑稽《こっけい》だった。自分のチームと、啞然《あぜん》としている連中の差が、アメリカと先行する各国との違いだ。ロシア、中国、イスラエルは、先を走っている。核兵器の時代はロシアとアメリカの二強だったが、その優位性はサイバー空間にはない。

それでも潜在的な危機は放置されたままだった、二〇〇八年十月二十四日十四時三十分、アフガン戦争の最中、アメリカ中央軍は異常を検知した。もっとも機密性の高い内部のコンピュータがハックされていたのだ。クレアも参加したタスクフォース「バックショット・ヤンキー」が、その犯人と手口を突き止めた。カブールのいたるところで売られているUSBメモリのいくつかに、あらかじめロシアがマルウェアを仕込んでいたのだ。

クレアはあきれ、驚いた。こんな簡単なソーシャル・エンジニアリングに引っかかるなんて。軍のネットワーク内部がハックされるとは、深刻な問題だ。だが、いいきっかけになった。サイバー軍が創立され、当時ＮＳＡの長官だったキース・アレクサンダーが司令官に就任した。

キースは素晴らしかったとクレアは思い出す。アメリカ政府の中枢部で、コードを理解し、それをわかりやすく伝えられる初めての男だった。彼なしには、アメリカのサイバー戦能力の立て直しはなかっただろう。

昔に比べればだいぶマシになったが、アメリカはまだまだサイバー戦能力が充分とは言えない。日本はさらに遅れている。そんなところに、腕ききがそんなにいるはずがない。

ふと我に返ると、マコーネルがいつもと同じ誘いの言葉を並べ続けていた。

――すまない。今は目の前の仕事に集中したい。

クレアは、マコーネルの誘いの言葉を遮《さえぎ》った。

――わかった。仕事の邪魔《じゃま》をしたようだな。君の素敵なキツネによろしく。

マコーネルは電話を切った。

ゼロのことに頭を切り換え、負けるはずはないと自分を叱咤《しった》する。ゼロに時間がかかりすぎだが、他の手がかりがない以上、続けるしかない。だが、本当に他の手段はないのだろうか？

クレアは、二〇一六年六月に、アメリカ民主党全国委員会のサーバーから情報が盗み出された事件を思い出した。あの時、サイバー軍需企業クラウドストライク社は、犯人をロシアのハッカーグループ・コージーベアとした。その直後、グシファー2・0と名乗るハッカーが犯行声明を出し、クラウドストライク社の結論を否定したのだが、グシファー2・0が犯行の証拠としてネットに公開したファイルの最終更新者は、ロシア人名だった。真相は結局、明らかになっていない。

サイバー攻撃が日常化している現状では、なりすましや騙《だま》しも恒常的《こうじようてき》に行なわれている。いくつものニセのプロフィールで正体を覆《おお》い隠している方が普通だ。A級や超A級ハッカーは数が限られるし、ネット上の活動やカンファレンス、イベント、脆弱性報告など、なんらかの形で、その存在を把握できる。たとえ正体を隠していても、ハッキングの癖や使用しているツールから正体を推理できる。それでも正体を隠しおおせるのはよほどの腕前か、特別なチームに属している場合だけだ。

アメリカ民主党全国委員会のサーバーを襲撃したハッカーがそうだったように、今回の真犯人もまた、幾重《いくえ》ものニセのプロフィールで自分を隠しているのかもしれない。

ゼロに関する情報をながめながら考える。ゼロが犯人でないとすれば、なりすまされたことになる。ゼロになりすました理由はなんだ？　誰でもよかったわけではない。今のところ、ゼロの動きが悪くない。騙すにもリスクが伴う。もっと簡単に騙せる相手はいくらでもいたはずだ。それを知るためにも、ゼロのプロフィールを知っておく必要がある。日本国内のA級ハッカーを含むチームを騙して利用して、なんのメリットがある？　怨《えん》恨《こん》か？　それとも政治的理由？　それ以外？　あるいは競合会社の罠か？

ゼロの構成メンバーの正体が明らかになれば、目的もわかるかもしれない。やはり突破口はそこにしかない。

クレアは部屋を出て、イギーの元に向かう。

「A級ハッカーの正体は？」

作業に熱中しているイギーに話しかける。

「まだわからない。日本国内にいるA級ハッカーの情報は入手できたんだが、今回の攻撃を行なったヤツが、その中にいるかどうかわからない。攻撃してきたヤツに関する情報が決定的に不足してる」

「電子鑑識《フォレンジック》は？」

「ざっと調べた範囲では、決め手になるような痕跡はない。詳細に調べるのは時間がかかりすぎる」

フォレンジックは、警察などが行なう鑑識《かんしき》のことだ。サイバーがらみの鑑識をデジタルフォレンジックと呼ぶが、フォレンジックと略して呼ぶことが多い。

「クレア、君らしくもない。焦《あせ》ってるんだろ?」

「そうね。相手の居場所はわかってるんだから、乗り込んで、うちをハックした方法やチームのことを白状させてやりたくなってる」

「ゼロはおそらく、うちから情報を盗んだ犯人じゃない。とっかかりにしかすぎないんだ。そこまで入れ込む必要はない。他にも真犯人につながる情報があれば、そっちを優先した方がいい」

「わかってる」

わかっているが、他に手がかりはないのだ。まだるっこしい。クレアは唇を噛《か》んだ。

「クレア……よくない感じだ。相手はソーシャル・デコイを放っているらしい。B9が警告を出してきた」

「ソーシャル・デコイ? なにかの囮《おとり》ってこと?」

「そうだね。データフュージョン技術の弱点を突いて、ビッグデータから個人を特定するのを妨害《ぼうがい》する手法だ。ソーシャルネットワークに仕掛ける囮だから、ソーシャル・デコイってわけ」

「聞いたことある。そういうことか」

クレアはため息をついた。データフュージョンを攪乱《かくらん》するデコイを使うには、そのアルゴリズムをある程度、知っていなければならない。ただのA級にできる仕事ではない。

莫大なネット上のデータをマッチングして特定の個人まで絞り込むデータフュージョン技術にも、弱点がある。情報を探られそうになったら、マッチングのキーとなりそうな年齢、年格好、職業、趣味、あるいは知人や行動範囲をあらかじめ予想し、マッチングするニセの情報を持った囮の情報をソーシャルネットワーク上に掲載するのだ。これにより、さまざまなものとマッチングされてしまい、特定が困難になる。だが、イギーの様子を見ていると、今回はそれだけではなさそうだ。

思ったより時間がかかりそうだ。クレアは唇を噛んだ。

「イギー、デスチーム社の情報をできるだけB９に与えて、調査を始めて。おそらく日本アラファイ経由で、かなり情報を得られるはず。あそこはぬるい」

クレアがイギーをにらむ。アラファイ社は、デスチーム社と関係の深い同業だ。

「それは、つまり、真犯人がデスチーム社の可能性があるってことだね」

イギーが目を輝かせて確認する。

「まだなんとも言えない。しかし、ひとつずつ可能性を確認してゆくしかない」

クレアはそう言ったが、手口の鮮やかさから見て、デスチーム社である可能性は高いと考え始めていた。

第三章　サイバー戦争の犬たち

ベータ社がオレを狙っているとしたら、かなり面倒《めんどう》だ。くわしいことはわからないが、『死の商人』なんだから売るほど『死』を提供できるはずだ。オレはいらないんだが、届けたくてたまらないんじゃないか。嫌な相手に見込まれたもんだ。

もしかすると捕まえて事件の情報を得ようと思っているのかもしれない。連中のサーバーに侵入した手口や、くわしい動機とか。でも、そんなこと訊《き》かれても、オレだってわからない。オレも被害者なんだ。

いずれにしても、オレにはやっかいなことばかりだ。長いため息をついて天井を見上げたら、うしろから頭をつかまれた。

「ため息は老化の元です」

頭の向こうから綾野の声がした。

「どうしたらいいか、わからねえ」

手をのけて振り向くと、綾野が目を輝かせている。どういうことだ？　うれしいのか？

「追い詰められたんですか？」

綾野の口元がゆるんでいる。

「なんでお前、そこでうれしそうな顔するの？　その顔、どう見ても楽しそうだぞ」

「うれしい……そうかもしれません。約束を覚えてますか？」

「なんだっけ？」

「忘れたとは言わせませんよ。あなたが自殺する時は、あたしも一緒に連れていってもらうことになっています」

「オレが自殺する？　しねえ」

自殺や絶望は愚《おろ》か者《もの》の結論と信じている。どちらも原因を抹消《まっしょう》すればいいだけのことだ。それに、たいていのことは金があれば解決する。死にたくなったら、死ぬ気で金を儲《もう》ければいい。

「もしもの場合の話です。忘れたとは言わせません」

「そういえば首絞《し》めた時にそんな話をしたような気がする」

こいつの首は何度も絞めたが、セックスの最中なのでいちいち言ったことを覚えていないし、思い出すこともない。相手の声を思い出すことはあっても、自分の声を思い出すなんて気持ちが悪いだけだ。

「あたしは忘れていません。その時が来たら、よろしくお願いします」

「あいにくだが、オレは自殺なんかしない。お前の変態な話のおかげで気力が戻った。このままやられっぱなしでたまるか」

「人は必ず死にます。死を考えるのは変態でありません」

綾野は真面目《まじめ》な顔でそう言うと、顔を近づけ、オレの耳に嚙《か》みついた。

「死にたくなったら遠慮せずに言ってください。いつでも準備はできてます。あたしの前では強がる必要はないんですよ」

耳元でささやかれて、ぞくっとした。綾野が耳から口を離した後で嚙まれたところに手をやると、痛みが走った。手を見ると血がついていた。

「すみません」

綾野が頭を下げたが、絶対に悪いと思っていない。こいつは血を見るのが好きだし、見ると興奮する。腕を切って血を流したあいつと、血まみれになって交わったことが何度もある。だが、今はそんなことをしてられない。

「いいから、聞け！　やることは当面ふたつ。ひとつは、ベータ社の攻撃方法や能力を把《は》握《あく》する。もうひとつは、真犯人を探すこと」

「前者については、なんとなく調べればいいんだなあってわかりますけど、後者はどうするんですか？」

綾野は楽しいひとときを邪魔《じゃま》されて、少し不満そうだ。こいつにとっては死の話をしている時は幸福らしい。

「普通の調べ方じゃダメだよな」

「まあ、あたしはとりあえずネットを調べてみます。アンダーグラウンドのコミュニティなら、なにかわかるかもしれません」

綾野はオレに敬礼すると、自分のノートパソコンを引っ張り出して、さっそく作業を始めた。アニメかなんかの物真似《ものまね》っぽいが、元ネタがわからない。

「オレもそうしよう」

「真似しないでください。ネットは、あたしが調べますから、佐久間さんはリアルでなにか調べてください」

そりゃそうかもしれないが、どうやって調べりゃいいんだ？　しばらく考えて思いついた。

「そうだ！　サイバー軍需《ぐんじゅ》企業に関心を持ってるヤツが集まるコミュニティに参加するのもいいかもな」

綾野もうなずいたんで、オレはさっそく机に移動して検索した。すぐにいくつかサイトやブログが見つかったが、その中におもしろいものがあった。

「寝言《ねごと》サイバーセキュリティ研究会って知ってるか？」

「老舗《しにせ》の勉強会です。行ったことはありません。評判は悪くないですよ。確か、いまは大《だい》日本電気《にほんでんき》の人が幹事をしてます。サイバーセキュリティの研究会って、ばりばり技術畑の人ばっかり集まるのや、マネジメント系っていうか総務系の人なんかも来るのと、自衛隊や防衛省や公安なんかが来るガチのと、いろいろありますけど、寝言はいろんな人が来るんで、齧《かじ》ったことのある人ならわかるくらいのレベルです。自衛隊関係者が多めなんで、そっち関係の話題多いです。ガチなの以外は身元確認しないんで、誰でも参加できます。そういうところに参加するのも手ですね」

「お前はなんでも知ってるな」

「情報収集は、あたしたちのような人間には必須ですよ」

綾野がちらっとオレの方を見た。皮肉《ひにく》を言われたようだ。

「役に立つと思う？」

「うーん、防衛省や自衛隊の情報って、探せばかなりオープンになってるんですよね。逆にたくさんあるんで、重要なものの見極めが難しいんです。そのへんは、こういう研究会で話を聞くとわかりやすいと思います。あと、名刺交換して、あとから標的型攻撃しかける手もあります」

こいつが言うと冗談《じょうだん》に聞こえないけど、きっとこれは冗談だよな。どうやら行く価値はありそうだ。

「でも、あまりガチじゃないなら、情報持ってるヤツは来ないんじゃないか？」

「そうでもないんです。会の内容には興味ないけど、知り合いに会えるから来るって人もいます」

「ふーん。じゃあ、どっかの会社員のふりして行ってみるか」

「たいてい名刺出すだけで入れてくれますよ」

正直言うと、研究会って聞いただけでちょっと萎《な》える。大学に行ってないから体系的なことを教わっていないし、裏稼業《うらかぎょう》をやっているもののピンポイントで攻撃手法だけ勉強しただけだ。

四年制の大学の理系を出て、ＩＴ企業に勤めてる連中とは、基礎が違いすぎるような気がする。人型性欲処理装置の綾野だって大学を出ている。

どこかのＩＴ企業の社員のふりをして参加して、出身大学やゼミのことを訊かれたら、なんて答えればいいかわからない。適当に答えりゃいいんだろうけど、大学のゼミでなにをやってるのか想像できないから、その適当な内容を思いつかない。あらかじめ大学生のブログでも読んで、なりすませるようにしておかなければならない。

「オレって大卒に見えるかな？」

「今どき、大卒に見えない人っていないと思いますよ。割り算できないとか、日本の首相の名前を知らないとか、日本人を白人と思ってるとか、大学生の知能って、日本の平均を下回ってる可能性が高いです。派遣先《はけん》もほとんど大卒だったんじゃないですか？」

「そういえばそうだ。派遣先の連中もバカばかりだった。楽勝だな」

オレは少し安心した。それにしても、日本人を白人と思っている大学生がいるとは知らなかった。

オレは、過去に接点のあった人間の情報を引っ張り出した。信用してもらえそうな会社で、サイバーセキュリティに関係してそうな部署、そして存在しないことがばれにくそうなものを選ぶ。ネットで名刺の印刷を申し込む。特急で頼めば翌日には入手できる。これでいちおう〝NLY社情報事業部の佐々木謙《ささきけん》〟になりすませる。どうせ勉強会なんか、そんなに身元を確認しないだろう。

さっそくサイバーセキュリティ関係のイベントをチェックすると、思ったよりも多い。幸い、週末にサイバー軍需企業をテーマにした勉強会が開催されることになっていた。

それからオレは、辞表代わりのメールを準備した。なにしろ相手はオレの勤務先を特定している可能性が高い。もう隠す必要はない。オレの端末《たんまつ》の情報を常時監視してでもおかしくない。この間の会社のビルの前の交通事故だって、誰かがハッキングしたせいかもしれない。この調子だと、社員名簿の情報は盗まれているだろう。そこからさかのぼって、派遣会社に登録してある業務経歴や、履歴書《りれきしょ》の情報も盗まれているかもしれない。

いろいろ考えると、会社を辞《や》めた方が正解だ。

寝言サイバーセキュリティ研究会は、神保町《じんぼうちょう》にあるサイバーセキュリティコンサルタント会社ルーク社の会議室を借りて行なうことになっていた。土曜日の午後なので、ビルそのものは閉まっていた。正面入り口に「寝言サイバーセキュリティ研究会にお越しの方はこちらから」と地図と説明があった。裏口へ回り、守衛に名刺を一枚渡して入館証をもらう。思ったより、面倒くさい。

オレのすぐ後から、数人のグループがやってきた。見るからにサラリーマンのおっさんで、ふだんはスーツ姿なのであろう。ポロシャツなどの私服が似合っていない。

一緒のエレベータに乗って最上階まで行くと、会場案内の立て看板があった。立ち止まって読もうとすると、後から来たグループは慣れているのか、看板を一瞥《いちべつ》しただけで、すたすた奥へ進んでいく。

「初めてですか？　こっちですよ」

親切なことに、声を掛けてくれた。

そのグループに後からついてゆくと、会議室の入り口に着いた。受付で名前を伝えて名刺を差し出すと、相手も名刺を渡してくれた。

「大日本電気の加賀《かが》と申します」

会費を支払って、少しムダ話をすることにした。

「こういう勉強会って初めてなんですよ」

「ざっくばらんな感じでやってますから、どうぞお気楽に。終わった後に懇親会《こんしんかい》もあるんですけど、参加なさいますか？」

もちろんだ。そこで名刺交換しまくって、知り合いを増やして情報を集める。

名刺には、〝大日本電気サイバーセキュリティ戦略本部アシスタントマネージャー　加賀あさ美《み》〟と書いてあった。

ぽっちゃりした肢体《したい》に、肩までの栗色《くりいろ》の髪。黒縁《くろぶち》の眼鏡《めがね》が生真面目《きまじめ》そうな印象だ。ぱっと見は、どこにでもいる勤め人だ。少し太めで眼鏡というのが、ちょっと刺さった。思わず、じっと見つめてしまう。

大日本電気サイバーセキュリティ戦略本部が、どんなところかは知らないが、とりあえずサイバーセキュリティ関係者ってことは間違いない。

「サイバーセキュリティ戦略本部って、なんかすごそうですね」

小学生並みのことしか言えない自分が悲しい。「なんかすごそう」ってなんだよ。

「主には官公庁の営業なんですよね。ハリボテです」

そういって加賀あさ美は微笑《ほほえ》んだ。オレもつられて微笑む。一瞬、本来の目的を忘れてナンパしたくなった。だが、ここで時間を潰《つぶ》すわけにはいかない。できるだけたくさんの人間と話をして、オレの欲しい情報を持ってるヤツを探すんだ。

「最近、会社でいろいろあって、サイバー軍需企業を調べてるんです」

いくらなんでも突然すぎた。言ってから、しまったと思う。

「へえ。おもしろそう。うちもそうなのかな?」

そう言って加賀あさ美は首をかしげた。

「え?」

「同じ本部の中に、自衛隊や防衛省専門の営業部隊もあります。あの人たち、お客さんとこに毎日通ってます」

「大変そうですね」

オレは、ちらっと受付に置いてある参加者一覧に素早く目を走らせた。聞いたことのある大手ばかりだ。この研究会はプライベートなものだから、みんな個人で参加しているわけだ。勉強熱心なもんだ。

「大変じゃないですよ。通うだけなら、小学生でもできますからね」

意外と辛辣《しんらつ》だ。

「サイバー軍需企業のことだったら、伊坂《いさか》さんと話してみるといいですよ。もし懇親会でうまく紹介できたらしますけど、その前に会場で見つけたら挨拶《あいさつ》するといいです。元陸自の部隊長をされていた方で、いまはサイバーセキュリティ会社の研究所の所長をなさってます」

陸自？　綾野が言ってた通りだ。自衛隊関係の人間がいた。実際に会うとなると、少し緊張する。

「元陸自の人ですか。怖くないですか？」

「すっごくおもしろい人だから大丈夫。なんかいたずらっ子みたい。なんて言ってる私も防大出身の元自衛官なんですけどね。今でも身体《からだ》を鍛《きた》えてますよ」

いたずらっ子？　陸自のイメージとはだいぶ違う。目の前のあさ美が元自衛官というのにも驚いた。言われると、単なるぽっちゃりではなく、鍛えられた筋肉に見えてくる。

「その人、おいくつなんですか？　元部隊長ってことは、若くはないですよね」

「ああ、うん、おじさんなんだけど、すごく子供みたいなところがあって。会えばわかります、きっと。でも、本当は怖い人なのかもしれない」

伊坂という人物に興味が湧《わ》いてきた。

「席は決まっていませんので、お好きな所におかけください」

加賀あさ美にうながされて、オレは会場へ入った。とたんにちょっと腰が引けた。思ったより広い。せいぜい二十人くらいと思っていたが、これは広い。百人以上、入るんじゃないか？

「な、何人くらいいらっしゃるんですか？」

思わず振り向いて、加賀あさ美に質問した。

「うーんと、申し込みがあったのは百二十人くらいですけど、当日参加もいると思うので、もうちょっと増えるかもしれません」

そんなにいるのか。でも、多い方が紛れやすくていい。オレは如才《じょさい》なく人と話をして仲良くなるというのが苦手だ。だが、やらなきゃいけない時にはやる。こんなことを好きでやってる連中が、世の中では成功するんだろう。損な性分《しょうぶん》だ。

時計を見ると、始まるまでまだ間があるが、続々と人が集まり始めていた。中には熱心に名刺交換してるスーツの連中もいる。営業活動に余念《よねん》がない。オレも積極的に名刺交換しなければならないのだが、気後《きおく》れする。

　それでもなんとか気力を奮《ふる》い立たせて、作り笑顔で自分の周りの人間と名刺交換を始めた。しかし数人と交換したところで、アナウンスが入った。

「えー、みなさま。まもなく時間となります。お席についてお待ちくださいませ。みんなが立ってると始めにくいんで、お願いします」

　えらくリラックスした口調だ。まるで大学の学園祭だなと思いつつ、言われた通りに席についた。往生際《おうじょうぎわ》の悪いオレは、後からとなりに来たヤツと名刺交換した。

　数えてみると、全部で八人と名刺交換していた。大手IT企業か、商社の人だ。オレにしては上できだが、できれば自衛隊や防衛省の連中とお近づきになりたい。

　やがて芦屋《あしや》という人物が講師として登壇した。大日本電気サイバーセキュリティ戦略本部の研究員という肩書きだ。加賀あさ美と同じ部署だ。実例を交えながら、サイバー軍需企業について解説を始めた。

「本日、講師を務める芦屋と申します。よろしくお願いします。サイバー軍需産業についてお話しするわけですが、その範囲はかなり多岐《たき》にわたっています。広義には、マルウェアによる諜報《ちょうほう》活動も含むこともあります。いわゆるボットネットってヤツです。多数のパソコンやスマホなどを支配下に置いて、情報を盗み出して諜報活動に用いることもできるし、踏み台にしてマルウェアの感染を広げ、DDoS《ディードス》攻撃を仕掛けたりできる、重宝《ちようほう》する兵器です」

冒頭《ぼうとう》からずいぶんきわどい話をするんだな、と思った。ボットネットというのは、マルウェアを使って、たくさんのパソコンやスマホ、タブレットを支配下におき、命令を送って登録されている個人情報などを盗んだり、特定のサイトを攻撃したり、スパムメールを送ったり、任意の行動を実行させることのできるネットワークのことだ。感染し配下になったパソコンやスマホ、タブレットなどのことを、ボットと呼ぶ。乗っ取られたパソコンやスマホ、タブレットの持ち主も気がついていないことがほとんどだ。見えない脅威《きようい》だ。

「いわゆるガバメントウェア（国家が開発、感染を広げているマルウェア）や、ポリスウェア（警察が開発、感染を広げているマルウェア）は、国内の治安維持を図《はか》るためのものということになっていますが、実際には、仮想敵国に対しての監視にも使われているため、サイバー軍事ツールと考えてもよろしいのではないかと思っています。

このへんまで含めると、かなり広範な領域がサイバー軍需産業の枠に入ってきます。気がついた方もいらっしゃいますよね。もしかしたら、サイバーセキュリティって、ほぼサイバー軍需なんじゃないのか？　答えはイエスです。民生用のサイバーセキュリティ技術は、そのほとんどが監視、兵器、あるいは防御用に転用可能です。言い方を変えると、ここにいらっしゃってるみなさんは、すでにサイバー軍需産業の一員とも言えるわけです」

会場が少しざわめいた。ずいぶんと挑発的《ちょうはってき》なことを言うものだと思う。

「自分はごく普通のIT企業に勤務して、業務用のシステムを担当しているから違うと思っているかもしれませんが、早いうちに認識を変えた方がよいと思います。普通の企業も、他国からのサイバー攻撃やテロのターゲットになっているのはご存じでしょう。相手は兵器で攻撃してきているわけです。身を守るには軍事レベルの防御が必要になりますし、予防のための索敵《さくてき》行為は、サイバー諜報活動になります」

それから芦屋は具体例を挙げて、世界でなにが起きていて、そこにサイバー軍需企業がどのように関係しているかを紹介した。おかげで頭の中が、だいぶすっきりした。オレはサイバー軍需企業を、全く違う世界の恐ろしい連中だと思っていたが、IT企業の延長線上でヤバイことをしてると思えば、怖くない。アンダーグラウンドの犯罪集団だって、似たようなものだ。

芦屋は何度か「攻撃者絶対有利の原則」を強調していた。守勢に回ったら、挽回《ばんかい》は難しい。つまり「攻撃される前に相手を攻撃する」ことが最大の防御であり、予防になる。もし先に攻撃されたら、攻撃元を特定するのに時間がかかるだろうから、その前に、想定される相手に対して攻撃を仕掛ける。そんなことをしたら際限《さいげん》なく戦場が拡大するだけと思うのだが、芦屋によれば、それこそが今起きていることなのだという。

「サイバー軍需産業にとって、これほどありがたいことはないんです。だって、戦場が拡大するということは、市場が拡大するってことです」

そいつらの商売の小競《こぜ》り合《あ》いかなんかに、オレは巻き込まれてしまったわけだ。腹が立つ。

「つまり、世界中のあらゆる国が、全て戦時下なんです。昔は冷戦っていうのがあって、軍備はするが実戦に至らなかったんですが、今は常に最新の攻撃ツールと防御ツールを投入し、戦いを有利にすべく〝見えない戦争〟を続けています。攻撃を受けていないと思っている国があるとすれば、それは攻撃を検知できていないだけのことですね」

そこで講師は言葉を切り、ペットボトルの水を飲んでから再び口を開いた。

「ここからはオフレコで」

という前置きで始まったのは、ある顧客《きやく》のサーバーが、正体不明の相手からサイバー攻撃を受けて侵入され、情報を奪われた実例だった。

「なんかね。夜中に電話が鳴ったんです」

そう言うと、芦屋はスマホを掲《かか》げて見せた。黒いがっしりした作りのもので、あまり見たことがない。

「それが例の有名な特注品ですね」

会場から声が飛ぶ。講師がスマホを掲げて見せる。特注品と聞いて、オレは目をこらした。黒い少し大きめのスマホで、見たことのない型式だ。

「そうなんです。緊急対応チームに登録されている人間は、持たないといけないんですよね。めったに呼び出しがかかることはないんですけど。このあいだ鳴りましたね。夜中の二時ですよ。寝てましたから、電話に出ないでおけば誰かが対応してくれるかなー、とか、ちょっと思いました」

しかし結局、芦屋は電話に出て、現場に急行した。

大日本電気の緊急対応サービスは、二十四時間体制だ。運用監視も当然、二十四時間休みなしの交代制で行っている。そこで顧客のサーバーの不審な通信が発見された。通信先を確認すると、匿名《とくめい》ネットワークに接続している。そこから先、どこに行ったのかは、すぐにはわからない。

不審な通信は、普通のウェブサイトにアクセスしているかのように見せかけていた。不審な通信とわかったのは、たまたまそのウェブサイトへのアクセスが頻繁《ひんぱん》に行なわれていたのを不思議に思った運用担当者が、確認をしたからだ。ウェブサイトが、顧客の事業とは関連のない海外の小売店のものだったため、調査したところ、サーバーが乗っ取られていたことが判明した。

運用担当者はすぐに上長に報告し、上長であるマネージャーは、運用部の部長に連絡した。その時点で、不審な通信の内容はわかっていなかったが、万が一、情報漏洩《ろうえい》だったら致命的《ちめいてき》だ。とにかく一刻も早く遮断《しゃだん》しなければならない。

だが、遮断するということは、サービス中断を意味する。マネージャーの一存では決められない。すぐに部長に確認の連絡を入れると、部長はサービスの停止と、徹底調査を命じた。調査に当たっては、社内だけでは無理なので、すぐに契約先である大日本電気に緊急対応を依頼し、本日の講師である芦屋の出番となったわけである。

不審な通信が発見されてから芦屋が現場に到着するまで、一時間かかっていない。先発隊は三十分以内に到着し、オンラインでのサポートは十五分後から開始された。

早いな、とオレは驚いた。しょせん日本のサイバーセキュリティ部隊と高《たか》をくくっていたが、想像以上に対応が早い。

芦屋たちは、まず、さらなる攻撃を受けないように、サーバーをシャットダウンした。それから被害状況と攻撃方法を正確に把握し、対策を施《ほどこ》した上で、再びサーバーを立ち上げる。攻撃も再開されたが、対策済みのため、ダメージは受けない。

「フォレンジックはしなかったんですか？」

と会場から質問が飛んだ。

「するんですけど、優先度は低いんです。まずは被害の拡大を食い止め、サービスの復旧を図ることが大事ですからね。それにフォレンジックは、結果が出るまで時間がかかるんですよ」

「なるほど。攻撃してきた相手は特定できましたか？」

「おそらくこいつだなというところまではわかりました。やっぱり海外からでしたね。でも、証拠が充分というわけではないです。捜査権ありませんし、傍受《ぼうじゅ》もできません」

「そういうのは、国際刑事警察機構《インターポール》に通報するんですか？　それとも日本の警察に？」

「一義的には日本の警察だと思います。しかしクライアントと相談して、被害届は出さないことにしました。被害届を出しても相手を逮捕できないでしょうし、警察にデータを提供したり、説明したりと、よけいな手間がかかる。だったら、内々で済ませようってことです」

「うちも、攻撃を受けてもどこにも届けないんですけど、どこも似たようなものですね」

「そうですね。それに、警察に届けると、普通は利用者にも告知することになります。それもしないというクライアントの判断でした」

正直ショックだった。被害を受けた会社が、なにもしないのが普通なんだ。どうせ捕まらないだろうし手間がかかるから、警察には届けず、利用者にも告知しない。もしかすると、オレが過去に破ってきたサーバーの管理者たちも、うすうすオレの仕業《しわざ》と気づきながら、面倒だからと放置していたのかもしれない。サイバー犯罪者にとってはラッキーだ。失敗しても捕まらないんじゃ、完全にやったもん勝ちになってしまう。

実は、日本はサイバー犯罪天国だったのか？　確かに昔から「警察が捕まえられるのは、間抜けと子供だけ」というセリフは有名だが。最近は子供も腕を上げてきていて侮《あなど》れない。

それに比べて親の世代は、いまだにマイナンバーシステムが止まって自治体事務停滞という旧世代の隘路《あいろ》にはまったままだ。

ところで質問をする際に、それぞれ所属を名乗っているのだが、名前を聞いたことのあるサイバーセキュリティの専門家が来ている。質問の内容も高度になってきて、不安が湧いてきた。

軽い気持ちでニセの名刺を持ってきたが、ヤバかったかもしれない。公安からも来てる。調べられたら、一発でウソだってわかる。かなり緊張してきた。かといって、ここで帰るのも不自然だし、来た意味がない。せめてもう少し情報を集めてからにしよう。

「みなさん、ここでちょっと事務局からお知らせがあります」

質問タイムが終わると、スーツ姿の男が壇上に現われた。妙《みょう》ににやにやしている。

「本日、こちらに中国共産党と関係のある方がいらしてます。いわゆる協力者、情報提供者に分類される方です。事務局で相談したんですけど、ここで話している内容はそんなに隠すようなことでもないし、むしろどんどん持っていってもらいましょうくらいでもいいのかな、ということになりました」

最初、冗談かと思ったが、特に笑いどころもないし、聞いている連中も苦笑しているくらいだ。本気なのだ。

「みなさんにお知らせするまでのことでもないかなと思ったんですが、懇親会にもその方がいらっしゃるようなので、いちおうお知らせしておいた方がいいと思いまして」

いかん。ますます不安になってきた。中国共産党がマークするようなことやってるのか？　いや、発表の内容は、そんな特別なものでもなさそうだった。もしかすると、特定された攻撃元が中国だったのかもしれない。それなら、被害届を出さなかったこともよくわかる。

オレも懇親会に参加することにしていたが、ヤバインんじゃないかという気がしてきた。中国共産党の手先と間違われていたらどうしよう。もちろん全く身に覚えはないが、すでに誰かがオレになりすまして、ベータ社の資料を暴露《ばくろ》しているんだ。そいつが中国共産党と接点を持っていても不思議じゃない。なにがしたいのか、わけがわからないが……。

会がお開きになる頃には、すっかり懇親会に出ないで帰る気分になっていた。臆病《おくびょう》さと慎重さは紙一重《かみひとえ》だ。オレはあくまで慎重なんだと、自分に言い聞かせる。

だが、会場を出た時、廊下にいた加賀あさ美に呼び止められてしまった。

「佐々木さんも懇親会に出席なさるんですよね。楽しみにしてます」

笑顔で女にそんなことを言われたら、少しは勇気が出てくる。あの様子を見る限り、中国共産党の手先とは思われていなさそうだ。

いったんビルの外に出てから懇親会の会場に移動するということで、外でぶらぶらしている。スーツ姿のスキンヘッドが現われて、誘導を始めた。

「はい。じゃあ、懇親会に参加する方はついてきてください」

ぞろぞろと列をなして歩きだすおっさんの群れ。中には二十代に見える若者もいるが、ほとんどは三十代以降だろう。

周りの人間に話しかけるべきか迷っているうちに、会場の店についた。造りのしっかりした居酒屋だ。貸し切りにしている座敷に入ると、すでにざらっと座っている。座敷いっぱいに人が入ると、三十人か四十人にはなりそうだ。

席につくと、後ろから声をかけられ、名刺を差し出された。

「あ、どうも」

オレは間抜けな返事をしながら、あわてて両手で受け取り、自分の名刺を差し出す。公安という字が目に入って、ぎょっとした。

「あ、あの、佐々木といいます」

オレが動揺を隠して挨拶すると、相手も慇懃《いんぎん》に頭を下げ、すぐに別の人間が名刺交換に現われた。懇親会が始まるまで、入れ替わり立ち替わり人がやってきて、名刺交換をした。名刺は増えたが、ほとんどは営業関係の人間だったので、あまり欲しいものじゃない。

やがて、さきほどのスーツ姿の事務局の人間が現われて、懇親会が始まった。目の前に座った、陸自でシステムをいじっているという若者の話を聞きながら、適当にビールを呑《の》み、料理を食べる。

「佐々木さん」

加賀あさ美に肩を叩《たた》かれて、自分のことだと気がついた。そうだ今日は佐々木だったと思い出す。

「あ、お話を邪魔してすみません。よかったら伊坂さんをご紹介しましょうか?」

伊坂といえば、勉強会が始まる前に、加賀あさ美が陸自の部隊長をしていたと言っていた人物だ。

「ありがとうございます。ぜひ、お願いします」

「じゃあ、こちらへどうぞ」

こういう時、座敷は移動が面倒だ。人が座っているところを縫《ぬ》うようにして、加賀あさ美の後をついていった。こんな時に考えることじゃないが、加賀あさ美の後ろ姿はひどくそそられるものがあった。肉付きのいい身体と、尻から太腿《ふともも》にかけての曲線が、なんともいえない。

「そうだ。この人もご紹介だけしておきますね」

途中であさ美が立ち止まって、話し込んでいる男女二人組に会釈《えしゃく》した。オレも足を止め、ふたりに軽く頭を下げる。

「佐々木さん、サイバー軍需企業を調べてるんですって」

あさ美が屈託《くったく》なくそう言うと、ふたりは苦笑した。

「できれば、その呼び方はやめてほしいなあ。普通の民間企業なんですよ」

女の方が困った顔でつぶやく。

「ごめん」

「いいの、いいの。確かにそう呼んでる人たちがいるのは事実ですもん。日本アラファイの一之瀬桃香《いちのせももか》です」

女が立ち上がって、名刺を差し出した。オレもあわてて名刺を出して交換する。

「アラファイ社の代理店の、向山《むこうやま》産業の吉野茂雄《よしのしげお》です」

男も名刺を出す。えらく若い。新卒かもしれない。

「それじゃ、またね」

あさ美はそう言うと、また歩きだした。ほんとに挨拶だけだった。アラファイ社がなにをしている会社かもわからない。

「アラファイは、ネットワーク監視とデータベースを連動させたシステムを提供してます。くわしくはウェブを見てもらった方がいいと思います」

あさ美が察したように解説してくれた。そんな風に、伊坂にたどりつくまで数人を紹介してくれた。ありがたいことだ。

「伊坂さん、こちらの佐々木さんがお話を伺《うかが》いたいそうです」

伊坂と呼ばれた男が、あぐらをかいたまま振り向く。さきほど懇親会に先導していた男だ。

「佐々木さん？　初めまして」

伊坂がにこやかに名刺を差し出すのを受け取り、オレも伊坂の前に正座して、名刺を差し出した。

「佐々木と申します」

「サイバー軍需企業に関心があるんですって」

オレが自分で言うより早く、あさ美が言ってくれた。

「へえ？　そうなんだ？　どうしてまた？　仕事とは関係なさそうだけど」

伊坂が横にずれて隙間《すきま》を作ってくれたので、オレもあぐらをかいた。

「じゃ、あたしはここで」

加賀あさ美は手を振って去っていく。

「サイバー空間の怪しい動きを検知するのが業務で必要になりそうなのですが、あまりにも情報が少ないので、少し集めてみようと思っただけなんです」

「おもしろいね。サイバー軍需企業のことを気にする人は、民間企業にはあまりいないのに」

「自分もそうだったんですが、この間のベータ社や、その前のハッキングチーム、ガンマから漏洩した情報を見ると、かなりヤバイと思いました」

「ありましたね。ありましたね。ガンマ、ハッキングチーム、ベータ。なるほど。おもしろい。そういうことだと、ちょうどいい人が来てる」

伊坂はそう言うと、周囲を見回した。

「真田《さなだ》さーん、この人がサイバー軍需企業に関心があるんだって」

入り口の方に向かって叫ぶ。すると、入り口付近にいた眼鏡の人物が振り向く。

「うーんと。このへんは混んでるから、僕らが向こうへ行った方がよさそうだね」

伊坂はそう言うと、手振りで眼鏡の人物にそっちに行く旨《むね》を伝えて、立ち上がった。オレも立ち上がる。なんというか、元陸自の人間とは思えないほど気さくで、フットワークがいい感じだ。加賀あさ美の言っていた、いたずらっ子という意味がわかった。

伊坂の言った通り、入り口付近はまだ少し席に余裕があった。真田と呼んだ男の隣に伊坂が座り、オレはその向かいに座る。

「サイバー軍需企業にくわしい真田先生の教えを乞《こ》いたいそうです」

伊坂が言うと、真田は苦笑した。

「私なんぞは門外漢《もんがいかん》ですから。あ、フリーライターやってる真田です」

「ご謙遜《けんそん》を！　かなり調べてらっしゃるくせに」

「あくまで文献情報ですからね。なにを調べてらっしゃるんです?」

「ガンマとかハッキングチームとか、ああいうサイバー軍需企業って、かなり成長しているんでしょうか?」

「言葉の定義があいまいだし、産業全体としての統計がないからなんとも言えませんが、会社の数は増えているし、代表的な会社は成長してますよね」

「これからのサイバー戦争のほとんどは、彼らが主導して起こるっておっしゃってましたが、本当にそうなんでしょうか?」

「そうだと思うんですけどね。アクティブ・ディフェンスという言葉はご存じですか?」

「いえ、初めて聞きました」

「最近、主流になっている防衛上の概念です。サイバー軍需企業も防衛を重要視しているわけですが、ディフェンスの前についているアクティブがくせ者です。これは要するに、先制攻撃すべしという発想に立った概念です」

「それは防衛じゃないですよね。よくわからないんですけど」

先制攻撃は、文字通り、攻撃としか思えない。

「リアルの世界では、先制攻撃はわかりやすい。しかしサイバー空間においては、そうではないんです。攻撃が行なわれても、どこからのものかを突き止めるのは難しい。それに、仮想敵国内にボットネットを構築することが、これまでの概念の先制攻撃に入るのか、諜報活動の範囲なのかは、非常にあいまいです」

常識的に考えて、それは攻撃にしか思えないのだが、日本では自衛隊を軍隊じゃないと言い張っているぐらいだから、誰かが言い張れば通ってしまうものなのかもしれない。

オレの感覚だと、ボットネットを作ることは攻撃なのだが、情報を収集して相手の様子を観察するための布石《ふせき》と言えば、防衛手段と言えなくもない。嫌なことに、ボットネットは世界中に蔓延《まんえん》している。多くの人はピンと来ないかもしれないが、ゲームオーバーゼウスというボットネットは、百万台のパソコンなどを支配下に置いていた。こういうボットネットが無数に存在しているのだから、自分のパソコンやスマホ、タブレットが、ボットになっていても不思議はない。

それだけ蔓延しているという状況で、ボットネットを持たない国が安全を確保するのは非常に難しい。そう考えると、防衛目的という大義名分《たいぎめいぶん》も説得力を増す。

「そういえば、確かにそうですね。ボットネットは世界中にあって、しかも各国が構築しているんでしたね」

「世界二十五カ国以上で使用されているボットネット用のシステムは、サイバー軍需企業が開発、販売しているものですし、アメリカのエンドゲーム社は、利用可能なボットネットのマップなどを顧客に販売しています。これは諜報活動の一部なのか、攻撃なのか、それともまた別のもののなのか? おそらく国際法が整備されれば、このへんの定義がはっきりするんでしょうけど、それはだいぶ先になりそうです」

「僕らはこういう話を真面目にしてるけど、普通の人が聞いたら、トンデモ理論のおじさんたちですよね」

伊坂が笑う。全くその通りだ。日本でこんなことを信じている人間は、ほんの一握《ひとにぎ》りだろう。だからいいカモになる。

「かつての軍産複合体みたいな力を持っていると思っていいんでしょうか?」

それにしても、ほんとに忌々《いまいま》しい話だ。なんでそんな連中とオレが戦わなきゃいけないんだ。

「というか……軍需産業全体が、サイバーにシフトしてますよね。というか、そもそも、戦争そのものがそっちにシフトしてるってのもあります。戦闘でドローンを使うのは当たり前になってきてますから、その制御を奪うためのサイバー戦も欠かせなくなってきます」

「そもそも戦争の概念が変わってきてますよね」

伊坂が腕を組んだ。

「概念が変わる？」

オレは話しながら、なんでこんなことをしてるんだろうと思った。だって、戦争なんて一介の民間人であるオレには関係ないことだ。

ふと、今やってることが、ひどくムダなことに思えてきた。

「開戦という概念がなくなって、常時攻撃をし合ってますでしょ。中国とアメリカがなんか合意したとか言ってるのは、茶番ですよね。常時攻撃ということは、開戦も終戦もないし、どこが攻撃してきているのかわからないまま戦い続けるってことです。悪夢ですよね」

「まあ、それって軍需産業にとっては、常に需要が絶《た》えないから言うことなしですね」

「そうでしょう？　それで彼らはより強大になっていくわけで、さらに怖いのは、戦争を国家単位から民間企業単位にしようとしてることです。国家に自衛権、個人に正当防衛があるように、企業にも防衛権があるべきという発想です。これが広まれば、民間企業がサイバー武装化して、軍需産業の市場は爆発します」

「ひどい話だ」

もっともらしいことを言っているけど、この人の話はどこまで信用していいのだろうか？　とオレは思った。

「脆弱性情報《ぜいじやくせい》は、サイバー時代のプルトニウムです。ただし使用期限がひどく短い。いったん内容がわかったら、すぐに使えなくなる」

真田の言葉が妙に耳に残った。

それにしてもたくさんの情報が入ったが、いったいどれがオレの事件に関係あるんだかわからないし、肝心《かんじん》のベータ社と漏洩事件の情報は入手できなかった。

それにしても、伊坂の情報量には驚かされた。しかも、いろいろと教えてくれる。最初は、なぜこんなに親切なんだろうと思ったが、だんだんその理由がわかってきた。こいつは、ガチに国を憂《うれ》えている。

憂国《ゆうこく》の士《し》というと、普通に暮らしていて目に入ってくるのは、街宣車に乗った右翼や、ネトウヨみたいなインテリジェンスのかけらもない連中だけど、世の中には頭がよくて社会性があって、そのうえで愛国者ってヤツらが、確かにいる。利口《りこう》だから、あからさまに愛国心を見せつけたりしない。嫌悪感《けんおかん》を持つ人間がいることを知っているからだ。ごく普通に、日本の未来が心配だくらいのことを、たまに漏らすくらい。

でも、こういうガチの連中が集まってくる場なら、気兼《きが》ねなく話せるんだろう。新参者のオレには気を遣《つか》って、あまり露骨《ろこつ》なことは言わないが、ひしひしと伝わってくる。サイバー軍需企業に関心を持っているオレに親切なのも、日本の国体を護持するためには、その分野に日本が食い込まなければならないと考えているからだ。その思いを共有できる相手になら、協力を惜《お》しまないのだろう。

あいにくと、オレには愛国心なんてものはない。かといって、日本が嫌いとか、潰したいとかも考えていない。だから、オレがベータ社と戦っている限りは、共通の敵を持った仲間ってわけだ。

伊坂が親切な理由はわかったが、違和感は残る。喩《たと》えは悪いが、女装したり性転換したりする感覚くらい、オレにとって愛国心は遠いところにある。でも、女装趣味の男や、性転換する人間がいるように、愛国心に突き動かされている人間がいることは、頭では理解している。

懇親会が終わると、三々五々解散した。オレものろのろ歩いて駅に向かう。結構酒を呑んだはずだが、全く酔えない。考えなければならないことが多すぎる。放置していれば攻撃が激化して、そのうちもっとひどい目に遭《あ》う。腹が立ってしょうがない。なんでオレがこんな目に遭わなきゃいけないんだ。

いらいらしながら自宅に戻ると、待ち構えていたようにスマホが鳴った。あまりのタイミングのよさに瞬間、監視されていたのかと緊張する。電話は綾野からだった。

「これから、そちらにうかがってもよろしいでしょうか？」

電話に出ると、舌っ足らずの声で話し出した。どこかでオレを待ち構えていて、オレがマンションに戻ったのを確認して電話してきたに違いない。

「あのな……」

さすがに今日はそんな気にはならない。断わろうとしたが、よけいな仏心が出てしまった。わざわざここまで来たのを帰すのは忍びない。

「お前、今どこにいる？」

「犬の近くです」

こいつの言うことは時々わけがわからない。

以前「佐久間さんは右肩重くありませんか？」と言われたことがある。なんでも右肩に小さなおっさんが座って、だじゃれを言っているのだという。

「犬？　なに言ってんの？」

また、他の人間には見えないものを見ているのかもしれないと、ちょっと不安になる。

「ご近所の方が、マンションの前の公園で、犬の散歩をしてます」

よかった。少しはまともだ。だが、位置の特定には役に立たない。

「そのマンションって、オレのマンション？」

「その可能性は高いです」

「だから、それオレのマンションだろ。お前、いっつもマンションの近くまで来てから電話するよな」

「コンビニで、なにか買っていきましょうか？」

「いつの間に、オレの部屋に来る前提になったわけ？」

「なにか間違えましたか？　さしつかえなければ、お邪魔いたします」

あいつの思い通りに部屋に入れるのはしゃくだが、追い返すほど人情がないわけでもない。

「……いいよ。来ていいけど、しないかもよ。そういう気分じゃないんだ」

「気分が落ち込んだ時は、ドパスやルキソタンがいいですよ。ロタリンもあります」

全部、向精神薬の名前だ。オレがそういうのをやらないことをわかっていて、わざわざ言う。

「オレは薬はやらねえ。それに、少し考えたいことがある」

「左様《さよう》ですか……さしつかえなければ、あたしはＯＤします」

なんてマイペースなヤツだ。Ｍ女ってこれだから困る。

第四章　大日本電気　サイバーセキュリティ戦略本部ウィンダム

綾野はコンビニでつまみと酒を買ってきた。オレの部屋に入った時から、すでに瞳孔《どうこう》が開いてて、薬を決めているのがわかった。

リビングのテーブルにつまみと酒を並べ、ふたりで黙って呑《の》み始めた。

オレは適当につまみながら、今日もらった名刺を並べてながめていた。どれも名前の知られた会社ばかりだ。めぼしい相手には、あらためてご挨拶《あいさつ》にうかがいますと伝えておいた。人付き合いの苦手なオレにしては、かなりよくやったと思う。

加賀あさ美の名刺をつまみあげると、宝石箱から錠剤をつまんで飲み込んでいた綾野が、めざとく見とがめた。

「大日本電気……ＷＩＮＤＵＭ《ウィンダム》に侵入すれば、主な国内のサイバー軍需《ぐんじゅ》関係の会社とつながりますよ。それにうまくやれば、ＣＤＣと参加各社の情報も入手できます」

綾野はオレの手から名刺をひったくる。

「ああ、うん、そう。サイバーセキュリティ戦略本部に間違いありません。ここがウィンダムの運営母体のはず。去年、ＣＤＣの事務局支援をしていたのも、確かここだった」

「ウィンダムとかＣＤＣって、なに？」

「佐久間さんは、ほんとにモノを知らないんですね。ウィンダムは、大日本電気の主宰《しゅさい》するネットワークサービスで、主に自社とサイバー軍需関係の取引のある会社に、無償《むしょう》で提供しています。情報交換が中心らしいです。ＣＤＣは、サイバーディフェンス連携協議会です。防衛省内局が設置したもので、アメリカ国防総省のＤＣ３（ＤｏＤサイバークライムセンター）にあるＤＣＩＳＥ（共同情報共有環境）という、サイバー軍需企業支援組織と同種のものです。情報共有とトレーニングが中心です。日本のＣＤＣは内局の管轄《かんかつ》だし、国内企業が参加しているので、セキュリティはぬるそうです」

知らないオレが絶対に普通で、知ってる綾野がおかしい。そんなこと知ってるヤツ、いないぞ。

「そんなのあったのか」

「新聞に出てますよ。でも、たいした情報はないかもしれませんね。それだけオープンになってるんですもん。ＣＤＣは独自ネットワークサービスを持っていないと思ったんで、狙うならまず、ウィンダムですね」

「ウィンダム自体に情報がなくても、そこに接続しているのは、取引担当者の端末《たんまつ》だろ。ウィンダムから、その端末にたどりつける。部署や担当者が同じなら、CDCの情報にもたどりつけるかもしれない」

「可能です。そのためにはウィンダムに侵入しないといけません」

「いいことを教えてもらった。この女に会って、ウィンダムに入り込む方法がないか、探りを入れてみよう」

オレは加賀あさ美に連絡してみることにした。頭の中に肉感的なあさ美の肢体《したい》が蘇《よみがえ》る。

「どこで会って、なにをするんですか？」

綾野が低い声を出した。気にくわないことがあると、声が低くなる。

「どこだっていいだろ」

「デートするんですか？　そんなに手が早いとは思いませんでした」

「あのな」

「あたしはあなたの恋人ではないから、止める権利はありません。でも、メンヘラガチ勢《ぜい》だから、なにをするかわかりませんよ」

「情報を訊《き》き出して、利用するだけだ」

面倒《めんどう》くさいと思いながら答えると、綾野は顔を近づけて、まじまじとオレの顔を見た。

「セックスすれば訊きやすいと思ってますよね」

「……お前、なんでそんなにカンがいいの？」

確かにそういうことも考えていた。あさ美の身体《からだ》は魅力的だ。

「やっぱりそうなんだ。ほんとにクズですね。いいですけど、用が済んだら思い切りひどく捨ててください」

「嫉妬《しっと》してるのか？」

「あたしは嫉妬なんかしません。でも、基本的に、あなたの近くにいる人間は死ねばいいと思ってます。憎しみみたいな、ネガティブな感情ではありません。純粋に、あなたを見ているだけです」

「なに言っているのかわからねえ」

「あたしも途中からわからなくなりました。クソ女を抱くなら、あたしともしてください」

「そうくるか……」

「フェラチオうまいって言ったじゃないですか。今日はサービスしますよ。その代わりに、強く首を絞《し》めてください。意識飛ぶまでお願いします」

「変態」

「『白雪姫』は、母親から家庭内暴力を受けてメンヘラ少女になってしまい、ツイッターで七人の取り巻きにちやほやされて、少しなごんだものの、やっぱりそいつらはクソだったので心を閉ざしていたら、献身的に尽くしてくれる彼氏が現われて寛解《かんかい》したという物語です」

「なにを言ってんの？」

「なんとなく思いついたので話しました」

そう言うと、綾野は突然立ち上がって寝室に行った。なにをするんだろうと思ったが放っておくと、黒のキャミソールに眼鏡《めがね》をかけて登場した。白い肌がきわだって見え、柔らかい胸が少しだけ透けて見える。オレのツボをわかってやがる。

「なぜかもう受け入れ態勢整っているんですけど」

「全然、なぜかじゃないと思うけどな」

オレは苦笑した。

それにしても、あさ美の利用価値が思ったよりもありそうなのは、とんだみっけものだ。オレはとりあえず、教えてもらっていたあさ美のツイッターアカウントをフォローした。

　大日本電気についてオレがそれまで知っていたのは、日本有数の総合電機メーカーで、コンピュータやネットワーク通信関係でもトップを走っているということくらいだ。防衛産業にそんなに食い込んでいるなんて知らなかった。

　お堅い会社のお堅い部門に勤めているから、クラシックか歌謡曲でも聴いているのかと思ったら、意外とオレに趣味が近い。ボカロにシューゲイザー、それから椎名林檎《しいなりんご》ときたら、安っぽいサブカル女に決まっている。ボカロってのは、音声合成のボーカルが歌う楽曲のことで、知らない間にメジャーになった。ボカロという言葉を知らなくても、初音《はつね》ミクや『千本桜《せんぼんざくら》』を知っているヤツは多い。シューゲイザーは、靴《シユー》を見《ゲイ》つめ《ズ》ながら演奏するスタイルから名前がついたらしいが、サイケでヤバイ感じの音楽だ。主にサブカル人間やメンヘラに人気らしい。

　反吐《へど》が出そうな気分になりながら、「実は僕も好きなんだけど周りに知ってる人が少なくて」とリプライを送ってみた。案の定《あんじよう》、食いついてきた。それから少しリプライを交わし、ＬＩＮＥのＩＤを訊き出して交換した。

　うまく通話に持ち込み、話しやすくなったところで本題を切り出した。

——急にこんなこと言っていいのかよくわからないんですが、もし明日お時間あったら、すみだ水族館行きませんか？　友達から二枚、チケットをもらったんですけど、一緒に行ってくれる人がいなくて。

あさ美は食いついてきた。食事や酒でなく、水族館というのがよかったんだと思う。もちろん、チケットなんか持ってない。

翌日、日曜日の観光客で賑《にぎ》わうスカイツリーで「チケットを買ってくる」と言ったオレを、あさ美は不思議そうな顔で見た。

「友達からチケットをもらったって言ってましたよね？」

「ごめん。君にもう一度会うために、ウソをついた」

幸いなことに、あさ美は笑い出した。

「誘うためのウソかもしれないなとは思ったけど、ここまであっさり白状するとか、正直すぎません？　それとも、なめられてるのかな、あたし？」

「なめてなんかいません。なめるのは、これから」

「佐々木さんって、結構遊んでるでしょ。そんな気がする」

オレは「誤解だよ。そんなことない」と答えた。幸先《さいさき》のいい滑り出しだ。

すみだ水族館には、クラゲがたくさんいる。ライトの当て方で幻想的に見える。あさ美は、いたく気に入ってくれたようだ。

水族館を出てから、ぶらぶら歩いて浅草《あさくさ》に向かった。

サブカル女って、意外と浅草のことをあまり知らないヤツが多い。オレは、あさ美に古き良きジャンクシティのことを教えながら、周囲を案内した。日曜日とあって、にぎやかだ。混んでいると、自然と身体が近づくのはありがたい。あさ美が前から来た連中に押されたタイミングを逃さず、手を握《にぎ》った。

「えっ」

と顔を赤くしたので、「迷子になるといけないからさ」と言い添える。この女は、意外とうぶだ。

日本最古の遊園地である花やしきの、レトロでチープなおもしろさを堪能《たんのう》し、仲見世《なかみせ》をひやかし、あげまんを食べた後、助六《すけろく》で猫の人形を買ってやった。

外はまだ明るかったが、そば屋で酒を呑《の》みながら話をした。

それから船で夕焼けの隅田川《すみだがわ》を下って、日《ひ》の出《で》桟橋《さんばし》に出た。渋谷《しぶや》に移動して、南口近くにある「チアーズ」という静かなバーで酒を呑む。

あさ美は好奇心《こうきしん》が強いようだったので、円山町《まるやまちょう》の由来の話をして聞かせた。もともとは江戸時代から宿場町《しゆくばまち》として栄え、花街になった。最盛期には、芸者の置屋が百軒以上、芸妓《げいぎ》は四百人を超えていた。戦後じょじょにすたれ、ラブホテル街に変わった。今でも昔の面影《おもかげ》を残す料亭が、ちらほら残っている。ひっそりした路地に、隠《かく》れ家《が》のようなレストランやバーも散在《さんざい》する。その一方で、クラブやハプニングバーなどもあり、静かなカオスという感じだ。

円山町の話をすると、たいていは興味を持つので、そこから酔い覚ましに軽く散歩に誘うのは簡単だ。予習をしないガキどもは、円山町のクラブやバーに女を誘い、「迷っちゃった」と言ってホテルに誘い込む、安い手口を使う。グーグルマップを使えるスマホを持ってて、そんなこと言う男はおかしいが、わかっていてそれに乗る女も軽すぎる。

店を出て、円山町を散歩しようと言うと、「えーっ」と笑った。

「いやらしいこと考えてます? あたし、これでもかなり堅《かた》い方だし、彼氏います」

彼氏がいる? じゃあ、なんでオレの誘いに乗ったんだ? と突っ込みたかったが、あえてそこは余裕でスルーした。彼氏がいるとかいないとか関係ない。情報さえもらえれば、それでいい。あさ美のむっちりした身体を抱ければ、さらにうれしい。

「やだなあ。そんなこと考えてませんよ」

オレが笑うと、ですよね、とあさ美も笑った。それから歩きだす。

歩きながら、適当に店を紹介したりして、ホテル街の奥に進む。さりげなく手を握ると、あさ美は嫌がらなかった。そのまま手を引いて、ホテルに連れ込もうとすると、一瞬立ち止まり、無言で首を左右に振った。オレは手を引っ張り、あさ美を抱きしめた。抗《あらが》ったが本気じゃない。こいつは元自衛官だし、今でも身体を鍛《きた》えていると言っていたから、本気で抵抗したら、こんなもんじゃないはずだ。明日の月曜も祝日だから、ここで一気に話を訊き出してやる。

たいていの女は、言い訳さえつけば、彼氏や旦那がいても他の男と寝る。そうでない女は疑い深いだけだと、オレは思っている。疑い深い女は醜《みにく》いか病んでいるから、相手にしないでいい。男だって、女に誘われれば悪い気はしない。たいていの男は寝るだろう。それと同じだ。

あさ美の身体は、思った通りむちむちしていた。適度な弾力を楽しんだ。本当の狙い、サイバー軍需企業のことは訊かなかった。まだ早い。もう一発楽しんでから一気にしゃべらせよう。

雑談しながらホテルのアダルトビデオを観ているうちに二回戦の雰囲気になってきたが、二度目も新鮮な気持ちで抱ける女は、ほとんどいない。あさ美の身体はオレ好みだったが、新味は失せた。どうすれば感じるかもわかっているから、あさ美を悦《よろこ》ばせるのは簡単だった。

問題はオレの方だ。あさ美とベッドに入り、挿入するまではそれなりに興奮していたが、すぐに飽きてきた。あさ美は感じているようで、ちゃんと反応しているし、なにか問題があるわけじゃない。でも、それだけだ。

綾野と関係を持つようになってから、他の女を抱いていなかったことに気がついた。あいつとの行為が刺激的すぎたせいかもしれない。こんな風に、身体を重ねて、反復運動したり、ちょっとした技を駆使するのがつまらない。

綾野とだったら、殴《なぐ》り、首を絞め、噛《か》みつき、性器だけでなく互いの体液が混ざり合うくらいに濃厚《のうこう》なことができる。

試しに少し乱暴なことを試してみることにした。軽く頬《ほお》を叩《たた》くと、うるんだ目を向けて、「やめて」とつぶやいた。本気じゃない。求めている。

「首を絞めてもいい?」

あさ美の耳元でささやくと、少し驚いた声で、え? と訊き返された。

「首を絞めると気持ちいいらしいよ」

重ねて言う。あさ美の顔に怯《おび》えと好奇が浮かぶ。

「やったことない。でも、してもいいよ。どうなるんだろう?」

首に手を掛けると、あさ美が「怖い」とつぶやいた。それからすぐに「でも止めないで」と付け加える。

頸動脈《けいどうみやく》の位置を確かめ、軽く手を当て、感触を確認しながら圧迫してゆく。呼吸を止めるわけではない。血流を抑えて、酸欠状態にする。気管を締め付けるわけじゃないので、痛かったり、ごほごほ咳《せ》き込むこともない。意識が遠のき、ふわっとした感じになるらしい。

「あ、いい」

あさ美が感極《かんきわ》まった声を上げ、オレの腕をつかんで爪を立てた。性器の中が熱く潤《うるお》ってくるのがわかる。根元がきゅっと締め付けられる。あさ美の口が半開きになり、恍惚《こうこつ》の表情が浮かぶ。

オレが身体を動かすと、あさ美が悶《もだ》える。少し興奮してきた。

顔が充血してきたので、手を離すと、あさ美は大きく息を吸った。

「こんなの初めて。なんでこんなに気持ちいいの?」

「死の商人が、死に犯されて感じるのか?」

「こんなに気持ちいいなら、何度でも殺されたい。ね、また首絞めて」

「お前、いやらしいヤツだな。おねだりするのか」

「誰のせいだと思ってるの？　イっていい？　首絞められてるうちにイきそう」

「イって、いいよ」

こいつは思わぬ変態だった。オレはあさ美の首に手を掛け、それからまた身体を動かし始めた。

終わった後で、ベッドに寝たまま酒を呑み、サイバー軍需企業のことを尋《たず》ねると、あさ美はけだるそうな声で教えてくれた。あさ美にとってはこの会話はおまけだが、オレにとっては本題だ。

「土師《はじ》さんって人が執行役員でいるんだけど、その人が、その筋《すじ》の人らしいの」

「その筋？」

「やんごとなき血筋の方」

「意味わからないんだけど、どういうこと？」

「日本では、ある種の案件で大金が動く時には、その筋の力が必要みたい。航空業界と防衛産業が特にそうみたいだけど。だから、いるのね」

「へえ。それで、なにしてるの？」

「なにもしてない。会社にいて、案件が出てくると電話かけたり、人と会ったりするだけ。後はなにもしてない。私も最初は、どういう人だかわからなかった。誰に訊いても、はっきり答えてくれなかったしね」

オレの知らない世界の話だ。やんごとなき方なんてのが、ビジネスの世界でもまだ影響力を持っているんだ。

「すごいな」

「うちは官僚より官僚的って言われてるくらいだからね」

「それ、ほめ言葉じゃないよな」

「もちろん、営業はみんな泣いてる」

「お前も泣いてるの？」

「心の中でしょっちゅう泣いてる」

あさ美が泣き真似《まね》をしてみせ、オレは頭を撫《な》でた。幸福そうな笑みが浮かび、少しだけ胸が痛む。だが、情けは禁物《きんもつ》だ。

「そういえば、ベータ社の商品って扱ってる？　この間、漏洩《ろうえい》事件を起こした会社。オレ、あの事件を調べるように言われてるんだけど」

漏洩した文書の顧客《こきゃく》の中に、大日本電気も入っていた。扱っているとすれば、あさ美の部署だろう。

「うちも形式上、扱ってるけど、わかんないなあ」

「形式上って、取り次ぎだけするってこと？　売ったら後は勝手に客と向こうでやりとりしてくださいみたいな話？」

「あー、うーん、ハリボテ営業ってお家芸があってね。それなの」

「ハリボテって？」

オレが尋ねると、あさ美が身体を起こした。肉付きはいいが、引き締まっている。胸はお椀型《わんがた》で張りがあり、背中の真ん中のくぼみのすじが、きれいに通っている。腹もくびれている。

あさ美はオレの頭に手を当て、くしゃくしゃした。

「嫌じゃない？」

「別に嫌じゃない。積極的にしてほしい感じでもないけど」

「そっか。佐々木さんってあまり細かいことにこだわらないよね」

なんの話だろうと思ったが、あえて深くは訊かずにいた、なんとなく昔の男のことを思い出しているような気がした。

あさ美は身体を乗り出して、ベッドに近い窓のカーテンを開けた。東京の夜景が見える。

「なんの話してたっけ？　ハリボテのことだ」

　あさ美は夜景に目を向けたまま、話を続けた。

「官公庁って、年度末にお金が支払われるでしょ？　だから小さな会社にはきつい。五月に仕事が終わっても、入金は翌年の三月まで待たなきゃいけないけど、自分たちが発注した分は、すぐに払わなきゃいけない。ものによっては先払いってこともあるしね。資金繰りがきつい。規模が大きくなればなるほど、しんどくなる」

「ああ、なるほど。確かにそうだ」

「それだけでなく、官公庁特有の面倒くさい書類仕事もあるし、万が一、仕事がうまく行かなかった時のバックアップ態勢も求められる。だから小さな会社は、官公庁との取引に慣れている大手を経由して受注した方が、仕事をしやすい。うちみたいな大手だったら、年度末の官公庁の支払いを待たずに、うちの負担で仕事が終わった翌月に立て替えて支払うことができる。うちが、そういう会社をまるごと束《たば》にして受注すれば、官公庁も契約が一度で済むので楽になる。ウィンウィンってわけ。でも、わかると思うけど、うちは基本的に書類と金の融通《ゆうずう》しかしないんで、見せかけだけのハリボテってわけ」

　ウィンウィンと言えば聞こえがいいが、技術力がある規模の小さな会社の足下を見て、ピンハネしてるだけのような気がする。図体《ずうたい》がでかいことを生かした、せこい商売だ。

「ベータ社は、そのハリボテで扱ってるひとつなわけだ」

「正確には、日本の代理店とうちは契約してる」

「ベータ社って、ヤバイとこでしょ?」

「サイバーセキュリティ専門会社だよ。そんなにヤバイかなあ」

「軍需企業じゃないの?」

「そういうことになるのかなあ。実感ないけどね」

「ライバル企業とサイバー攻撃し合ってるんじゃない? この間の事件も、それじゃないのかな、真相は」

「事件? ああ、あれね。情報漏洩。どうだろ。同業同士で叩き合うかなあ。なんとも言えない」

「ライバルってあるの?」

「全部そうじゃない?」

「日本でもそういう事件あるかな?」

「国内ではないと思う。だってサイバー軍需企業そのものがないから」

「えっ?」

「なに驚いてるの? 有名な話よ。先進国で、国産のアンチウイルスソフト会社もサイバー軍需企業もない国は、日本くらいだもん。サイバーセキュリティでは、世界からだいぶ遅れてる。だから今、世界中からカモにされてるでしょ?」

「そうなのか……」

「あ、一社だけあった。アオイ社って知ってる?」

「国産のしょぼいアンチウイルスソフト作ってる会社?」

「ねえ。それ、全然間違ってるよ」

あさ美は声を立てて笑った。

「え? そうなの?」

「アオイ社の作ってるのは、独自の発想に基づく、異常検知システムなの。アンチウイルスソフトは、コードのパターンとマッチングするものを排除するのが基本だけど、アオイ社は、異常な動作を検知して排除する仕組み」

「ふーん。誤検知多そうに聞こえるけど、大丈夫?」

「精度はだいぶ高いみたいだし、使っていると学習して、さらに精度が上がるみたい。それに、国内で唯一《ゆいいつ》、二十四時間三百六十五日体制で、マルウェアや異常なトラフィックの監視を行なってるね」

日本にもそういう会社があったのか。オレはちょっと驚くとともに、自分の無知を恥じた。

「国産唯一のサイバーセキュリティソフトだから、自衛隊や警察御用達になってるってわけ？」

「技術も確かだし、社長以下数人は、アメリカでサイバーセキュリティの仕事をしてきたプロだからね」

「そうなんだ。よく知ってるな」

「だってアオイ社も、うちのハリボテ営業品目のひとつだから」

「ハリボテ営業品目に入ってる会社って、いくつあるんだ？」

「ええと、百社以上はあると思う。とにかく売れそうなものは取り込んじゃう方針なの」

「そんなの、よく覚えていられるな」

「全部は覚えてない。必要に応じて、ウィンダムで確認してる」

来た！　と思ったが、なにも知らないふりをした。

「ウィンダムって？」

「うちとハリボテ品目の会社を結んだＶＰＮネットワーク。社内ＬＡＮの拡張版みたいな感じ」

「へえ、おもしろそう。興味あるんだけど、中を見ることできる？」

「あのさ。言いたくないんだけど、すごいいろなことに興味持つよね。スパイじゃないよね？」

「スパイなわけないだろ。それって、情報共有に使ってるだけ？」

「ハリボテだから、中身はなくてもいいの。情報共有できるだけでも便利だしね。最新のカタログや、資料のＰＤＦがまとめてあるだけでも、だいぶ楽だよ」

これだと思った。情報共有だけかもしれないが、ウィンダム経由で、各社の担当者のスマホとパソコンにアクセスできる。恰好《かっこう》の侵入口だ。いちおう安全《セキュア》にはしてあるようだが、それにしたって、ＩＤとパスワードがあればアクセスできる時点で問題あるし、サーバーの場所も、やたらと見つけやすい。

ウィンダムを踏み台にして、各社の担当者のパソコンを乗っ取り、情報を集めよう。そこからさらにベータ社に侵入する突破口を探そう。

「ちょっと見せてよ」

あさ美は、最初は嫌がっていたが、脇腹をくすぐるとけらけら笑いながら降参した。オレだって、こういうおバカなカップルごっこくらいできる。

「なんで見たがるのかなあ。そんなにおもしろいものじゃないのに」

「好奇心をなくすと、一気に老《ふ》けるぞ」

「え？　マジ？　あたしも好奇心持つようにしないといけないかな。佐々木さんに好奇心湧《わ》いてきたから、今度、部屋に行きたい」

あさ美はそう言いながらベッドを抜け出し、ノートパソコンを引っ張り出してきた。

「いいよ。そのまま監禁するかもしれないけどな」

「働かないでいいの？　ラッキー」

あさ美はそう言いながら、枕の上にのせたパソコンを起動させる。

「そういう考え方もあるのか。首輪つけてドッグフードしかやらない」

「首輪はいいけど、美味《おい》しいもの食べさせてほしい」

「それがそう？　思ったより豪華だな」

連絡用の掲示板やチャットルームくらいしかないと思っていたが、一般のニュースや記事も掲載されている。普通のビジネスサイトみたいだ。

「そりゃ、利用者は取引先だし、参加者も多いから気を遣《つか》うのよ」

「それにしても、思ったよりおおげさだ。しかも、ＣＭＳは自前の？」

「このために作ったわけじゃないけど、うちのオリジナルのＣＭＳ。外販もしてるけど、まあ売れないよね」

あさ美は笑った。ぽっちゃりした女の笑顔が、無条件にかわいいとオレは思う。美醜《びしゅう》には関係なく、癒《い》やされる。

コンテンツ《C》・マネジメント《M》・システム《S》ってのは、ウェブのコンテンツを作成、管理するためのシステムだ。いちいちページを手動で作ったりしないでも、原稿や画像を登録するだけできれいなページができるので、便利だ。

それからあさ美は、またオレの髪をいじりだし、そのままじゃれて、からみあったまま眠りに落ちた。

翌朝、あさ美と別れてから、スマホの電源を入れた。案《あん》の定《じょう》、綾野からメッセージがたっぷり入っていた。大量に来るだろうと思って電源を切っておいたのは正解だった。ジャスティス・ゼロの事件が起きてから、ほとんど毎日のようにオレの家に来ていたから、オレが家にいないと、女と会っていると見当をつけて、しつこく連絡してくるのだろう。

朝飯を食べていなかったので、家の近くのコンビニに寄ると、そこに綾野がいた。

「こんなとこでお目にかかるなんて、奇遇《きぐう》ですね」

綾野はしれっと笑った。驚いたのはもちろんだが、少しほっとしたような、うれしいような気持ちになった。そしてそうなったことに危惧《きぐ》を覚えた。普通に考えたら、これって結構ヤバイ。

「なにもコンビニで待ってなくてもいいだろ。いつから待ってたんだ? まさか昨日《きのう》の夜からじゃないよな」

「なんのことかわかりません。それより、メス豚から新しい情報は手に入ったんですか?」

邪魔《じやま》な女のことは、メス豚呼ばわりだ。

「ウィンダムのことを教えてもらった。アクセス専用ソフトを入手するサイトも確認済みだし、IDとパスワードも、操作を見て暗記したから大丈夫だ」

「メス豚になりすましてウィンダムにアクセスして、悪さをするんですよね。協力します」

「そのために来たのか?」

「なに言ってるんです。全然違いますよ。佐久間さんが手伝ってほしいなら、手伝ってあげます」

「……まあいいや。来いよ」

オレがそう言って買い物を始めると、綾野は後ろからオレの脚《あし》を蹴《け》った。

オレたちはリビングでメシを食いながら、ウィンダムにアクセスした。もちろんログには、あさ美のIDでログインした記録が残る。なにかあれば、あいつに問い合わせが行くことになる。だが、すぐにはわからないだろう。深く静かに、ウィンダムを通じて、各社の端末に忍び込む。

あさ美だけは気がつく可能性がある。ログインした時に表示される、前回ログインの日時を注意して見れば、自分以外の誰かがIDを使ったことがわかる、その誰かがオレだということも。IDを手に入れたのだから、あいつとはもう会わないでいい。

ウィンダムを経由してマルウェアに感染させ、情報を盗み出す。勉強会に行くより、よっぽど手っ取り早く、最新の情報を入手できる。メールだって見放題だ。だが、慎重に進めなければいけない。感染した経路がわかってはマズイ。相手は感染したことに気がつけば、すぐにマルウェアを駆除し、感染ルートを調べるだろう。感染ルートがわかれば、ウィンダムに接続している全ての端末が調査され、マルウェアは駆除される。

いつかは発見されるにしても、できるだけ後の方がいい。相手の端末だけでなく、そこからさらに社内の他の端末に感染して、できるだけ情報を集めておきたい。そのためには時間が必要だ。

ウィンダム側にマルウェアつきのページを作っておけば話は簡単だが、そんなことをしたら、すぐにばれてしまう。

利用者は、ウィンダムにVPN接続している。いわば社内のサーバーに接続しているようなものだ。もしかすると、ウィンダム側からアクセスすることも可能かもしれない。

「ウィンダムには、専用の通信ソフトがありますよね。暗号化までサポートした、自称セキュアなもの。それを改竄《かいざん》するといいと思います」

綾野がいいことを考えついた。ウィンダムに接続する端末にインストールされている専用通信ソフトは、随時《ずいじ》、ウィンダム側から更新できるようになっていた。アンチウイルスと同じ仕掛けで、クライアント側が定期的に更新の有無を確認し、あれば更新を実行する方式だ。

それを知った時、オレは笑いが止まらなかった。オレがウィンダムを乗っ取って、利用者のパソコンにある通信ソフトを全部、スパイウェアに書き換えてしまえばいい。もちろん本来の機能は残したまま、オレの指示に従ってパソコンやスマホの中身を送る機能をつけるだけだ。

問題は、大日本電気社内のパソコンまで書き換えてしまうと、すぐに気づかれる可能性があることだ。大日本電気社内にだって、ウィンダムを使っているヤツはいる。自分たちが通信ソフトを更新していないのに勝手に更新されていたら、異変に気がつくだろう。大日本電気社内のものは更新しないようにしておこう。

いや、待て。それよりまず書き換えたら、別のスパイウェアを埋め込むようにしよう。そして、通信ソフトはすぐに元通りにして、ウィンダムのサーバーも元通りにする。こうすれば、なかなか気がつかないだろう。

「佐久間さん、楽しそうですね」

オレが作戦を練っていると、綾野がじっと見ていた。どうやら笑っていたらしい。

「うまいことを考えついたんだ」

オレが思いついたことを説明すると、綾野が首をひねった。

「それは、ウィンダムの通信ソフトを更新するサーバーの管理者権限を乗っ取らないと、できないと思います。佐久間さんがやるんですか？」

「お前にまかせた」

そうなのだ。一般的に、社内ネットワークやウィンダムのような、利用者の限られたクローズドなネットワークの守りは、弱い。外部から簡単には入ってこられないため、そこで一定のセキュリティを確保しておけばいいという発想だろう。レンタルサーバーやクラウドサービスの利用者向け管理画面にも、似たような脆《もろ》さがあることが多い。狙うレンタルサーバーをニセの名前で契約して、利用者画面から侵入して、サーバー全体を乗っ取る攻撃が流行《はや》ったこともあった。いわゆる「レンタルサーバーハッキング」という手法だ。それくらいに守りが弱い。

オレたちは、すでにウィンダムの中に入ったから、内部のサーバーを乗っ取りやすいはずだ。そういう荒事は、残念なことに、オレよりも綾野の方が得意だ。

「メス豚とさかってきて、次は大日本電気のうんこサーバーを、あたしに攻撃しろと命令するんですか。人間、終わってますね」

「やってくれないのか？」

「誰もやらないとは言っていません」

「じゃあ、ぶつぶつ言わずにやってくれ」

「メス豚は最低だって言ってください」

「は？」

「メス豚は最低だって言ってください」

「……メス豚は最低」

「願いは聞き届けた」

綾野は、あっさりとサーバーに侵入した。使っているデータベースソフトに、脆弱性《ぜいじやくせい》があったのだという。その脆弱性は、すでに対策パッチも配布されているものだったが、そのサーバーは対策をしていなかった。

「対策するとたまに動かなくなることがあるために、危険だとわかっていても、なにもしない管理者は多くいます。利用者が限定されてるようなサービスでは、特にそうです」

対策、いわゆるパッチ、更新ファイルというヤツだ。これがくせ者で、本来なら改善されるはずなのに、動かなくなることも珍しくない。世界中で使われているウィンドウズですら、更新ファイルを適用すると、起動しなくなることがある。適用したくないと思う管理者がいても、不思議はないのだ。綾野は、そこにつけ込んだ。

とりあえず、オレたち専用のバックドアを作り、いったんウィンダムからログアウトする。

それから、さっそくマルウェア入りの更新ファイルを作りだした。普通のマルウェアなら開発キットで作れば一時間もかからないが、これは既存《きそん》の更新ファイルに組み込まなきゃいけないから、手間がかかる。というか、オレには無理だ。

「佐久間さん、コードの読み書きできたんですね」

綾野がオレの隣に移動し、ノートパソコンの画面をのぞき込みながら、つぶやいた。

「当たり前だ。これで商売してるんだ。コード書けないヤツがネット使うのは、金を撒《ま》きながら歩くようなもんだ」

そこまで言ったところで、綾野がにやにやしているのに気がついた。

「でも、それって、プログラムのレベルじゃないですよね。実行レベル、機械語で改造しないといけませんよね」

こいつの言う通りだ。ほとんどのマルウェアは、プログラムのコードをそのまま実行するのではなく、実行できる機械語に変換してある。だから、機械語がわからないと改造もできない。そして、オレにはわからない。

「……お前なあ。わかってて言ってるだろ」

オレは黙って席を綾野に譲《ゆず》った。悔《くや》しいが、まかせるしかない。

夕方までに、ファイルはでき上がった。それを更新サーバーにセットし、あとは感染が広がるのを待つだけだ。

「ちょっと早いが、晩飯食うか？」

オレが綾野に言うと、顔が真っ赤になった。こいつのストライクゾーンは、ほんとにわからない。晩飯って、そんなにいやらしい言葉だったたっけ？

「はい。腕によりをかけます。佐久間さんはメス豚の相手でお疲れでしょうから、休憩していてください」

オレが答えないでいると、綾野はそそくさとキッチンに立った。

「材料ないだろ?」

オレは必要最低限のものしか買わないから、メシを作る材料はないはずだ。

「買ってきました」

綾野は、持ってきた黒のスポーツバッグを引き寄せ、中から野菜を出した。

「インディアン・スパゲティとサラダです」

「ものすごくマニアックなメニューだな」

インディアン・スパゲティというのは、カレー・スパゲティのことだ。めったにお目にかかれない。オレはもともとカレーが好きだから、嫌いじゃない。

綾野が料理する音を聴きながら、オレはうとうとした。


深夜になると、マルウェアの感染が広がり、ウィンダム参加企業から、じょじょにメールや資料が送られ始めた。中には、ベータ社とのメールのやりとりもある。中に入ると本当に守りが弱い。

ベータ社の日本代理店の営業担当者のパソコンにも感染し、ベータ社の資料やアドレスが、どっさり出てきた。

ベータ社に標的型攻撃のメールを送っても大丈夫だろうか? 下手をうつと、こちらのことがわかってしまう可能性もある。メールからわかることはたかが知れているし、乗っ取ったヤツのパソコンを経由すれば、追跡できないはずだ。

ベータ社の社内に入り込めれば、本当にオレを狙っているのか、そうだとしたら誰が、どんな方法を使っているかがわかる。

＊

「クレア、標的型攻撃を仕掛けてきたヤツがいるんだけど、日本の代理店を踏み台にしてる。管理部から転送されてきた」

ベータ社では、イギーがクレアに報告していた。クレアはおもしろそうに、イギーの画面をのぞき込む。

「へえ。向こうも本格的に動き出したのね。こちらの正体を知らせた甲斐《かい》があった」

「泳がせておく？　それとも、日本の代理店に知らせて駆除しておく？」

「泳がせましょ。誘い込むために、こっちの正体を明かしたんでしょう。それに、日本代理店から、もう情報は盗まれてしまったはず。乗っ取られるような間抜けの端末に、情報を集約しているわけはないと信じましょう。解析は？」

「踏み台を使ってるから、追跡はできない。ただ、もしかしたら敵は、致命的《ちめいてき》なミスをしたかもしれない」

イギーがにやりと笑う。

「なにを見つけたの？」

「マルウェア」

そう言って、画面に表示されているコードの羅列《られつ》を指さす。

「もうリバースエンジニアリングしたの？」

「する必要もなかった。中をちらっと見たら、有名な開発キットで作ったってわかった。僕も使ったことあるからね。コードの中に、開発キット制作者のサインが埋め込んである」

「開発キット……うちに標的型攻撃を仕掛けるのに、そんなものを使うなんて、敵は思ったより技術はないのかもしれない。だとすると、やりやすい。それにしても、Ａ級という情報にそぐわない」

「クレア、ここで大事なのは、このマルウェアは、最近の脆弱性を利用しているってことだ。つまり、開発キットのサポートサービスを受けてる可能性が高い」

「なるほど、開発キットの顧客リストを手に入れれば、相手をさらに特定できる。すぐにやって」

「無茶言うなあ。マルウェア開発キットの顧客リストなんて、手に入るわけない。と言いたいところだけど、知り合いだから訊いてみよう。たちの悪いハッカーを探してるって、言っていいかな?」

「かまわない。相手は、あんたの仕事を知ってるの?」

「教えてない」

「それは秘密にしておいて。可能性は低いけど、マルウェア開発キットの連中が、今回の事件に関係していたとしたら、こっちを誘い出すために、わざとばれやすいことをした可能性もある」

チームにしても、ちぐはぐさが気になる。以前、こちらのサーバーを落とした手際《てぎわ》のよさは、間違いなくA級だった。しかしA級なら、この大事な場面で開発キットを使うはずはない。

「そこまで考えるか」

イギーが首を振る。

「そういう商売よ。より先の手を読んだ者が、最後に笑う」

「クレア、リストはもらえなかったが、日本人の契約者をひとり教えてくれた。メールアドレスとハンドル名、それにクレジットカード情報が手に入った」

「その情報をB9に入れてみて」

「なるほど、わかった」

数分で、B9は容疑者を特定した。

「〝Naoki Sakuma〟——B9によれば、こいつがゼロだ」

「チームのはず。他のメンバーは？」

「B9は、まだそこまで特定できていないらしい。いちおうメンバーの可能性のある人間を二十人くらいリストアップしているけど、ちょっと多すぎるだろ」

クレアは腕を組んで、数秒考える。

「B9を攻勢モードにして。相手を完全に追い詰める」

「攻勢モード？　それって、まだテストが終わってない機能だよね。デモンストレーションの時、そう言ってただろ。大丈夫かい？」

「ほんとは、彼らだって使ってほしいのよ。あるものは使いましょう」

「あの機能を使うと、あからさまになにかが起きてるって周囲にもわかっちゃうし、僕らが動いていることが世間にばれる可能性も、わずかだけどある」

「周囲にばれるのは望むところ。近づくと危険だと思わせた方がいい。私たちが動いていることが世間にばれたら、それはB９の機能に問題があったんでしょう。ラボに文句《もんく》言うわ」

「ああ、本気なんだね。生身の人間にこれを使うと、どうなっちゃうんだろう」

「つべこべ言わずに準備して！」

「了解！　ゼロが、『プロクルステスの斧《おの》』の最初の犠牲者《ぎせいしゃ》になるか……かわいそうにな」

「『プロクルステスの斧』ではなく、B９と呼びなさい」

「はいはい」

相手が無条件降伏するまで追い詰める。

＊

「就寝《しゅうしん》中に恐れ入りますが、緊急事態が発生した模様です」

綾野の声で目覚《めざ》めると、オレの人生最大級の緊急事態が起きていた。

「佐久間尚樹って誰でしたっけ？　かわいそうに、いいように個人情報さらされてます。ちょっとした人気者です。ツイッターのトレンド入りするかもしれませんね」

「なにが起きてるんだ？」

ベッドから飛び出して、リビングの綾野の元に急ぐ。

「あなた様の個人情報が次々とさらされて、祭り状態になっているようです」

「いったい誰がこんなことしやがった？　そうか！　あいつらか！」

オレは、綾野の操作しているパソコンの画面をのぞき込んだ。

「ざっと見た範囲では、ツイッターであなた様の過去のサイバー犯罪や女癖の悪さを、個人名をあげて攻撃するアカウントが複数、存在しています。自宅の住所や勤務先、あといやらしい生写真や、頭の悪そうなプリクラも流れています。同じく匿名《とくめい》掲示板やフェイスブックでも、情報をさらして攻撃している人がいます」

「写真だって？　くそっ、なんてことしやがるんだ」

「自業自得《じごうじとく》とも言います。あなた様がやってきた悪行ですからね。クソ女とプリクラなんか撮ってやがって」

「日本語おかしいぞ」

「やったんですよね？　犯罪も女性も」

そんなこと言ってる場合じゃないだろう、と怒鳴《どな》りたいのをこらえた。ここでケンカしても、なにもならない。

「だからって、情報さらしていいってことにはならないだろ。日本でセックスしてるヤツはたくさんいるけど、そいつらのセックス画像をネットにアップしていいってことはない」

「なるほど、まあ理屈ですね。ところで、殴っていいですか?」

「なんで? オレは忙しいんだけど。なんとかしなきゃ」

「悪行は報《むく》いを受けます。『南総里見八犬伝』の仁《じん》・義《ぎ》・礼《れい》・智《ち》・忠《ちゅう》・信《しん》・孝《こう》・悌《てい》ってわかりますか?」

「なに言ってるのか、さっぱりわからない。後にしてくれないかなあ」

「すぐにそうやって、わからないふりしてごまかすんだから」

『南総里見八犬伝』のことなんか、わかるわけがないだろ。

「ヤバいな。これって警察や会社にもばれてるよな。もしかして、逮捕されるかもしれない。どうしよう」

「自業自得です。じごうじとく。大事なことなので二度言いました」

「だからそういうのは、もういい。片《かた》っ端《ぱし》から運営にデマだって連絡して、消してもらうなり、アカウントを停止してもらうなりしなきゃ。ここまでやられたら、もう会社には行けないな。用意しといた退職願いをメールで送ろう」

「なにかお手伝いしましょうか?」

「あれ？　オレのアカウントが使えなくなってるんだけど。ツイッターもフェイスブックも凍結《とうけつ》されてる。どういうことだ？」

「乗っ取られたか、利用停止にされたかですね」

「くそっ」

「ネットバンキングも使えないって、すげえ困るんだけど。ログインに一定回数失敗すると一時的に凍結されるって、安全なんだろうけど、すごく不便だ。誰でも簡単に、オレのアカウントを止められるじゃん」

「敵の仕業《しわざ》ですね。通常、ログインの失敗だけならＡＴＭは使えるはずですけど、おそらく敵はなりすまして口座そのものを解約したりして、完全に使えなくしていると思います。全額不正送金されてる可能性もありますね。それくらい徹底的にやるでしょう。お金ないのはかわいそうです。ご飯くらいならおごってあげます」

「涙が出るほどうれしいね。いや、ほんとマジで」

八方ふさがりだ。ネット上で完全に包囲された。

「なりすましのツイッターアカウントが複数できてますね。勝手に佐久間尚樹を名乗って、あなたのリアルの知り合いをフォローしてます。〝事情があってアカウントを新しくしました〟って挨拶《あいさつ》してますよ。古いアカウントは停止されてるから、バッチリのタイミ

ング・

「ニセ者まで出てきたのか、くそっ」

「単純で簡単な解決方法があります」

「教えてくれ」

「一緒に死にましょう」

「はあ？」

「死ねば全てチャラになります」

「オレはそういうことはしねえ」

「あたしの家においでになりますか？」

「お前んとこ？」

「あたしの予想では、宅配ピザが山のように届くと思います」

「昔のオレの客や、攻撃した相手が、オレを狙ってくるかもしれない。ここにいると危ないってのは確かだ。でも、お前のとこに行っていいの？」

「散らかしておりますし、定位置があるので、それを守ってもらえれば」

「定位置？」

「物を置く場所を決めているんです。傘はここ、マウスはここ、という具合に。場所が変わると不便です」

よくわからないが、そんなことなら簡単だ。

「それくらいは大丈夫だ」

そして、オレと綾野は、荷物を抱えて部屋を出た。

綾野の部屋は、隣の駅近くの広めのワンルームだった。床にいろんなものが散らばって、足の踏み場がない。

「定位置って意味をなしてるか？」

この散らかし具合だと、どこになにがあってもわからない。

「ちゃんと決まってます。ほら、ここにルーターの取説《とりせつ》があります」

そう言うと、床に積み上がっている本の山を崩し、中からルーターの取説を拾い上げる。

「……オレ、定位置守れないかもしれない。だって、ゴミの山の中ってことだろ」

「ゴミではありません。ほとんどは現在使用中のものです」

「そこのビロンの空《あ》き瓶《びん》は？」

床に転がっている咳止《せきど》め薬《やく》ビロンの空き瓶。ヤバイ成分が含まれており、大量に摂取《せっしゅ》すると多幸感を得られるので、中毒になるヤツ続出のベストセラー製品だ。

「あれは、ゴミです」

「ここに落ちてる風邪薬《かぜぐすり》の空き瓶は?」

「それもゴミです」

「やっぱりゴミばっかりじゃん」

正直言うと、潔癖症《けっぺきしょう》よりゴミ屋敷の方が、気が楽でいい。少しくらい汚してもわからない。

部屋の中央にちゃぶ台があって、ノートパソコンが置いてあった。もちろん、その周囲と下には、紙くずや本が雑然と散らばっている。

綾野がゴミをのけてちゃぶ台についたので、オレも荷物をゴミの山の上に置いて、正面に座る。そこで初めて気がついた。これは畳《たたみ》の上だ。なにしろ、いろんなものが床に散乱していて、畳が見えなかったのだ。

「作業する時は、このテーブルを使ってください」

「きっとメシも、そこで食うんだよな」

「そうですね。統合型環境なので」

「ものは言いようだな」

文句は言えない。

「あのさ。相手の攻撃の仕方とかから考えると、かなり広範に情報を集めてる。お前もオレの知り合いってことで、調べられてるかもしれないぞ」

「大丈夫です。あたしは実家に住んでいることになっていますし、いろんなものの住所も実家で登録しています」

「実家あるのか？」

「家族については口を閉ざします。詮索《せんさく》してはいけない複雑な事情があるのです」

「自分で言うのか。訊いたりしないから安心しろ」

オレはそれから、会社にメールで退職の意思を送った。

「あのさ。仕事は辞《や》めて、しばらく部屋に閉じこもると思う」

「そんなすぐに辞められるんですか？」

「しょせん派遣《はけん》ってのは使い捨てだ。一日顔を出しただけで、ばっくれるヤツもいる。ちゃんと辞めますってメールを送るだけマシだ」

「怪しまれませんか？」

「ここまで特定されてたら、もう意味ないだろ。生き延びることだけに集中しないとダメだ」

オレがため息をつくと、綾野が口角《こうかく》を上げる。

「佐久間さんは、しばらくあたしの飼い猫になるんですね。子猫ちゃん」

「その言い方、止めろ」

第五章　エジプト政府監視システム

綾野はスマホを取り出したかと思うと、すぐに顔を上げて、オレを見た。

「あたしも今日から、ニートの引きこもりになります」

「なんで?」

「さっきバイト先からLINEが来ました。警察が来たから、しばらく来ない方がいいそうです。なんか疑われているっぽいです。事情を訊《き》きたいとかなんとか言ってたみたいです」

「なにかやったの?」

「佐久間さんのせいです」

「オレの? なんで?」

「わかりません。警察は、くわしいことはなにも言っていなかったようです。でも、そんな気がします。だって、あたしは足跡残すようなヘマしませんもん」

オレは腕組みして黙った。

「まあ、敵を追い込む作業を続けよう。守りに入ったら負けるもんな」

オレは独り言のようにつぶやくと、ウィンダム経由で収集した情報の整理を始めた。かなり莫大《ばくだい》な量が集まった。この中に、真犯人がベータ社を狙った理由があると信じて、ひたすら読み込む。

キーワードを設定して、全てのデータを検索し、ヒットしたら中身を読んで判断する。たとえば「デスチーム社」というキーワードだと、たくさん引っかかる。取引先だから当たり前だ。でも、担当しているヤツが特定できるので、リストアップする。そいつのメールやファイルは、特に念入りにチェックし、そこに出てくるデスチーム社の連中の名前や部署をリストにする。

リストはどんどん長くなり、氏名や部署や担当製品もわかり、注意すべき点を整理したメモもつく。延々と、その作業の繰り返しだ。気が遠くなる。

綾野にも手伝ってもらった。

ふたりで黙々と資料調べをしつつ、時々、敵の攻撃をチェックした。小学校時代の卒業文集がネットに流れた時は、恥ずかしくて仕方がなかった。しかも、綾野が声に出して読むという嫌がらせつきだ。

情報をながめていても、銀行の口座にあるオレの金がどうなったか、気になってしょうがない。根こそぎ取られても、おかしくない状況だ。心配しない方がおかしいのだが、気にしても、なにもできない。いまは手がかりを探すしかない。

ひたすら黙々と調査を続けて、数時間経《た》った。綾野が、がばっと顔を上げた。

「時期的に、このエジプトの入札が怪しいと思います。メールで〝しかるべき措置《そち》をした〟っていうのも見つかりました」

「それって、もしかして向山産業か？」

オレも、その会社の名前を何度も見た。

「そうです。向山産業という商社が、取引先のデスチーム社の日本代理店とやりとりした内容です」

ジャスティス・ゼロ登場直後に行なわれたエジプト政府の競争入札には、三つのグループが参加した。ベータ社とレイセオン社、デスチーム社とアラファイ社、ボーイング社だ。入札前は、ベータ社とレイセオン社が優勢と見られていたが、最終的にデスチーム社とアラファイ社のグループが落札した。この入札に勝つために、デスチーム社が情報漏洩《ろうえい》を仕掛けた可能性がある。

「エジプト政府の予算は当初、百億円だったそうですが、最終的には数倍にふくれあがったという記事もあります」

「数百億円のためなら、あれくらいの騒ぎ起こしても、おかしくないかもな」

「デスチーム社が犯人なら、ベータ社のシステムに関する詳細なデータがあると思います。情報漏洩の時に調べつくしているはずですから。それを使えば、ベータを叩《たた》けます」

綾野の言葉に、オレはうなずいた。だが、デスチーム社もサイバー軍需《ぐんじゅ》企業だ。同時に二社を相手にするのは、いくらなんでもきつすぎる。ベータ社だけでも、ほとんどオレは死《し》に体《たい》だ。

なにか、うまい方法があるはずだ。それを確認するためにも、デスチーム社が犯人だという決定的な情報を得ておきたい。向山産業、あるいはアラファイ日本支社の社内ネットワークに潜り込んで、当時の記録を漁《あさ》りたい。

綾野に調べてもらうと、どちらも機密情報はかなり厳重に管理されているようで、正面から侵入するのは無理そうだった。メールだけでは、たいした情報は見つからない。ならば他の手を使うしかない。

幸い、勉強会に参加したおかげで、向山産業とアラファイ社の知り合いもできた。吉野茂雄と一之瀬桃香という名刺が見つかった。ふたりとも挨拶《あいさつ》しただけだが、悪い印象は与えてないだろう。営業だし、誘いやすい。

マルウェアを使って収集した、ふたりの情報をチェックする。メールのやりとりまでチェックできるから、ふたりの行動や性格までわかる。向山産業の吉野はまだ新入社員で、あまり情報を持っていない。アラファイ社の一之瀬桃香は入社五年目で、情報も持っているし、デスチーム社とも直接情報交換している。そして、向山産業の妻子《さいし》ある男と不倫《ふりん》していた。「インモラルな夢に埋もれて溺れてしまいそう」なんてメールを送ってやがる。ちょっとは使えそうな情報だ。

それに、一之瀬桃香がいいとこの娘で、帰国子女だっていうのが、オレのコンプレックスを刺激した。有能な女性をもっと管理職に登用すべきだとか、欧米のことを例にあげて日本は遅れているとかいうツイートも、カンに障《さわ》る。思い切りひどい目に遭《あ》わせてやりたい気分になる。

一之瀬桃香の端末《たんまつ》から、アラファイ社内のネットワークにも侵入できるはずなのだが、パスワードがわからない。ここは普通のパスワードではなく、ワンタイムパスワードという、使い捨てのパスワードを利用していた。アクセスのたびに一定時間有効なパスワードを使い、時間経過後は捨てる。パスワード生成装置を持っていないと、アクセスできない。

またあの手を使うか……時間がないから、荒っぽいやり方でも仕方がない。ばれると面《めん》倒《どう》だが、もう時間もないし、これだけ個人情報がさらされてしまった以上、オレはしばらく身を隠さざるを得ないから、どうでもいい。手っ取り早い方法を使おう。

「前向性健忘《ぜんこうせいけんぼう》になりやすいのって、なんだっけ？」

薬のことは綾野に訊くのが手っ取り早い。薬をまぜた酒を呑《の》んでもらって、ガードを弱め、ついでに記憶もなくしてもらおう。

「入手しやすいのは、ホイスリーです。適度にラリります。アルコールやグレープフルーツジュースなんかと一緒に摂取《せっしゅ》すると、効き目が上がります」

「それかな……ロタリンやケンサータも効くんだっけ？」

「それはほとんど覚醒剤《かくせいざい》です。ロタリンは、今は入手困難なんで、貴重です。持ってますけどね。眠らせるなら、バルビツール酸系のルボナなんかの方が効きます」

「いや、前向性健忘でトリップするヤツが一番いい。自白剤代わりに使うようなもんだから、ぺらぺらしゃべるようになるのもあるといい」

「じゃあ、ホイスリーにドパスくらいをカクテルして、アルコール使うといいと思います」

綾野に頼むと、たいていの向精神薬と眠剤は手に入る。中学生の頃からメンタルクリニックに通っていたおかげで、山のように薬のストックがあるのだ。

しかしホイスリーにドパスだと、ちょっと弱めのような気もする。

「もっと強くなくて大丈夫かな?」

「うーん、アルコールと一緒に摂取するし、耐性ない人なら大丈夫だと思います。もっと多幸感出すなら、ペレドニゾロンやルンデロンかなあ。ただし、ステロイドなので副作用もきついけど、どうせ二度と関わることのない相手なんですよね」

前言撤回《ぜんげんてっかい》、向精神薬以外も、なぜか持っている。ちょっとだけ怖くなったが、おかげで使うべき薬がわかった。後は粉末にして、酒か食い物にまぜればいい。

一之瀬桃香に、すぐには仕事につながらないかもしれないが、少しお話を伺《うかが》いたいというメールを送ったら、速攻で返事が来た。会ってもらえるようだ。問題は、この次だ。すぐにメシに誘うのは、警戒心をもたれる可能性があるし、その場で誘うと先約がある可能性が高い。

向山産業の不倫相手の名前をあげ、パーティで話をした時に、一之瀬桃香の名前が出たとウソをついた。「取引先とよいご関係のようでうらやましい。私もインモラルな夢に溺れてみたいものです」と軽く当てこする。その後で、スケジュールの調整がつかないから夕食を食べながらでいかがでしょうと誘った。案《あん》の定《じょう》、一之瀬桃香は引っかかった。当たり前だが警戒しているらしく、その後、社に戻ると書いてある。

オレは普通の会社員に見えるように、一之瀬桃香に会う直前に、スーツを買って着替えた。スーツは嫌いじゃないが、着ると肩が凝《こ》るから、ほとんど着ることはない。ネットにはオレの個人情報があふれていて、写真も出回っているから、髪型を変えて変装した。名前も違うし、まず大丈夫とは思うが、念のためだ。

赤坂《あかさか》のイタリアン・レストランで待っていた一之瀬桃香は、以前会った時よりも、きれいに見えた。顔が暗いのは、不倫のことがばれてやしないかと心配しているせいだろう。

オレが当たり前のようにワインをボトルで注文するのも、黙って見ていた。食前酒にアイスワインを頼み、袖口《そでぐち》に仕込んでおいた薬の粉末を、気づかれないようにまぜる。アイスワインは非常に甘口のため、若干《じゃっかん》異物が混じっても気づかれにくい。普通のワインは、それぞれの銘柄《めいがら》の味を覚えている連中も少なくないが、アイスワインにそこまでくわしい人間は稀《まれ》だ。

一之瀬桃香から、取引先であるデスチームの話を訊くと、「さりげなく世界中のどこの誰の情報でも盗み出せるから怖いですよ」とオレに釘《くぎ》を刺すようなことを言った。

それから、オレが不倫相手とどこのパーティで会ったのかとか、根掘り葉掘り訊いてきたが、ことごとくスルーした。そして、隙《すき》を見ては薬を食べ物にまぜる。食事が終わる頃には、一之瀬桃香は、かなりぼんやりしてきた。

デザートのゼリーが来た時、一之瀬桃香が席を立ったので、チャンスとばかりに、残りの薬を全部入れて混ぜた。

食べ終わって、しばらく雑談しているうちに、だんだん一之瀬桃香の様子がおかしくなってきた。頃合いよしと判断して、そろそろ出ますかと席を立つ。

「だいじょうぶれす」

ろれつの回らなくなった一之瀬桃香を介抱するそぶりをしながら、タクシーに乗せる。

「どこに住んでるの?」

「あ、ほんとにほんとに、大丈夫なんで」

一瞬、少し正気に戻ったが、すぐに脱力した。訊くまでもなく家を知っているオレは、運転手に指示する。桃香は意識を失ったり、寝ているわけではなく、ラリっているだけだ。時々、わけのわからないことを言い始めるが、適当にいなしておいた。

桃香が住んでいたのは、有栖川宮《ありすがわのみや》記念公園に近い高級マンションだった。オートロックを酩酊《めいてい》状態の桃香に開けさせて、中に入る。高級ホテルのように広いエントランス、壁にはでかい絵画《かいが》、アイボリーホワイトの廊下を抜けて、エレベータで最上階に向かう。

桃香の部屋に入ると、さすがにお嬢様の家は違うと思った。一人暮らしのクセに2LD

K、しかも巨大な上、内装がぴかぴかだ。ドラマのワンシーンに出てくる部屋って実在すると、初めて知った。
「パソコンはどこ?」

と尋《たず》ねると、うつろな目をオレに向ける。

「えー?　なんで?」

と、ろれつの回らない舌で答えて、部屋の扉を開けた。

窓際に、見るからに高そうなデスクがあり、その上にノートパソコンが鎮座《ちんざ》している。とろんとした目でにこにこしている桃香を椅子《いす》に座らせ、パソコンを起動し、社内グループウェアのログイン画面にアクセスする。

「パスワード生成装置は?」

「なにやってんれす?　ダメれすってば」

「いいじゃん。じゃあ、見ないから入力してよ」

「そうなの?」

桃香は、ハンドバッグからカード型電卓のようなものを取り出し、ワンタイムパスワードを表示させた。これだ。こいつのせいで、アクセスできなかった。

もう桃香に用はない。これでも飲めとホイスリーを二錠渡すと、質問もせず、そのまま飲み込んだ。

ログインすると、エジプト政府案件についての掲示板があった。デスチーム社が作った提案書や、競合であるベータ社のことなどが、細かく分析されている。それだけでなく、ベータ社の社内ネットワークや、組織図などの細かい内部情報まであった。間違いない。ここまでの情報は、侵入しなければ入手できない。あいつらがベータ社から情報を盗んで暴露《ばくろ》した。

――くわしいことは言えないが、状況は近く改善する見込みという連絡を受けたんで、デスチームでなにか仕掛けたんでしょう。

――悪い予感しますけど、うちは関与してないってことでいいですよね。

――ばれたら、知ってたんだろうとは言われるでしょうけど。

掲示板でのやりとりを見て、オレは、ばればれだよとつぶやいた。

デスチーム社が受注合戦の不利をひっくり返すために仕掛けたのが、ベータ社の内部情報漏洩事件だ。デスチーム社は、以前から競合相手を汚い罠《わな》にはめて入札に勝ってきた、常習犯のようだ。競合他社の息のかかった代議士のスキャンダルを新聞社にリークして、入札から除外させるくらいは当たり前のようにやっている。

オレは、必要なデータをUSBメモリに全部ダウンロードした。これで用は済んだ。

横を見ると、桃香が寝息を立てていた。そのきれいな顔や高そうな服を見ているうちに、無性《むしよう》に腹が立ってきた。こいつと、オレや綾野の間には、超えられない壁がある。生まれた時から死ぬまで破れない壁だ。できるのは、こいつを壁のこっち側に引きずり込むことくらいだ。

椅子に座っている桃香を、お姫様だっこして持ち上げた。

「うわ？　わわわ」

桃香が目を覚ました。だが、まだ意識は朦朧《もうろう》としたままだ。やたらと楽しそうに笑う。

「全然軽いよ」

オレは答えると、ベッドルームの扉を開き、ベッドに桃香を寝かせた。恵まれた生活への羨望《せんぼう》と憎しみと欲望の混ざった、熱い感情が湧《わ》いてきて硬くなる。

「うわあ。いやらしいんだ」

にこにこしながらそう言った。妙《みよう》に機嫌《きげん》がいい。なにを言っても大丈夫そうだ。

「犯してくださいって言ってみろよ」

試しに言ってみると、

「なにそれ？　犯してくださいって言えばいいの？　犯してください」

あっさり桃香は口にした。

「お前が頼んだんだからな」

オレはそう言うと、桃香のシャツを力まかせに引っ張った。ボタンが勢いよくちぎれて飛び、淡《あわ》いピンク色のブラジャーと、豊かな胸の谷間が現われた。桃香は、なにが起きているのかわかっていないらしく、きゃあきゃあ笑った。

ブラジャーをはずし、胸の感触を楽しみながら、スカートをたくしあげた。ストッキングを破り、強引にショーツをずらして、隙間から挿入を試《こころ》みる。

「えー、なになに？　なにしてるの？」

桃香は楽しそうに身体《からだ》をくねらせる。

「お前を犯してるんだよ」

まだ濡《ぬ》れていなかったが、力まかせに押し込み、何度か動かすと、すぐに濡れてきた。楽しそうだった声はあえぎ声に変わり、おびただしい愛液があふれ出す。

なぜか無性に腹が立った。脚を肩にかつぐようにして深く挿入すると、スカートが破れ、「お気に入りなのに」と桃香がつぶやいた。

「黙ってろ」

桃香の頰《ほお》をはたき、乱暴に何度も突いて、中に出した。しばらくそのままじっとしていると、桃香が寝息を立て始めた。

桃香から離れ、股《また》を広げて性器からオレの精液があふれ出す恰好《かっこう》をさせてから、部屋を出た。写真も撮っておけばよかったと、後で思った。


それから池袋《いけぶくろ》に向かった。ひどく虚《むな》しい気分だが、賢者タイムに浸《ひた》るような性格じゃない。あの女を犯したことで、自己嫌悪《けんお》していた。気にくわないからって、いちいち中出ししてたら切りがない。騒ぎが大きくなって面倒になるだけだ。ベータ社との抗争中に、バカなことをした。

西池袋の、昔ながらの小汚い路地の奥に、行きつけの店がある。安い飲み屋、ピンサロ、ラブホが並ぶ道の地下にある、マダムシルクというバーだ。地下に続く階段の手前に、申し訳程度の小さな看板があるだけで、入り口の黒い扉には店名がない。客を拒絶《きょぜつ》するかのような雰囲気《ふんいき》が漂《ただよ》っている。

仄暗《ほのぐら》い店内に入ると、いつもながら、ほとんど客はいなかった。カウンターの奥に立っているママが、オレに目を向けた。いつも黒ずくめの魔女のような女。壁には古いポスターが貼られて、アンティーク人形や古書が、さりげなく置いてある。

一歩間違うと、サブカル御用達《ごようたし》のようなつまらない店になってしまうが、それを上回る怠惰《たいだ》さと、濃い常連がいる。

黒いソファに身体を沈めてビールを頼み、テーブルにスマホを置くと、すでに零時を回っていることに気がついた。思わずため息が出る。なにをやってるんだと思う。自分のしていることが、ひどく虚しく思える。

オレは年金は払っていないし、何十年も先まで自分が生きるなんて、考えたこともない。漠然《ばくぜん》とした不安がないわけじゃないが、目の前のことで精一杯だ。小利口《こりこう》な連中は、貯金したり、資格を取ったりしているんだろうけど、そんなものには興味が持てない。

生まれた時から物事は悪くなる一方だった。小学校を卒業した時、アメリカの世界貿易センタービルに飛行機が突っ込んだ。それからリーマンショックへと続いた。景気がよくなるとか、世の中がよくなるなんてことはないんだって、何度も思い知らされた。あれだけ繰り返しやられれば、バカでもわかる。

だから短くても納得できるように生きてきた。

「人は罪なくして　親たりえない」という言葉通りだ。この世に生を授《さず》かった者は不幸になる。不幸を与えた親は、罪人でしかない。

夜明けが来る前に店を出て、綾野の部屋に戻った。ゴミの山を崩しながら綾野が寝ている布団《ふとん》に潜り込むと、無言で蹴飛《けと》ばしてきた。

「痛えな」

「メスの匂いさせて帰ってくる方が悪いんです」

そう言いながら何度も蹴る。返す言葉もないので、そのままにしておいたら、静かになった。

「わかってますか？　あたしたちは、この世にふたりきりなんですよ」

綾野の意味不明の言葉を聞きながら、オレは眠りに落ちた。

翌朝、目覚めると、綾野はキッチンでなにか作っていた。身体を起こし、スマホを手に取ると、メッセージがたくさん来ていた。もちろん、桃香からだ。

──昨晩、なにをしました？

前向性健忘で薬が効き始めてからのことは覚えていないんだろう。いい気味だ。

──覚えてないの？　ちょっと言いにくいんだけど。

──警察に訴えます。

──いや、そっちが送ってくださいとか言って、オレを連れ込んだ。同意の上のことだし、オレは誘われただけだ。

――違います。そんなこと、するはずがないでしょ。

――ないでしょって、だってそうなんだからさ。

――それにしたって、あんなひどいことするなんて。

――ひどいことって？

――そんなこと言えません。とにかく責任をとってください。それから、なにがあったか教えてください。

――うるさい女だな。そんなに知りたけりゃ、土下座《どげざ》して頼め。責任とれって？　じゃあ、お前はオレと結婚したいのか？

――社会的責任です。

社会的責任？　桃香自身も、なにを言ってるのか、わかっていないのだろう。意味がわからない。

それからすぐに桃香をブロックした。

スマホから顔を上げると、綾野が仁王立《におうだ》ちしていた。

「女からメッセージですか？　いいご身分でございますね。頭の悪いラノベの主人公みたいに、自動的にビッチが寄ってくる神設定なんですか？」

綾野が、オレの背中を蹴飛ばす。

「嫉妬《しっと》してるのか?」

「知りません」

「他の女はクソだ。お前が一番だよ」

言ってから驚いた。そんなことを言うつもりはなかった。綾野は顔を赤くして戸惑《とまど》った。

「よほど悪い女とやったんですね。脳に悪い菌が入ったんじゃないですか。性病には気をつけてください」

「うるさい」

「現在、注意すべきなのは、再流行のきざしを見せ始めた梅毒《ばいどく》と、尖圭《せんけい》コンジローマです」

それから綾野は、尖圭コンジローマという性病の特徴について、懇々《こんこん》と解説を始めた。それが終わって梅毒についての説明を始めた時には、さすがに中断させた。衛生博覧会みたいな話は好きじゃない。それにお前は、メシを作ってる最中じゃないのか?

「クソみたいな女とするから、いけないんです。入れる穴が欲しいなら、専用人型性欲処理装置のあたしがここにいます」

「デスチームのことを探るのに利用しただけだ」

「やっぱりやったんですね」

しまった。誘導尋問《じんもん》に引っかかった。

「だから、その女のワンタイムパスワードでアラファイの社内ネットに入って、デスチーム社がベータ社になにかを仕掛けたって確証をつかんだんだよ」

「やったんでしょ」

オレはため息をついた。認めないと引き下がらないだろう。

「やったよ。金持ちだったから頭にきて中出しした」

綾野は一瞬ぽかんとした顔をして、それから笑い出した。こいつが笑うのを見るのは久しぶりだ。

「セレブのお嬢様に、底辺の遺伝子を種付けしたんですね」

「そうだよ。なんでそんなに笑ってるんだ?」

「金持ちだから中出ししたというのがツボりました。あたしは同じ底辺だから、中出しされないんですね」

「されたいのか?」

「嫌です。あたしとどっちの方が気持ちよかったんですか? 教えてください。直せるところは直します」

「そんなの比べられないし、生まれは直しようがないだろ」

どちらをもう一度抱きたいかと言われたら、綾野に決まってる。だが、そんなことを言うとつけあがる。

「レイプ魔」

「うるさい」

「クズ」

オレの頭を軽くはたいた。

「やめろよ」

「犯罪者」

「いいかげんにメシにしよう」

そこで綾野は料理中だったことを思い出したようで、あわててキッチンに戻っていった。

ベーコンの焼ける、いい匂いがしてきた。あいつもオレも、かりかりに焼いたベーコンが好きだ。ばりばり音がするくらい焦《こ》げてた方がいい。あと目玉焼き。世の中では、目玉焼きよりオムレツが上位になっているが、目玉焼きの方がオレは好きだ。

綾野がでかい皿に、トーストとベーコンエッグをのせてやってきた。こいつはオレの好みをわかってくれている。食べ始めると、またさっきの話を蒸し返してきた。

「前から思ってましたけど、女のことわかった風なこと言って、なにもわかってませんよね」

「そうかもな。そもそも自分のことだってわかってないんだ。他人のことなんか、わかりゃしない」

「教えてあげましょう。佐久間さんは、このままあたしと暮らすのが一番です」

どきりとした。うれしさと同時に、面倒なことになったという気持ちが湧いてくる。

「お前がそうしたいだけじゃないのか？」

「佐久間さんにこれといったビジョンがないんですから、あたしの言うことをきいてくれても問題ないでしょう」

「共依存《きょういぞん》するってか？」

「素敵でしょ。どろどろに依存し合って、どうにもならなくなるんです。この世の中に、ふたりだけです。あたしは佐久間さんに近づく女を全部破滅させるし、佐久間さんは、あたしに近づく男を破滅させるんです。ネットの力を使って。ふたりだけが残るんです」

「破滅するのがそんなに楽しいのか？」

「人間は誰でもみんな、いつか破滅するんです。幸福に破滅したいだけです」

「オレは破滅しない。他のヤツを破滅させて生き残る」

「誰も永遠には生きられないんですよ」

「だからって自分から死にたくねえ」

「じゃあ、無理心中《むりしんじゅう》します。佐久間さんを殺して死にます」

「お前に殺されたりしない。返り討《う》ちにする」

「競争ですね。殺し合う未来に乾杯！」

そう言うと綾野は、ごちそうさまと言って、オレをちらっと見た。オレはテーブルの上を片付け、洗い物を始めた。

ふと見ると、メールが来ていた。それも佐々木の名前で作ったアカウントにだ。ふだんは、たまに勉強会のお誘いが来るくらいだ。誰かからメールが来るのは珍しい。一瞬、あさ美か桃香かと思ったが、違っていた。

勉強会で会った、元陸上自衛隊の部隊長の伊坂からだった。かなり情報通という印象がある。

——先だっては、興味深いお話をありがとうございました。よろしければ、また情報交換いたしましょう。

という簡潔な内容だ。「情報交換」は社交辞令だ。前回も一方的にオレが話を訊いていただけだ。ちょっと前なら喜んで行ったが、オレの個人情報が公共財化している今は、罠の可能性もある。だが、佐々木＝佐久間ということは、わかっていないはずだ。わかっていたら、もっとヤバイことが起きている。

それでも、あさ美や桃香にしたことが、伊坂の耳に入っていないとは言えない。しかしだからといって、関係ない会社の伊坂が、オレにコンタクトしてくる理由にはならない。大日本電気やアラファイが、伊坂の会社に解決を依頼したなら別だが、そんなことを依頼するか？　警察に届ける方が、まだ話がわかる。

普通の相手だったらマルウェアを送りつけるところだが、さすがにためらわれる。あさ美や桃香は営業で、技術的なことにはくわしそうではなかった。伊坂はガチのプロだ。

安全のために断わるべきか、それともあえて火中《かちゆう》の栗《くり》を拾うべきか、いや、そもそも栗があるのか？　なぜ伊坂は、オレを誘ってきたんだろう。

応じるようなことを書いて、さりげなく「情報交換といっても、こちらにはたいした情報はないので」と伝えてみる。すぐに返事が来て、日本のサイバー軍需企業について関心ありますか？　と質問が来た。

あさ美から聞いたアオイ社のことだろう。知りたいが、罠という可能性は捨てられない。と思っていると、次のメールが来た。匿名《とくめい》ネットワークを経由すると、かえって危険なこともあるので注意した方がいい、という警告だ。冷や汗をかいた。伊坂は、オレをネットワーク越しに見ている。

「顔色よくないですよ。中出しした女が妊娠しましたか？」

オレの様子がおかしいことに気がついて、綾野が声をかけてきた。

「違う。匿名ネットワークって盗聴可能なのか？」

「真偽は確認していませんが、可能っていう話はあって、方法はいくつか紹介されています」

「なんだと？　ほんとなのか？」

「ほんとですけど、ほとんどの方法は、普通の人にはできませんよ。バックドア作ってあったり、特定の鍵を知っていれば暗号を解読しやすくしてあるとか、中継するサーバーを国家機関がボランティアのふりして設置しているとか、そういうものです」

元陸自の伊坂なら、昔のツテで盗聴できるかもしれない。いや、今の会社の仕事でもつきあいがあって、盗聴できるのかもしれない。

もう一度、伊坂からのメールを読み直してみる。これって見方によっては、「オレはお前のことを知ってる。来なければどうなるかわかってるだろうな」とも読める。というか、盗聴してることを伝えてくるあたり、そうとしか思えない。
「どう思う?」
綾野に、伊坂からのメールを見せてみる。
「あー、行くしかないんじゃないですかね。これ、強制ですよ。来なければバラすってい
う」
「行ったら警察が待ってたりしないかな?」
「そこで待ってるくらいなら、ここに来るでしょう。全部盗聴されてたら、あたしのこと
もバレバレです。ソフトな対応しているのは、なにか理由があるはずです」
「そうだよな」
答えながら、綾野のことが不思議になった。こいつが心を病んでるとは思えない。普通
の連中よりはるかに頭が切れるし、冷静だ。
オレが覚悟を決めて返事すると、伊坂は「明日はまるごと空いているのでいつでもどう
ぞ」と速攻で返信してきた。
翌日、オレは朝から満員電車に揺られて、伊坂のオフィスに向かった。出がけに綾野
が、「今日のお小遣《こづか》いです。無駄遣いしちゃいけませんよ」と三万円渡してくれた。多い

ので二万円戻そうとしたら、「なにかあった時にタクシーで帰ったり、ホテルに泊まったりするのに必要ですよ」と言われて、結局もらった。

赤坂の弁慶橋《べんけいはし》を渡り、ちょっと行ったところにある大きな複合ビルだ。エントランスに入ると、タリーズがある。そこを抜けると、エレベータが並んでいた。

エレベータを降り、無人の受付のインターホンで伊坂の番号を押した。

「はい。伊坂の席です」

出たのは秘書らしき女だ。訪問を告げると、すぐに迎えにきて、でかい会議室に通された。素《そ》っ気《け》ないクリーム色の部屋だ。

席について待っていると、伊坂がにこにこ顔で現われた。

「わざわざ、お呼びだてして、ごめんなさい」

言いながら、腰掛ける。

「そうそう。最初に謝らなきゃいけないんだけど、匿名ネットワークが盗聴されてるって教えたのは、別に僕が盗聴してるっていう意味じゃなかったから。誤解されそうな表現だったって後で気がついてね。もしそうだったら謝ります」

オレが挨拶を返す前に、話し出した。出鼻《でばな》をくじかれた。そう言われても、言葉通りには受け取れない。

「さっそくだけど、これから出かけても大丈夫？　日本唯一《ゆいいつ》のサイバー軍需企業の、内輪の製品説明会があるんでね。そこに行くのが説明するより早いかな」

「あ、はい。大丈夫です」

完全に伊坂のペースだ。それにしても、すぐに相手の会社に乗り込むことになるとは思わなかった。本当に、なにが目的なんだ？

「タクシーで行きましょう。二十分くらいかかるから、車の中で話できるしね」

伊坂はそう言うと立ち上がった。オレも立ち上がる。すたすたと歩き出し、そのままエレベータに向かう。オレは戸惑いながらも、ついていった。

地下の車止めから、客待ちしていたタクシーに乗り込んだ。伊坂は行き先を告げると、すぐにオレに話しかけた。

「僕、あまり腹芸《はらげい》ってできない人なので、ぶっちゃけちゃうんだけど、佐々木さん、というか佐久間さんって何者？」

やっぱりわかっていたのか。

「あのさ。大日本電気の加賀あさ美嬢や、アラファイの一ノ瀬桃香嬢と、もめたでしょ。彼女らのポジションはマークされてるから、君のことも一緒にチェックされちゃったわけ。そうでなくても、あの会で名刺交換すると、もれなく公安の人が身上調査するんだけどね」

あのふたりのことまで知られていたとすると、やっかいだ。安易《あんい》に車に乗り込むべきではなかった。

「ごめん。驚かせちゃった？　ほら、考えてもらったらわかると思うんだけど、こういう仕事をしてる人が集まってるわけだから、話していることはたいしたことじゃなくても、気を遣うわけ。同じ業界の人なら、そのへんはわかってるはずだったんだけどね。誤解しないでね。実はかなり前に、正体はばれてたんだけど、別に実害なさそうだから放っておこうって、僕が提案したんだ。そのうち、どうやってベータ社に侵入したか、なんてレクチャーしてもらったら、おもしろいでしょ？」

どこからばれたんだ。口ぶりからすると、警察に突き出したり、潰《つぶ》したりするつもりではなさそうなのが救いだ。

「でも、実は全然そうじゃなかったらしいって、ちょっと話をして気がついた。最初はサイバー軍需企業のことを知らないふりして、こちらを探ってるのかなって思ってたんだけど。本当に知らないみたいだったし。それで、なにが起きてるのか、わからなくなった。あなたはジャスティス・ゼロじゃない。ということは、誰かがはめたってことだよね。合ってる？」

なぜ、そこまでわかるんだ？　いや、伊坂の言ってることは、つじつまがあってる。確かに推理することは可能だが、そこまで考えるヤツがいるか？

「ほぼおっしゃる通りです。はめられました。罠から逃れるために、情報を集めています」

オレは素直に答えた。といっても、相手の情報をなぞっただけだ。

「手伝えることがあれば手伝うんで、言ってください。とりあえず、これから紹介する会社は、あなたに関心を持っていて、助けたいと思っている」

そういうオチだったのか。悪い予感がしてきた。利用されて捨てられるのは、まっぴらだ。

「なぜ、オレを助けてくれるんですか？」

「うーん。僕個人に関して言えば、おもしろそうだからかなあ。僕ってシャイだから、あまり面と向かって言わないんだけど、日本という国を真剣に憂《うれ》えてて、サイバー面での国力をなんとかしないといけないと考えてるんですよ。表のサイバー国力については、やれることはやってるつもりだけど、アンダーグラウンドには手を出していない。アンダーグラウンドと表って、どちらかだけ強くなることはない。日本全体のサイバーセキュリティの地力を上げるってことは、必然的にアンダーグラウンドにも力を持った人間が増えるということ。その意味では、がんばってもらいたい。だって、今のところは日本代表みたいなもんでしょ？　アメリカの大手サイバー軍需企業に狙われているわけだもん」

そう言うと、伊坂は笑った。オレは笑えない。日本代表なんかになりたくない。それにしても日本を憂えているって、本気で言ってるんだよな。やっぱり、こいつは掛け値なしの愛国者だった。

「伊坂さん、楽しそうですね」

「ほんとに楽しいもん。だって日本のアンダーグラウンドの人が、世界のサイバー企業から狙われてるんでしょ？　お見事！　ソーシャル・エンジニアリングで、見事に攻撃をかわしてるんだもんね。痛快じゃない。佐久間さんは楽しくないの？」

ソーシャル・エンジニアリングってのは、いわゆる技術を使わないハッキングの方法だ。舌先三寸《したさきさんずん》で相手を騙《だま》して情報を聴き出すような基本的なものから、架空《かくう》の人物になりすまして相手の組織に入り込むなど、さまざまな方法がある。というとたいしたことがないように聞こえるが、リアルのハッキングでは相手を騙し、裏をかくことは必須だ。マルウェアを送り込む時だって、うまく騙してから送った方が、成功率が高い。技術とソーシャル・エンジニアリングの両方があって、初めて効果的な攻撃になる。世界でもっとも有名なハッカーのひとり、ケビン・ミトニクも、ソーシャル・エンジニアリングの達人だった。

　オレは、技術力はたいしたことがないが、騙しとはったりでカバーしてきた。

「そこまでタフじゃないもんで」

「楽しみましょうよ。楽しんでても苦しんでても、どうせやること、やられることは同じでしょ？　だったら楽しんだ方がいいでしょ？　違う？」

　全くその通りなのだが、そういう風にできるのは、本当にタフなヤツだけだ。残念なことに、オレにはハードボイルドはまだ早い。

「伊坂さんって、かなりタフな現場を見てきたんですよね」

「ううん。そんなことないと思う。自衛隊にいたけど、目の前で人が殺されたのを見たことないし、殺したこともない」

　怖いことをあっさり言う。

「匿名ネットワークは盗聴されているって話を、ちょっと補足しておくね。すごく単純で簡単なことなんだけど、アメリカのＦＢＩなんかは、どんどん匿名ネットワーク用のサーバーを設置して、その一方で、既存《きそん》のボランティアのサーバーを潰してる。ＦＢＩのサーバーを経由する通信は、捕捉できるでしょ。それが増えれば増えるほど、特定される可能性、盗聴される可能性は高くなる」

「なんですか、それ?」

「日本だってそうだよ。VPNの公開実験で提供されているサーバーは、ボランティアで提供されているものがほとんどだから、そのうちのある程度は、そういう人たちが提供してると思う」

「罠にかかったってこと?」

「やっちゃったって顔してるね。勉強不足だ。悪いことするなら、ちゃんと調べておかないとね。それに、あさ美嬢の会社に使ったマルウェアを分析したけど、あれはマズかった。開発キット使ってるでしょ?」

冷や汗が流れた。そこまでわかるのか。

「……使っています」

「開発キットを使って開発したマルウェアは、中身を見れば、どの開発キットを使ったか、すぐにわかっちゃう。それに、開発元の販売記録を確認すれば、個人情報がわかる。なにを登録したの?」

「名前とかはニセですけど、ビットコインの口座と、メールアドレスを登録しました」

「おそらく敵にはばれてる。確定ですね」

「なんでわかるんです?」

「僕は開発キット業者の顧客名簿《こきゃく》を手に入れたことがある。だって、マルウェア解析して、ああ、これはなんか似たような作り方してるなっていうのがたくさんあったら、気になるでしょ。元が民生品か某国政府かによって、こちらの対応も変えなければいけない。顧客リストを売ってもらうと、すごく便利。そういう業者も結構いるんだよ」

本当なのか？　伊坂の話は、あまりにも衝撃的だ。

「完全に包囲されてませんか？」

「そうだね。そう思った方がいいかもしれない。今の世の中で、サイバー軍需企業がネットを駆使して、わからないことはないよ。正確に言うと、彼らの後にいるアメリカ政府、特にFBIのDITUがすごいんだけどね」

全く聞いたことのない名前が出た。

「DITU？　って、システムかなんかですか？　NSAの方がすごいんじゃないんですか？」

「DITU、データ・インターセプト・テクノロジー・ユニットの略で、FBIの通信傍受《ぼうじゅ》分析をしている部署。ここが、世界でもっとも傍受や監視と分析に強いんじゃないかなあ。NSAだって、ここに依頼するくらいだもん。NSAの方がすごいと思ったのは、PRISM《プリズム》のせいでしょ？　PRISMって仕組みは、フェイスブックやヤフー、マイクロソフトをはじめとする、ＩＴ企業や大手プロバイダから情報を収集して、分析していた。スノーデンが暴露したんで有名になったけど、実際には実験レベルで、テロの予防につながったことはなかったし、そもそも予算を増やしてないんだから、当時の長官のキース・アレクサンダーだって、これ役に立たないのかもなあって思ってたんじゃない？　彼はその前にも、似たようなメタデータプロジェクトやって、ぽんこつだったんで止めたことがある」

「え？　テロの予防につながってないんですか？」

「スノーデンの暴露の後に、五人の有識者からなる、日本で言うところの第三者委員会が発足して、ＮＳＡやＦＢＩの実態を調査をしたんだよね。ＮＳＡに乗り込んで調査した時、最初は五十四件だったかな？　テロを防いだって言ってたんだけど、よくよく訊いたら、そのほとんどはＰＲＩＳＭのおかげじゃなかったんだって。他のＮＳＡの活動で見つけたの」

全然知らなかった。無知がばれる。しかし、これって業界では常識なんだろうか？　それにしても、実験に過ぎないなら、なんで大騒ぎしたんだろう？

「あのー、今話しているようなことって、調べてもわからないと思うんですけど」

「あ、そうかな？　そうかもね。でも、ほら、今わかったでしょ。いろんな人に会って情報を収集するのが一番。ある程度、的が絞れたら、その人のアカウントをこっそり乗っ取って、洗いざらい情報を吸い上げればいい」

「伊坂さん……」

「冗談《じょうだん》だから本気にしないで。絶対、僕にはしないでね。やったら怒るから」

伊坂は、その後もにこにこしながら、恐ろしいことをどんどん教えてくれた。

「よし、じゃあアオイ社についた。知ってるでしょ？　アオイ社のこと」

「名前くらいは知ってます」

「ＯＫ。さあ、ついた」

伊坂は元気よくそう言うと、腰を浮かした。

第六章　アオイ社情報分析顧問吉沢保《よしざわたもつ》

アオイ社の応接室の、やたらと身体《からだ》が埋まるソファに、オレは腰掛けていた。オレの前には、グレーのスーツの、やたら迫力のある男が座っている。見ただけで殴《なぐ》られそうな、凶暴な雰囲気《ふんいき》がある。まるでアメフトの選手だ。アオイ社情報分析顧問吉沢保《よしざわたもつ》、こいつがオレに関心を持っている男だ。伊坂は紹介だけすると、オレを置いて、さっさと製品説明会に行ってしまった。

「こういう話があるんですよね。今年頭に、エジプト政府が新しい監視システムの導入を決定し、入札を行なった」

こいつも知っていたのか……相手がどこまで知っているか確認するために、わざとしゃべらせておいた。吉沢は、オレの結論と同じことを、くわしく説明してくれた。

「あくまでも僕らが調査した結果なんですが、さまざまな情報がそれを裏付けていますね」

にやにやしながら吉沢は資料を取り出して、ガラステーブルに置いた。あわててそれを両手でつかむ。ぱらぱらとめくると、詳細な調査結果が載っていた。話したものを、より具体的に証拠をつけて整理してある。デスチームの内部資料まである。

オレよりもくわしく調べている。さすがプロだ。

「つまり、全部デスチームが仕掛けたってことですか？」

オレは資料に目を落としたまま、つぶやいた。

「すごいなあ。さすがは飲み込みが早い。もっとも、彼らが仕掛けたのは、最初のジャスティス・ゼロの声明までで、そのあとは勝手に、ベータ社と君が物語を進めてくれたんだと思いますけどね」

伊坂のように吉沢も、ほがらかで楽しそうだ。こんな話題で楽しくなれる神経を分けてもらいたい。

「じゃあ、ベータ社にそれを伝えればいいわけだ。吉沢さんにお願いできるのかな？」

「できるかどうかって言ったら、できますけどね。ふたつ、クリアしなきゃいけないことがあるんです。ひとつは、ベータ社にとってはうちも競合会社のため、信用されない可能性がある。もうひとつは、僕が君を助ける理由。ねえ、初対面の他人を助けるなんて素敵な文化は、日本にはないんですよね」

吉沢は、神経を逆撫《さかな》でする、ねちっこい言い方をした。

「ああ、そうか、アオイも軍需《ぐんじゅ》企業ってことですね」

「日本で僕らをそう呼ぶ人は、いないんですけどね。でも海外ではそうなってます。防衛省を通じてベータ社に接触すれば、信用してもらえるかな。手間かかるけど、うちならできます。でも、やっぱり面倒《めんどう》だなあ」

吉沢は、意地悪く間延《まの》びした話し方をした。こいつ、明らかにいじめっ子キャラだ。

「なにか条件があるんですね?」

「それはさっきの後者の問題ですね。僕が佐久間さんを助ける理由があれば助けるし、なければ助けない。助ける理由、あると思います?」

吉沢は、いたずらっぽい目でオレを見る。理由があるから、会いたいと言ったんだろう。とっとと話してくれ。時間のムダだ。

「助ける理由? ええと、申し訳ないんですが、きっとなにか交換条件というか、オレにしてほしいことがあるんですよね? 内容によっては引き受けますよ。ベータ社とのケンカには飽きました」

オレは、少しいらいらしてきた。この吉沢ってのは、ほんとに食えない。

「最高のラテン美女がお相手してくれているのに、もったいない。ベータ社クレア・ブラウンのチームとやり合って、よく生きてますね」

吉沢は、テーブルの上に一枚の写真を置いた。情熱的なブラウンの肌、強い意志を感じさせる凛《りん》とした美女だ。これがオレを攻撃しているヤツなのか。

「この女がオレの相手ですか」

「彼女と、数名のチームでしょうね。そのへんまでは、こちらでも情報をつかんでいます。なにしろ、クレアもあなたも有名人ですからね。もっとも佐久間さんは、そのうち死んじゃいそうですけど」

怖いことをさらっと言って、吉沢はくすくす笑った。カンに障《さわ》る野郎《やろう》だ。

「オレだって、やられっぱなしで引っ込んでるわけにはいきません。そんなにヤバイ女なんですか？」

「シチュエーションディビジョンという部署そのものが危険なんですよ。対外的には存在しないことになっていますしね。なんでもアリ」

「なんですって？」

「問題が発生した時の緊急対応が任務ってことになってます。噂《うわさ》では、非合法な活動が主だと言われてますね。そうでなきゃ、ちゃんと社内の部門にしておきますもん」

「そうですね。マルウェアをガンガン送りつけてくるし、オレの客をハックしてきた」

「佐久間さん、そんなに頭よさそうでもないのに、すごくがんばってて尊敬するなあ」

吉沢は相変わらず煮え切らない言い方だ。

「要求をおっしゃってください」

「佐久間さん、うちで働きません?」

予想していなかったオファーが来た。

「えっ⁉ ちょっと待ってください。それは……予想の斜め上を行く話」

「ねえ、佐久間さん、優秀なハッカーをどれだけ抱え込めるかは、とても重要なことなんですよ。でも、日本は政府がぼんくらだから、ろくな人材が育ってないんです。だから、ヘッドハント以外の方法がない。二〇一二年の世界的なハッカーイベント・デフコンで、NSA長官が人材募集した話は有名なんで、もしかしたら知ってるかもしれません。クレアを相手に生き延びただけでも、雇《やと》う価値があります」

「本気ですか? 適当に利用して、ポイ捨てするんじゃないんですか?」

「どんな会社だって、利用価値のない社員を死ぬまで雇うほど太っ腹じゃないでしょう。特に佐久間さんみたいに、ろくな学歴やキャリアがない人は、いつでもクビにされますよ」

「言いにくいことをはっきり言いますね。でも、オレの学歴、知ってるでしょう? たいした技術知識がないってことは、わかるでしょう。やっつけで相手の弱みに関係しそうなことだけ調べて、なんとかしてるだけ。まともなことなんかできないし、ましてや防御なんかできない」

「いま、クレア・ブラウン相手にやってるのは、アクティブ・ディフェンスそのものですよね」

「あっ……」

「知識や技術は、いくらでも教えられます。あと英語は必須なのでマスターしてもらうし、海外のカンファレンスにも参加してもらいますよ。至れり尽くせりでしょ？　いいと思いません？」

「話がうますぎませんか？　オレは専門学校卒の犯罪者ですよ」

「学歴は関係ないですね。人間の優秀さと学歴は関係ない。東大卒のバカはひどく使いにくいんです。特に仏文《ふつぶん》とか、笑っちゃうくらい明後日《あさって》の方向に頭がいってて、言葉が通じない」

「正直、いい話だと思います。でも、全く考えてませんでした。ところで、給料はいかほどいただけるんでしょう？」

「くわしい金額は、人事に確認しないとわからないんですけどね。まあ、少なくとも年収一千万円以上は保証しましょう。いまの給料から比べたら天国でしょう？　小さなウェブ制作会社の派遣社員って、ていのいい奴隷《どれい》みたいなもんでしょう？　会社の床で寝るのって、日本国憲法が保障している、健康で文化的な最低限度の生活を営む権利を侵害してますよね」

吉沢は立ち上がると、部屋の角にあるバーカウンターに向かった。ブランデーらしい瓶を手に取り、オレに振り向く。酒を呑《の》む気分じゃないので、首を横に振って断る。

「一千万円？　ウソでしょ？」

「本気です。うちの中堅エンジニアは、みんなそれくらいもらってますよ」

吉沢は小さなグラスに琥珀色《こはくいろ》の液体を注ぐと、ストレートで一気に呑み干した。部屋の中に、芳醇《ほうじゅん》な香りが漂《ただよ》う。高い酒呑みやがってと舌打ちする。

「考える時間をもらえますか？」

常識的な人間なら大喜びで飛びつく話だ。でも、いまの状況は非常識すぎる。

「もちろんです。じっくり考えてください。回答は十分後？　それとも二十分後かな？」

吉沢はグラスをカウンターに置くと、ソファに戻ってきた。満面に笑みをたたえているが、目は笑っていない。

「あ、いや、一晩とか一週間とかじゃダメですか？」

「またまた、悪い冗談。僕らの仕事では、命にかかわることを数秒で決めなければならないことも少なくないんでね。すぐに決めてもらわないと困るなあ。おかしいなあ、佐久間さんはクレアと渡り合うくらいだから、わかってると思ったんですけどねえ」

ほんとに気に障るしゃべり方をするヤツだ。それだけで断わりたくなるくらいだが、冷静に考えなきゃいけない。

「オレが会ったサイバーセキュリティ関係者に、そんなヤツいなかったですよ」

「だから日本のサイバーセキュリティは脆弱《ぜいじゃく》だし、重要な仕事は全部、海外に持っていかれるんですよ。うちだけが例外」

ああ言えばこう言う。口の減らない野郎だ。

「わかりました。辞退します」

「即断ですね。まあ、僕もそんな気がしてましたけど。佐久間さんは人の手からエサを食べない野生の動物。野良犬《のらいぬ》の方が近いかな。いいなあ。カッコいいじゃないですか、孤高を守る野良犬。この先が楽しみですね。いちおう理由を教えてもらえますか？」

「今度のことでなにも信用できないことと、頼りになるのは自分だけだってわかりました。ここで金を稼いでも一瞬で消えることだってあり得るし、その時は自分で守るしかない。飼われてたら身を守る方法なんか忘れてしまいそうです」

「ああ、なるほど。野良犬っぽくていいですね。いつでも連絡してくださいね。ケンカしたわけじゃないんだから、情報共有は歓迎しますよ。メリットがあれば助けてあげます。佐久間さんひとりで、乗り切れる状況ではないと思いますんでね」

「吉沢さんって、今まで会ったことのないタイプですね。すごくおもしろい」

オレは、もう一度、吉沢をじっくり観察した。百八十センチを超えるプロレスラーのような体格、慇懃《いんぎん》無礼《ぶれい》な態度、身体からにじみ出る暴力的なオーラ。そのくせ、おそらく日本有数の腕ききなんだろう。敵にしたくないタイプだ。

「それって、ほめ言葉ですよね？　そうでないと怒っちゃうかもしれませんよ。でも、ベータ社のクレア・ブラウンは、もっとおもしろそうですけどね」

「知ってるんですか？」

「競合ですからね。何度か客先やカンファレンスで顔を合わせたことがありますよ。もっとも、いつも姿を変えてるんで、ネームタグにクレア・ブラウンって書いてあっただけで、本人かどうかはわからないんですけどね。変装の名人なんです。なぜか彼女が現れた後は、殺人事件やサイバーテロが起きるんですけどね」

「嫌なことを教えてもらいました」

オレがため息をつくと、吉沢は楽しそうに笑った。

「これでオレとベータ社がケンカして、向こうがまた恥をさらすと、そっちにはメリットがあるってことですよね」

「内容にもよりますけど、たいていはそうなりますね」

「じゃあ、オレがクレアをとっちめるのは、そっちにとってはメリットがありますね」

「いいとこに気がつきましたね。適度にカンのいい人は好きですよ。よすぎると邪魔《じゃま》だけど」

吉沢が目を細める。

「クレアとシチュエーションディビジョンについて、できる限りのことを教えてもらえますか？　この資料ももらえます？」

「いいですよ。資料はあげましょう。代わりに、クレアが君に対して行った攻撃を教えてください。ギブ・アンド・テイクです」

「了解です」

「で、なにを知りたいんです？」

「ベータ社のサイバー攻撃能力について知りたいんですが……」

「範囲広すぎですよね。それはＮＨＫの番組について知りたいと質問しているようなもんです。細かく答えれば非常に長くなるし、概要を答えても役に立たない」

「そう言われると思ったんですけど。でも、どう訊《き》けばいいのかわからないんですよ。つまり、オレに勝ち目があるかどうかを知りたいわけです」

「勝ち目? 勝利条件はなんです? そういう雑な質問って、答えにくいんですよね。田舎《いなか》の子供みたいな素朴《そぼく》な質問をする人って、久しぶりに会いましたよ」

「連中が二度とオレを狙わないようになること」

「それは簡単ですよ。死んだことにして、別人になればいいだけ」

「違う。そういうことじゃないんですよ。諦《あきら》めさせたいんです」

「諦めさせるには、死んだと思わせればいいでしょ」

「だって……どうやって別人になるんだ?」

「日本なら、ホームレスから戸籍《こせき》を買えます。アメリカやいくつかの国では、医師になりすましてオンラインで新生児を登録できるんですよ。ハッキングして記録を改竄《かいざん》するという乱暴なやり方もあるし、すでに存在している人間になりすます手もある。いずれにしても、クレアの攻撃を受け続けるよりは、はるかに簡単ですね」

「そうなんですね……映画かテレビドラマの中の話だと思っていた。そんなに簡単にできるんですか?」

「うーん。技術的、制度的な難しさはないです。難しいのは主に気持ちの問題かなあ。クレジットカードや銀行口座など、全部用意し直すことになる面倒くささもあります。しかし、佐久間さんはもうクレジットカードも銀行口座も使えないから、どのみちすごく面倒な状態とも言えます」

「いざとなったら考えます。他の方法はありますか？」

「真犯人を捕まえてベータ社に引き渡すのも有効でしょうね。彼らが信用するに足る証拠が必要なので、いささかやっかいですけど」

「そもそも、オレが犯人ではないとわかればいいんじゃないんですか？」

「それだけでは不十分ですね。君を拘束《こうそく》して調べれば、真犯人につながる情報を得られると考えるんじゃないかな」

「真犯人か……やっかいだなあ。デスチーム社じゃないかと思ってるんですけど」

「ベータ社とケンカするのを避けるために、デスチーム社とケンカするでは意味がないでしょう。どちらとケンカするのも自殺行為だから」

「全くです」

「補足すると、うちはベータ社について懸念《けねん》を抱いているんですよね。それに関する情報をもらえるとうれしいなあ。あ、これは別の話ね。今の件とは別に、相応の見返りは用意しますよ」

「懸念？　なにか問題があるんだ？」

「昨年から、日本をターゲットにしたサイバー犯罪が急増してるでしょ。裏で仕掛けているのがベータ社ではないかと考えてるんですよね」

「なんのために？」

「オリンピックのためのサイバー防御を受注するため。日本政府の危機感を煽《あお》った上で、現在進行形の攻撃を的確に分析できれば、大きなアピールになるってわけ」

「自作自演ってことですか」

「まさしくマッチポンプ。この業界ではよくあるんですよね」

「それはつまり、アオイ社もやってるってことですか？」

「うちは後発だから、他の会社が仕掛けている自作自演を暴《あば》くことでアピールするんです。ベータ社の自作自演を暴露《ばくろ》できれば、当社はオリンピック警備に食い込めるでしょう。皮肉《ひにく》な話ですけどね」

「なるほど。そういう仕組みなんですね」

「今の時代は、サイバーセキュリティ会社がニュースを作ってますからね」

「なんですか、それ？」

「サイバー諜報《ちょうほう》作戦が次々と暴かれてるのは、ご存じでしょう？　サイバーセキュリティ会社が、七年間に及ぶサイバー諜報作戦を発見したというレポートを出したりしてますよね」

「時々、ニュースで見かけますね。あれがなんか問題ですか？」

「スパムハウスの事件は知ってますか？」

「ＤＤoＳ騒動でしたよね？　インターネット全体に影響が出たっていう大騒ぎですよね」

「それが誤報だったことは知らないのかなあ」

「誤報？」

「その対策に携《たずさ》わったクラウドフレアがプレス発表した内容をそのまま鵜呑《うの》みにして、さまざまなメディアが報道したんですよね。しかし内容は、かなり誇張《こちょう》されたものでね。確かに大規模な攻撃だったけど、インターネット全体に影響が及ぶようなものではなかった。そもそもそんなに影響が出ていたなら、記事を書いた記者たちのネット環境にも影響が出たはずでしょ？　実際は、なんの影響もなかった。それなのに、誰もそんなことを考えなかった。専門家の発表だと思って疑いもしなかった。どこまで能天気なジャーナリストかっていう話。専門家は、やりたい放題だと思うんですよね」

「へー、でもそれが、なにか関係あるんですか？」

「サイバーセキュリティ会社が発表している内容が検証されることはほとんどないってことになります。他の専門家が反証しない限り、そのまま報道されちゃう。七年間に及ぶ極《ご》秘《く》サイバー諜《ひ》報作戦を、誰が反証できるっていうんです？　それだけの証拠を集める手間と時間を考えたら、誰もやらないでしょう。だからニュースを作れるってわけです」

「そういうことなんですね。なにも信用できない」

「特にベータ社は、かなりやり口が汚いんですよね。受注拡大のためには、できる限りのことをする」

「業界団体みたいなもので取り締まったりしないんですか？」

「業界団体？　ああ、国際法でサイバー攻撃についての規定を設けるべきだと思うんですけど、なかなか決まりませんね。そもそもインターネットって、もうアメリカの持ち物じゃないよね、みたいなところから話が始まるわけなんで、決まるわけない。厳密にはもうインターネットはアメリカの監督下にはないんですけどね。二〇一六年九月三十日に米国商務省電気通信情報局（ＮＴＩＡ）はインターネット重要資源の監督権限を手放しちゃいました。民間主導のグローバルコミュニティが監督するっていうんですけど、ＮＴＩＡが手放すって決めて実行するまで二年半もかかってます」

それからしばらく話をしてから、オレは吉沢のオフィスを出た。尾行されている可能性を考えて、わざと複数のタクシーと地下鉄を使い、途中で出入り口が複数あるコンビニやコーヒーショップに立ち寄った。

移動しながら考えた。吉沢の話はつじつまが合っている。これまでオレが集めた情報とも合致する。真相はわかった。さあ、次はどうする？

まず、ベータ社の連中をなんとかしなきゃならない。オレをはめた相手ではないが、オレを攻撃している。ベータ社が調べてわかるんだ。あいつらだってオレが犯人じゃない可能性は承知しているだろう。なにか手がかりがあると思って、オレの情報を漁《あさ》り、降参するのを待っているんだ。完全に追い詰めてから、「知っていることを全て話せ」とか言いにくるつもりかもしれない。

ベータ社の動きを止める冴《さ》えた方法を思いついた。ニュースを作ればいい。オレだってベータ社のことはかなり調べた。ウィンダムから入手した取引関係の情報だって、かなりヤバイ。日本政府のどの機関がベータ社の監視システムを導入しているとか、人権にうるさい市民団体が聞いたら飛んできてデモしそうなネタが、いくつもある。ジャスティス・ゼロの名前でネットに公表するのも悪くないが、それじゃ真犯人を喜ばせるだけだ。こっそりと市民団体やネットのメディアにリークして、騒いでもらおう。

ついでにアメリカの電子フロンティア財団や、過激なサイバー軍需企業反対論者のグループにも送ってやろう。電子フロンティア財団ってのは、アメリカの非営利団体で、ネット黎明期《れいめいき》から、ネットにおける自由と権利を擁護《ようご》してきた。こういう時は、とても頼りになる。

これ以上、オレに手を出すなという警告になるし、連中だって商売でやってる以上、オレを追ってもコストばかりかかって意味がないとわかれば、止めるだろう。そうしたら、デスチーム社に専念できる。

そこまで考えた時、綾野のマンションに着いた。部屋で昼寝していた綾野を起こし、計画を説明して手伝ってもらう。

ふたりで市民団体やメディアの連絡先をピックアップし、送付する内容をまとめた。こういう共同作業を相談しながら進めるのは、妙《みょう》にハイになる。

夕方にはあらかたまとめ終わり、送付を開始した。どんな反響が来るのか楽しみでもあり、不安でもある。無視される可能性も少なくない。どこかが取り上げて話題になってくれれば、他も追随《ついずい》すると思うのだが。

最初に取り上げたのはアメリカのネットニュースだった。ベータ社から情報漏洩《ろうえい》の第二弾と称して、日本とアメリカ政府機関への納入実績と、それが意味するものを解説した。

要するに、違法にボットネットを構築して、監視網を国内外に広げていた。基本的人権の侵害でもある。

そこからツイッターなどのSNSに飛び火して盛り上がり、さらにいくつかのネットニュースに取り上げられた。

アメリカでの動きを受けて、日本のネットニュースでも記事になり、それがSNSで広がった。

「この時間でこれくらい盛り上がってくれると朝刊に間に合いますね」

布団にくるまったまま、綾野がタブレットをながめてつぶやいた。新聞に載ったら大成功だ。明日の朝が楽しみだと思いながら眠りに落ちた。オレの横では、不眠症の綾野が睡眠剤を大量摂取《せっしゅ》して、意味不明のことをずっとつぶやいていた。

翌朝、オレが起きると、綾野はすでに布団にはいなかった。ちゃぶ台でノートパソコンを操作している。

「どうなった?」

オレが身体を起こしながら尋《たず》ねると、親指をたてて新聞を掲《かか》げた。

「載ったのか?」

「小さくですけどね。さっきコンビニで買ってきました」

初戦は成功だ。布団から抜け出し、綾野が飲んでいたコーヒーを横取りして、新聞を読んだ。確かに大きい記事ではないが、タイトルを見てピンと来るヤツは多いだろう。

——米大手軍需企業、日本政府にサイバー兵器を提供

オレの情報は、想像以上に話題になった。テレビの報道番組で取り上げられて火が点き、ネットで話題となり、それをまたテレビのワイドショーが取り上げて拡散していった。数日後には日本の国会で野党議員が国会で質問し、市民団体が、ベータ社からマルウエアを使った監視システムを購入した警察庁と自衛隊に、抗議のデモを行なうまでになった。警察庁と自衛隊は、研究と実験のためと弁明に追われていた。

アメリカでも電子フロンティア財団が騒ぎだした。ベータ社は、警察と自衛隊に納入した監視システムの内容やログを、NSAにも提供していたようで、二重に問題があると指摘された。つまり、自衛隊と警察の監視データの内容が、そのままアメリカに渡っていたということになる。

この問題は、日本政府にも飛び火した。自国民を監視するのも問題なのに、そのデータが勝手にアメリカの諜報機関に流れていたとあっては、国家保安上の大問題だ。という

か、金を払ってアメリカに日本国民の監視データを提供しているに等しい。

野党と市民団体はいきりたち、国会は紛糾《ふんきゅう》、議事堂や警察庁、市ケ谷《いちがや》には、デモのグループが連日押しかける騒ぎになった。

ベータ社の日本代理店としてシステムを仲介《ちゅうかい》したオメガインテリジェンスと大日本電気もやり玉にあげられ、本社を市民グループが取り囲んで、抗議の声を上げた。

オレは内心、やりすぎたかもしれないと反省した。ベータ社の動きを鈍《にぶ》らせるんじゃなくて、本気でオレを潰《つぶ》すように仕向けてしまったかもしれない。「潰しておかないと将来にわたって損失を被《こうむ》りかねない」と判断されたら怖い。

それに、あさ美のことも気にかかった。日本国内で情報が漏洩したのは間違いないから、大日本電気の社内では、犯人探しにやっきになっているだろう。取引先と社内関係者が、徹底的に調べられているはずだ。

あさ美は、かなり難しい立場になるだろう。利用して捨てるつもりだったから、別にかまわないんだが、さすがに少し胸が痛む。

だが、プラスのこともあった。日本国内でこそ新しい情報は出てこなかったが、アメリカではオレの知らなかったことが次々と暴露された。あっちの市民団体は過激だから、気になることはどんどん調べていく。

オレは最新の情報を入手するために、過激な市民団体を見て回った。そのいくつかが、オレにコンタクトしてきた。政府の手先かどうか確認したいのだろう。目的やプロフィールを知りたいと言ってきたので、派遣社員としてのまっとうなプロフィールを送り、「日本や世界に広がるネット監視社会に危惧《きぐ》を抱いている」と伝えた。

中でも一番過激な〝PIF〟から返信があり、秘密のフォーラムへのアクセス方法を教えてくれた。PIFは情報収集だけでなく、デモや、ベータ社本社を襲撃することも計画していた。真面目《まじめ》に送電線の位置を調べて、切断しようとか相談している。通信設備についても、ルーターやハブの位置を把握《はあく》して、物理的に破壊しようとしている。さすがにガチだ。

相手は軍需企業なんだから、ごついガードマンが銃を持って見回ってるんじゃないかと思うんだが、死ぬのが怖くないんだろうか。及ばずながら、オレもまだ暴露していなかった手持ちのベータ社の資料を提供することにした。

偽名を使って事務局にメールし、「ベータ社と日本政府の取引が許せないし、ジャスティス・ゼロが言っていたように、サイバー軍需企業は悪魔の手先だと思う」と書いておいた。

速攻で返事が来たが、暗号化されていた。電話番号が書いてあって、そこに電話して指示を仰《あお》げという。信用していいものかどうか迷ったが、スカイプで通話することにした。

正直言って、かなり緊張した。英語で話さなければならないのは、正直きつい。メールならいいんだ。時間をかけて翻訳《ほんやく》できる。電話はそうはいかない。

意を決して電話したが、のっけからなにを言われたのかわからなかった。

――アイムソーリー

と、とりあえず、話を中断させた。それから、少しゆっくり話してもらえないかと頼む。

――ああ、そうね。日本人よね、どこからわからなくなった？

――最初からです。

すると、それがえらく受けたらしく、ゲラゲラ笑い出した。

――ごめんなさい。あなたって、おもしろい人ね。

――はあ。

――メールありがとう。いただいた資料は確認しました。信じられないけど、全部事実だった。使わせてもらう。かなり役に立つと思う。今後も参加してもらえるなら、限定メンバー用チャットルームへのアクセス方法と、ログインＩＤ、パスワードを教える。二時間以内に、パスワードは変更してください。

——わかりました。

思ったよりも、あっさり終わった。さっそく限定メンバー用のチャットルームにアクセスすると、電話で話した相手が、オレをみんなに紹介してくれた。機密情報の提供者だから、正体について不問《ふもん》にしてくれるのがありがたい。

そこでは、表のフォーラムで話されていた襲撃計画の、具体的な内容が検討されていた。フォーラムでもガチだと思ったが、ここはもっと進んでいる。襲撃参加予定者と、それぞれの役割分担まで決まっていた。

部外者のオレにこんなことまで見せていいのかと思ったが、オレ自身もかなりヤバイ情報を提供しているので、お互い様だ。

第七章　デスチーム

ベータ社を炎上させる計画が首尾《しゅび》よく進んでいるので、オレは一度、荷物を取りに自分の部屋に戻ることにした。綾野には、危険だから止めろと言われたが、ベータ社はオレにかまってるヒマなどないだろうと言って出てきた。

ネットに出回っている写真を見た連中が襲ってくる可能性もあるが、そこまでヒマな連中はいないだろう。念のため、いつもの変装をして、人目を避けて深夜に移動した。幸い、ほとんど人とすれ違うこともなく、マンションにたどりつけた。

マンションのエントランスに入った時、長身の女の姿があった。見覚えがある。

「佐々木さん……いえ、佐久間さんだったんですね」

加賀あさ美だ。顔色が悪いのは、切れかけた蛍光灯《けいこうとう》のせいじゃない。最後に会ったのは二週間くらい前だが、なんだかもう一年くらい経《た》ったような気がする。いろんなことがありすぎた。よくここを突き止めたもんだ。

「あさ美か……久しぶりだな」

こいつに言うことは、なにもない。向こうは、たっぷりあるだろうけど。

「ウィンダムに侵入して、接続されている取引先の端末《たんまつ》に、マルウェアを仕掛けましたね」

あさ美本人がオレを追ってくることは計算外だった。他のヤツが担当するだろうと思ってた。考えてみれば、こいつの責任だし、戦闘能力は並の男よりもはるかにあるんだ。本人にやらせた方がいいに決まってる。

「わかってますよね。これは犯罪です。わが社の信用は落ち、ウィンダムは停止しています。どうするつもりですか？　なぜ、こんなことをしたんです？」

こいつは、まだわかってない。最初から利用するために近づいたなんて思っていない。いや、頭ではわかっているんだろうけど、感情がそれを認めようとしないんだろう。オレが自分に愛情を持っていなかったと思いたくない。そんな甘いことじゃ、同じ失敗を繰り返す。「人は成長しない。ただ変化するだけだ」という言葉を思い出す。

「さあ、なんの話か、よくわからない。オレには関係ない」

オレはちょっと首をかしげると、そのまま背を向けて歩きだした。背中を見せて、あさ美がオレを確保するようなら本気だ。肉体的戦闘能力では敵《かな》わない。だが、そうしないで、ただ声をかけるようならオレの勝ちだ。

「しらばっくれるんですか。あたしとのことは、全部そのためだったんですか？　用が済んだから、連絡もしなくなったんですか？　あたしがどんな思いでいたか、わかりますか？」

勝負はついた。オレの勝ちだ。負けたあさ美を好きにして問題ない。

「あなたはハッカーに、常人と同じ感情的反応を求めてもムダだ。わかってると思っていたが」

「ハッカーじゃない。ただの犯罪者、それも低級の」

低級と言われて、むっとしたが、仕方がない。

「ネットに溺《おぼ》れるヤツはみんなクズだ。金を稼いでるだけ、オレはマシだ」

「会社はあなたを特定しました。告訴します」

予想はしていたし、対策も講じていたが、やはり言われると、どきりとする。

「警察が逮捕できるのは、間抜けとガキだけだ。オレはどちらでもない」

平静を装って答えると、あさ美が一歩近づいた。

「あなたを殺して、あたしも死にます」

オレの目をじっと見て、涙を流す。その時、抱きたいと思った。

「安っぽいセリフだな。でも、捨てた女に殺されるって最高だ。あんたなら、人を殺す技術は持っているから安心だ」

「どこまで人をバカにするんです。あたしは本気です」

「オレも本気だ。好みの女の前で冗談《じょうだん》言えるほどの余裕ないんでね」

「もういい！　あたしは帰ります。あなたなんかを相手にしたのが間違ってた」

あさ美は、そう言うと顔を背《そむ》ける。

「立ち話だけで帰るの？」

「話しかけないでください」

そう言いながら歩きだそうとする。

「お前はオレよりきっと強いはずだよな」

「そうですね」

立ち止まって、オレを見た。

「ほんとにそうなのか？」

オレは、あさ美を抱きしめた。あさ美は軽く腰を引くと、股間《こかん》に膝蹴《ひざげ》りを食らわそうとしてきた。とっさに脚《あし》を閉じて防ぐ。それでも太腿《ふともも》にかなりの衝撃が来た。充分に迫力のある速度だ。当たれば、しばらく使い物にならないだろう。下手すると睾丸《こうがん》が潰《つぶ》れる。冷や汗が流れたが、かまわず強く抱き寄せる。

「やめなさい。やめろ」

あさ美は、もがきながらわめいたが、力が弱まってゆく。女にレイプ願望があるというのは、男の妄想《もうそう》だ。たいていの女は嫌がる。拘束《こうそく》するか、精神的に屈服《くっぷく》させなければ、嫌がってる女をやるのは難しい。仮に腕力で劣《おと》っていても、嚙《か》みついたり、目や鼻に指を突っ込んできたりする。しかも、あさ美はオレよりもはるかに格闘技に通じている。

「これが忘れられないだろう」

オレはそう言うと、あさ美の首に嚙みついた。

「あっ」

あさ美が甘い声をあげ、オレに身体《からだ》を預けてきた。

首を絞《し》めると目がとろんとして、顔が上気してきた。

「なあ、ここでやったら、どうなると思う」

そう言いながらオートロックの扉を開け、階段の方へ向かう。

「お願い。やめて。人が来たらどうするの？」

「だからいいんだろう」

人気《ひとけ》のない仄暗《ほのぐら》い階段の壁にあさ美を押しつけ、スカートをめくり上げて、後から犯した。充分に濡《ぬ》れていたので、簡単に挿入できる。

「殺して」とあさ美は何度も言い、オレはそのたびに首を絞めた。

死の味のするセックスはクセになる。そして、そんなセックスをする連中には、ろくなヤツはいない。あさ美はもう普通では満足できないかもしれないと思った。どこまで堕《お》ちるのか見てみたいと思ったが、そんな時間はなかった。

中で出したから、あさ美は妊娠するかもしれない。自分で子供を育てる気はさらさらないが、育ててくれたらおもしろい。世界のどこかに自分の子供がいるなんて、ちょっとだけ愉快《ゆかい》だ。それから、そんなことを考える自分は、ほんとにクズだと思った。


ぼろぼろになって、階段ですすり泣くあさ美をそのままにして、自分の部屋に戻った。部屋は荒らされていた。元からきれいにはしていなかったが、ここまでひどくない。明らかに家捜《やさが》しされている。

嫌なことに、パソコンや記憶媒体《ばいたい》は全部消えていた。犯人の狙いは明らかだ。だが、いったい誰なんだ? まさか、あさ美? いや、そんなはずはない。あいつは手ぶらだったし、部屋に入ったなら、そのまま待っているだろう。ベータ社? オレが与えた損害を考えると、わざわざ日本に人を派遣《はけん》してもおかしくない。泥棒に入られても警察に届けられないのはしゃくだ。

胸のうちに不安が広がったが、心配しても、なにもならない。オレはすぐに部屋を出た。マンションを立ち去る前に階段を見てみると、あさ美はいなかった。

綾野のマンションに戻って、部屋が荒らされていたことを伝えたが、へーと言ってスルーされた。そこはもっと驚いたり、同情したりするところだ。こいつの反応は予想できない。あさ美のことは言わなかった。言ったらどんな反応をするか好奇心《こうきしん》が湧《わ》いたが、すごく危険でもある。

布団《ふとん》に潜り込んで、これからすべきことを頭の中で整理しながらタブレットをいじっていると、アオイ社の吉沢からメッセージが来た。

――デスチームに潜入しませんか？

――どういう意味ですか？

――言葉通りの意味ですよ。やだなあ。日本語わからなくなっちゃいました？　社内ネットワークへ侵入してみたいんじゃありません？　くわしくは言えないんですけど、その方法をこちらで用意できますよ。わかりやすく言うと、僕らはちゃんとした企業なんで、自分たちではやりたくないんですよね。露見《ろけん》した場合のリスクが大きい。でも、悪意の第三者が独自にデスチームを攻撃するなら、全く問題がないんで、誰かやってくれないかなあと思ってるわけです。

――「悪意の第三者」って、初めて聞きました。でも直接中に入れば、復讐《ふくしゅう》はやりやすい。オレは、なにをすればいいんです？　なにをしちゃいけない？

ベータ社とのこともあるし、これ以上敵を増やすのもどうかと思ったが、よく考えるとデスチーム社がオレを狙ってきたのが、そもそも始まりだった。復讐するだけでなく、真相を確かめておきたい。

――前に説明したように、我々は海外のサイバー軍需《ぐんじゅ》企業から、日本市場のシェアを奪い返そうとしているんです。彼らの失態が世に知られて、契約を切り替えるチャンスができると、とてもうれしいんです。さらに、最初の詳細レポートを僕らが発表できれば言うことなし。

――それだけなら、なんの問題もないです。でも、最後の最後になって、オレを裏切ったりしそうなんですけど？　犯人はこいつです！　って暴露《ばくろ》しない保証がありません。

――佐久間さんを犯人として突き出しても、うちにはメリットがない。失礼な言い方ですけど、佐久間さんは伝説のハッカーでもないし、技術や経歴に見るべきものもない。佐久間さんを犯人として突き出すのと、レポートだけ発表するのでは、受けるメリットに大差ないんですよね。むしろ、正体不明の天才ハッカーのままでいてくれた方がいいくらい。

――今度は、吉沢さんたちがマッチポンプをやって、ニュースを作るわけですね。

――ほんのちょっとした演出効果。他の連中がやっていることに比べたら、全然罪はないでしょ？

オレは、横で寝ている綾野を軽くつま先で突《つ》っついた。頭から布団にもぐっているので、どこにいるのか、よくわからない。すごく柔らかいところに、つま先がめり込んだ。

「また、女からのメッセージを見せびらかすんですか？　取ってきたカブトムシを自慢する虫取りの子供ですか、佐久間さんは？　残念ですけど、それはカブトムシじゃなくて、ゴキブリです」

綾野が布団から顔半分だけ出した。

「そうじゃない。これってどう思う？」

オレは、綾野の目の前にタブレットを突き出した。綾野はまじまじと見つめ、「やるといいんじゃないですかね」と答えた。

「あっさりしてるな。ヤバくない？」

「佐久間さんは、すでに死んでるようなもので、肉体が滅びるのを待ってるだけです。だって、ネット上のほとんど全てのアカウントが使い物にならない状態で、リアルには犯罪者ですもん。あたしが見捨てたら、行き倒れるか、逮捕されるかですよ」

嫌なことを言うが、当たっているのが悔《くや》しい。

「失うものがないんだから、やるしかないってことだよな。くそっ、足下見てやがる」

――わかった、引き受けます。

――では、銀座《ぎんざ》のホテルで会いましょう。

それからホテルの名前と部屋番号が送られてきた。

――了解です。

思わず、ため息が出た。なぜ、こんな面倒《めんどう》なことになったんだろうと思う。もともとは、違法なんでも屋をしていて目をつけられたのだから、自業自得《じごうじとく》と言われればその通りだ。

「ほんとにやるんですね」

綾野がもぞもぞ這《は》い寄ってきた。

「お前もやれって言ってただろ」

オレが言うと、綾野は黙ってオレの顔を見つめ、口を開いた。

「……寝ましょう」

なにを言うのかと思ったら、これか！　綾野はまた布団に潜り込み、オレもタブレットを置いて目を閉じた。

常夜灯《じようやとう》の灯りが妙《みよう》に気になる。遠くで車の行き交《か》う音が聞こえる。オレの腕が、綾野の肌に触れた。起こすといけないと思って引っ込めようとすると、腕をつかまれた。抱きしめたいと思ったが、なにもしなかった。

翌朝、オレは首都高《しゆとこう》に近い位置にある、シティホテルの最上階のスイートにいた。ヨーロッパ風の内装は、ごてごてして好みじゃない。

オレと吉沢は、向かい合ってソファに腰掛けていた。

「永野加奈《ながのかな》、内山《うちやま》ゆか、山岡《やまおか》ただし……」

吉沢は、ずらずらと名前を読み上げた。

「聞き覚えあるでしょう？　ここ半年の、佐久間さんの依頼者たちの名前だ。全部ではないと思いますけどね。こんな風に全部わかっちゃうなんて、悪いことはできませんね」

「オレのことは、さらに調べたんですか？」

「佐久間さんを調べたんじゃないんですよ。デスチーム社を調べたら出てきたんです。どういうことなんでしょうね？」

「どういう意味？　頭はそんなよくないんですよ。教えてください」

「デスチーム社の社内の記録に、さきほどの名前があったんですよね」

「デスチーム社は、そこまでオレのことを調べていたんですか？　いや、考えてみれば当たり前か、あれだけの事件を、オレになすりつけようとしたんですもんね。充分調べたはず」

「調べただけじゃないみたいですよ。実際に佐久間さんに仕事を依頼して、その手口を徹底的に調べておいたんですね」

「じゃあ、さっき読み上げた連中は、デスチーム社に頼まれて、オレに仕事を依頼したっていうんですか？」

「正確に言うと、デスチーム社の人間がなりすましたんだと思いますよ。佐久間さんは、リアルでは依頼者に会っていないでしょ。会うのは、肉体関係を持てそうな相手と判断した時だけ。メールやスカイプは、乗っ取ってしまえばどうとでもなりますよね」

そんなバカなと思ったが、吉沢の言うことは、いちいちその通りだ。自分の間抜けさ加減に腹が立った。だが、半年間もかけて仕掛けられた罠《わな》を見抜けるヤツなんかいるのか？

「そういうことでしたか」

「ついでに言うと、標的型攻撃に使われたスマホもその頃から、デスチーム社に乗っ取られていました。佐久間さんがどんな方法で攻撃するのか、腕前はどの程度かを確認したんじゃないかなあ。つまり佐久間さんはジャスティス・ゼロの事件が起こる半年前から、すでにデスチーム社の手中《しゅちゅう》にあったわけです。ずいぶん長い間。気がつきませんでしたね。いやあ、おつかれさま」

「なめられるにもほどがあるって感じですね」

「佐久間さんだけじゃなかったんです。他にも数人、候補者がいたみたいです。候補者探しをしていた連中のメールによると、単独でサイバー犯罪に手を染めていて、技術力はそれほどでもなそうっていうのが条件で探していたみたいです。佐久間さんはその中でも頻《ひん》度《ど》高く犯罪を行なっていて、技術力もさほど高くなく、守りが弱く、社会的信用も低いから、適任と思われたんでしょう」

吉沢がにやにやする。

「いくらなんでも、それってオレがかわいそうじゃありませんか？」

「事実だから、どうしようもないですよね。でも彼らも、君がソーシャル・エンジニアリングにかけては凄腕《すごうで》だと見抜けなかったんでしょう。なんとか生き延びてますもん」

技術力のあるヤツらは、ソーシャル・エンジニアリングの重要性を見落としがちだ。しかし現実のハッキングでは、ソーシャル・エンジニアリングに長《た》けているかどうかで勝負が決まることも少なくない。

マルウェアを仕込んだメールを開かせるためのタイトルと文面、水飲み場型攻撃で騙《だま》してマルウェア入りのファイルをダウンロードさせる魅力的な文言《もんごん》、時には取引先の業者のふりをして、電話でシステムの構成などのヒントをつかむことだってある。

「ソーシャル・エンジニアリングは、基本中の基本だからな」

オレがつぶやくと、吉沢は「ごもっとも」と笑った。

オレは、吉沢が名前を挙げた客のことを思い出した。一年以上前のヤツもいる。そんなに前から、デスチーム社はオレを狙っていたのか。オレはそんなことに気づかずに、のんきに連中のニセの依頼を受けて、儲《もう》かったと喜んだわけだ。

なめられたもんだと思ったが、オレの経歴や能力を見てたら、なめてかかるのも当たり前だ。どこをひっくり返しても、あなどれない要素なんかありゃしない。

「デスチーム社の社員IDとパスワードを、いくつかプレゼントします。後は好きにやっていいですよ。もちろん、このことは誰にも話してはいけないし、話したとしても、誰も信用しないようにはしておきます」

「日本でアオイ社を敵に回すのは利口《りこう》じゃないってのは、よくわかりました」

「デスチーム社は、ベータ社に比べるとソフトです。古典的な軍需企業ではないんで、クレア・ブラウンのような人間はいないんですよね。おそらく、シチュエーションディビジョンのような部署もないでしょ。問答無用《もんどうむよう》で殺される心配はないんで、安心してください」

「そうはいっても、ネット上でオレの情報を全部消されたら、オレは生きていけません。ネットにつながる銀行やクレジットカードも、ダメになりますよね。貯金があっても、金を使えなくなる。今どき、メールやLINEを使えなかったら、誰も連絡してくれない。この間のクレアのやり口で、よくわかりました」

「女に食わせてもらえばいいんじゃないですかね。プライドを捨てれば、気楽に生きていけますよ」

吉沢は楽しそうに笑う。こいつはなにを考えているか、本当にわからない。無表情なんじゃなくて、状況に合わせた表情を作る。

「あっさり言わないでください。オレにヒモになれって言うんですか?」

「負けた時の場合です。佐久間さんなら、きっと勝てますよ。僕は確信してるんですよね。そもそもこの勝負は、デスチーム社の社員になりすませる時点で、かなり佐久間さんの方が有利ですね」

「そうかもしません」

「そうそう。活動資金を提供しましょう。用途は自由。領収書や報告は必要ない。いいなあ、僕もそういうボーナス、もらいたいくらい」

吉沢はそう言うと、テーブルにぽんと札束《さつたば》を置いた。十束ということは一千万円だ。

「多すぎないですか？」

「あまったら全てが終わった後、海外に高飛びする費用にでもしてください。できれば日本の警察に捕まってほしくないんで、うまく逃げてもらいたいんですよね」

「ああ、なるほど。オレが捕まると、そっちにも困ったことが起きるかもしれないですよね」

「佐久間さんは伝説のままでいるのが一番です」

吉沢は口の端を歪《ゆが》めた。

ほんとにこいつを信用していいのだろうか？　まだわからない。デスチーム社の手の内は、オレには未知数なのだ。それに、これがアオイ社の罠じゃないかってことも考えなきゃいけない。こいつらがオレをはめている可能性だってある。アオイ社は、確かにデスチーム社と競合しているかもしれないが、実は裏で手を握《にぎ》っている可能性もないとはいえない。

オレを生《い》け贄《にえ》に差し出す代わりに、次の入札をゆずってもらうとか、いろいろありそうだ。

いや、でも、そんなまだるっこしいことをしなくても、吉沢はすでにオレの個人情報を握ってるわけだから、それをそのまま渡せばいいだけだ。

連中がオレをはめる理由は特にない……ように見える。

本当に、そうなのか？

オレはタクシーを拾うと、吉沢から受け取ったデスチーム社の資料をながめながら、綾野の部屋に戻った。引き受けてしまったが、騙されたとわかったら、とっととばっくれる。

部屋に戻ると、綾野に札束を見せた。綾野はたいして興味なさそうに、「すごいですね」とつぶやいた。

「お前、反応薄いな」

「それで焼き芋《いも》でも焼きましょうか？」

あきれたが、こいつにとって金は、そんなものなのかもしれない。乗っ取ってある小金持ちの口座から、これくらいの金はせしめられる。はした金、いや、そもそも金自体に魅力を感じていないのかもしれない。ネットでの活動を封じられているオレにとっては貴重だが。

綾野は、デスチーム社への侵入の話には食いついた。ほとんどの場合、内部向けのシステムは、外向けのものに比べるとお粗末《そまつ》だ。デザインや機能、そしてセキュリティもおざなりだったりする。サイバー犯罪では内部犯行の比率が高いと言われているのだから、もっと用心すべきはずなのに、現実はぼろぼろだ。

デスチーム社の社内用のシステムに入り込んで、そこから高い権限を持つ人間を探し出し、そのアカウントを乗っ取る。まずはそこまで一勝負だ。だが、綾野にはやらせない。オレひとりで充分だ。あいつにはベータ社を攻撃する仕事を頼んでいる。

オレは、さっそく作業を開始した。

吉沢からもらったＩＤのひとつ目は、若手エンジニアのものだった。

デスチーム社の所在地を確認し、社外からアクセスしても不審に思われない深夜の時間帯を計算する。できるだけ本人が寝ていそうな早朝に近い時間を選んで、そいつのアカウントにログインし、社内連絡の過去のログやアドレス帳を盗み出し、すぐにログアウトする。

英語の辞書を引きながら、そいつに関連している社内の人間、部署、役職を書きだした。

デスチームの連中は、ベータ社の内部情報もかなり持っていた。どうやら社員を数人引き抜いたらしい。社員名簿、組織図、レイアウト、そしてネットワーク構成まである。オレにはよくわからないが、重火器やヘリや、レーダーまであるようだ。民間企業とは思えない。この情報を市民団体に流してやろう。ハッキング能力ではベータ社に劣《おと》るだろうけど、無鉄砲な物理攻撃は得意そうだ。サイバー空間なら見つけ次第排除できるが、リアルでは見つけ次第射殺するわけにはいかない。私有地への侵入だから殺しても問題ないのかもしれないが、世間の風当たりは確実に強くなる。もともと好感度が低くなりがちな業種なんだから、一般人を射殺なんかしたら、株価にも悪影響が出るだろう。

綾野は、ベータ社の社員のいくつかの端末を乗っ取ることに成功していた。

「出会い厨《ちゅう》がかなりいたんですよ」

「出会い厨の『死の商人』って、なんか嫌だな」

「死と性は同じですから、死は他人に売って、その金で性を楽しむんでしょう。日本人のHENTAIロリアニメが好きっていうバカが引っかかりました」

綾野の話では、ベータ社の通信をながめていて、出会い系サイトやHENTAIサイトへのアクセスを見つけたそうだ。そこで出会い系サイトに、ベータ社本社近くの街に住む日本人の少女を装って登録して、「ネットでわからないことが多いので教えてくれるお兄さんが欲しい」と書き込んで、相手を釣り上げた。

ちなみに、世界的にはHENTAIというのは、エロアニメの総称になっている。ありがたくないことだ。

「ああ、そう」

オレがリアルで加賀あさ美や一ノ瀬桃香から情報を奪っている間に、綾野はネットで少女になりすまして、ベータ社の連中の端末を乗っ取っていたわけだ。

「あの人たちって、おかしいですよね。ネットにいくらでもエロ動画や写真が転がってるのに、あたしのを欲しがるんです。本物のわけないのに」

確かにバカだと思うが、男は誰だって見果てぬロマンを追うものだ。気持ちは痛いほどわかる。

「バカだとオレも思う。でも、ファンタジーなんだよ。素人《しろうと》の無邪気な少女の姿を見たいんだ」

「頭に悪いモノが湧いてますね。素人の無邪気な女の子が、ネットの変態に姿を見せるわけないじゃないですか。それに、見せたら、立派な犯罪です」

「そんなことはわかってる。わかっていても、もしかしたらという夢を捨てきれないんだよ」

「そんなこと言ってるから、添付《てんぷ》ファイルをクリックして乗っ取られるようなことになるんです」

全くその通りだ。

第八章　クライマックス

「君らしくない」

フリードマンは、自室に入ってきたクレアに、まず言った。ゼロと思われる相手からの攻撃と、市民団体をはじめとするネガティブキャンペーンが、上層部で問題になっていた。

「敵の力の評価を誤ったのが敗因か？」

「敗因？　まだ終わっていません」

クレアの表情は硬いが、フリードマンの視線を正面から受け止めている。

「これまでの状況から考えて、挽回《ばんかい》は難しいんじゃないかね？」

「後《おく》れを取っているのは事実です。こちらはゼロの正体を特定し、個人情報もほぼ完全に手中《しゅちゅう》に収めました。銀行口座とクレジットカードを凍結《とうけつ》し、スキャンダルを撒《ま》いて、リアルの社会的生命も抹殺《まっさつ》しました。しかし、本人は姿を隠し、まだ発見にいたっていません」

「市民団体が騒いだおかげで、株価も下がった。ゼロによる暴露《ばくろ》の時ほどではないがね」

「劣勢《れっせい》の原因は、相手の能力の評価を誤ったためですが、それは現在我々を攻撃しているゼロと、最初に我々の情報を暴露したジャスティス・ゼロが、同一人物であると仮定していたためです。異なる人物であれば、能力や行動基準も異なります。ミスリードされました」

「それは初耳だ。どういうことだ？」

「ジャスティス・ゼロは、おそらく我々と競合している企業でしょう。我々を蹴落《けお》とすために、暴露を行なった。その際、正体と目的を隠すために、正義の味方ジャスティス・ゼロを名乗り、佐久間尚樹という人物に罪をなすりつけた。現在、我々を攻撃しているのは佐久間尚樹、我々がゼロと呼んでいる人物です。本当の敵とは違う」

「まんまと騙《だま》されたわけだ。本当の敵はどこだ？」

「競合企業のデスチーム社です。Ｂ９による調査結果で、その可能性が高いと判断されました」

デスチーム社と聞いて、フリードマンの表情が曇《くも》る。

「で、君はこれからなにをする？」

クレアは唇《くちびる》を噛《か》んだ。考え抜いた末の結論だ。短期間で挽回するには、これしかない。

「ゼロと和解。ゼロからデスチームの情報をもらい、攻勢に出ます。そして早急に、デスチーム内で我々に仇《あだ》をなしたチームを排除します」

「ゼロと和解？　できるのか？　仮にできたとして、デスチームに気づかれないようにできるのか？　ばれたら、スキャンダルの上塗りだぞ」

「過去に私の作戦が露見《ろけん》したことはありません」

「未来というのは、時に過去を裏切るものだ。結局、ジャスティス・ゼロではないゼロとは何者だ？」

「ソーシャル・エンジニアリングを得意とする青年が一名、A級ハッカーが一名以上所属するチームで、インターネットのなんでも屋を営《いとな》んでいます」

「それだけ聞くと、手こずるような敵には思えない」

フリードマンはため息をつき、クレアに背を向けた。

「まあいい。もう失敗は許されない。頼んだぞ」

念を押すように期限を伝える。クレアは、承知しましたと答えて部屋を出た。扉を閉める時に、髪の毛がはさまりそうになった。昨日から金髪のロングヘアにしていたことを思い出す。

　足早にオフィスを突っ切って、シチュエーションディビジョンに向かう。近代的な明るい場所から、昏《くら》い未来の空間に入ると、イギーがすぐに声をかけてきた。

「クレア！　おえらいさんはなんて言ってた？」

　クレアはそれには答えず、自分を見ているサナイとジェイクに、目で「来い」と伝える。

　一同がそろうと、クレアは腕組みして話し出した。

「みんな。戦況は不利だと言っておく。これは私の初動の判断ミスもある。現在、我々はふたつの敵と対峙《たいじ》している。ひとつは情報漏洩《ろうえい》の犯人、デスチーム。もうひとつは、デスチームに利用されたゼロこと、佐久間尚樹のチーム。前者は、こちらが気がついたことは知らない。先制攻撃のチャンスがある。後者とは交戦中。この人数で両方を相手するのは難しい」

「手っ取り早く物理攻撃でゼロを葬《ほうむ》ろう。場所が特定できなくても、東京を停電させれば、一般家庭やオフィスは無力化できる。東京を停電させるシナリオは用意されてる。数時間で実行可能だ」

イギーが目を輝かせたが、クレアは首を振った。サイバー攻撃による停電は、各国およびサイバー軍需《ぐんじゅ》企業ですでに研究済みだ。インフラをできるだけ短時間で長期間ダウンさせることは、サイバー戦の重要なポイントだ。だが、それはあくまで切り札であって、一度使ってしまえば攻撃方法を特定され、二度同じことはできなくなる。

「戦線拡大は無理だ。我々のサイバー戦は見えない戦い、特定できない戦いでなければならない。これ以上やると、日本のどこかの機関が異変に気づき、調べ始めるだろう」

想像以上に面倒《めんどう》な状況だということが、イギー、サナイ、ジェイクにもわかったらしく、顔が曇る。

「ゼロとは和解できるだろう。真相を伝えて、デスチームを攻撃させるように仕向ければいい」

サナイの言葉にも、クレアは首を振った。

「あれだけ叩《たた》いた後で、こちらを信用するかな？　やってる商売から考えると、金で転ぶ連中だと思う。あと、ゼロはすでに、デスチームの罠《わな》だったと気づいている可能性が高い」

「金か……こちらの人員を増員するより、連中に金を払った方が、コストもリスクも低く抑《おさ》えられる」

イギーがつぶやく。

「そうしよう。私が交渉する……」

クレアの言葉を、イギーが止めた。

「いや、クレアではない方がいい。男性で片言の日本語の方が、相手を騙しやすい」

「なるほど。じゃあ、サナイに頼む。上限は五百万ドル」

突然話を振られたサナイは、肩をすくめる。

「本気か？　確かに僕は日系だけど、ほんとに片言だ。それに、そんな金額、出すのか？」

「片言がいいんだ。横で私も聞いているから、相手の話がわからなくなることはない。A級ハッカーチームが相手なら、それくらいの金額でないと動かない。この連中なら、百万ドルくらいは簡単に稼《かせ》ぎ出すでしょ」

イギーは大きくうなずき、ジェイクが、「オレも欲しいよ」とぼやく。

「まず、リストを用意して、それからコンタクトする。それでいい？」

サナイの言葉に、クレアはうなずく。交渉条件や出していい情報などを、あらかじめリスト化して交渉に臨《のぞ》む準備だ。

「では、仕事にかかろう」

クレアの言葉で、全員が持ち場に戻った。

かっきり十分後、サナイは自席から、ゼロにメッセージを送った。相手の情報は全て手の内にある。携帯電話番号も含め、連絡先は全て把握《はあく》している。わからないのは、今の居場所だけだ。相手も承知しているのだろう。

――戦闘をお楽しみ中恐縮《きょうしゅく》だが、休戦協定の相談に来た。

「私の一番楽しい時間をくだらん飲み物で邪魔《じゃま》しないでくれたまえ」とは、誰のセリフだったっけ?

――誰だ?

――君の対戦相手だよ。このゲームは君が優勢だ。それを認めた上で、相談がある。

――聞いてもいい。だが、その前に、そちらが本当にベータ社の人間だということを証明してほしい。

――当社のウェブサイトのURLを送る。そこに、君の本名と電話番号を掲載しておいた。君の個人情報はネットにたっぷり流出しているが、名前は複数出ている。本名を特定できることと、ベータ社のサイトに情報を掲載できることで証明としたい。

――わかった。確認した。すぐに情報を消してくれ。なに考えてるんだ。

――消去した。確認したまえ。

――確かに消えてる。本物らしいな。で、なんの話だ？

――相談は、和解だ。まず、双方《そうほう》ともに休戦し、これまで乗っ取った端末《たんまつ》を解放する。こちらは君の損害への弁済として、十万ドルを支払う用意がある。その代わりに、君から真犯人に関する情報一式をもらいたい。

――十万ドル？　子供の小遣《こづか》いじゃないんだぞ。未知の脆弱性《ぜいじやくせい》だけだって、それくらいの値段で買ってくれる。わかってると思うが、こっちが突っ込んだ未知の脆弱性は、ひとつじゃない。そんな金額で引っ込んだら、大損だ。

――なるほど、そちらの希望金額は？

――二百万ドル。

――冗談《じようだん》だろ。

――あんたたちは、エジプトで、その何十倍もの金額の案件を失った。オレと戦争を続けたら、また新しい案件を失うぞ。

――そこまで知っていたのか。やはりそちらの資料が欲しい。上を説得するために、真犯人の資料の一部でもいいから、もらうことはできるか？

――いいよ。そっちも、こちらの手の内を知りたいんだろ？　渡そう。

返事とともに、すぐにデスチーム社内のメールのログと、マルウェアのコードが送られてきた。

「クレア、この中身が間違いないか、判別できるかい?」

サナイの言葉に、クレアはうなずく。

「完全ではないけど、確認できる。すぐにラボのリーに転送して。指示は私がする」

クレアは、インカムでラボを呼び出し、フォレンジック担当に緊急依頼する。

「三十分、待つように伝えて」

サナイはすぐにメッセージを送る。

——三十分、待ってくれ。受け取った情報を確認する。

——了解。

三十分後、クレアはリーからの返事をもらい、交渉続行の指示を出した。

——情報は確認した。問題ない。

——金額は、二百万ドルでいいのか?

「クレア、二百万ドルでまとまると思う」

「私もメールの内容を確認した。こちらのエジプトの提案書を、デスチームにここまで把握されていたことは驚きだ。これだけでも、その価値はある。だが、ゼロはどこから、この情報を入手したんだ？」

「アラファイだ。それしかない。日本支社から漏洩があったらしいことが、アラファイの社内で問題になっていた」

「日本のサイバーセキュリティ水準は、ぐずぐずだな」

「だからうちは、日本に支社を作らない。日本に立地しただけで、手足をもがれる。できないことが多すぎて防御不全になる上、警察は頼りにならない」

「わかった。とにかく早くこの件を決着して、デスチームに集中したい。二百万ドルで手を打っていい。まず、相手から資料をもらい、確認の上、送金。それから、双方の乗っ取った端末を解放する。この手順だ」

「了解」

——金額は了解だ。手順は、まずそちらから、デスチームに関する情報を全てもらう。一週間以内に、こちらから金を振り込む。振り込み確認後、二十四時間以内に、双方が今回の戦いのために乗っ取った端末を解放する。

——おいおい、一週間なんて待ってたら、干《ひ》からびて死んじまう。その日のうちに振り込め。あんたたちにとったら、はした金だろ。もうひとつ条件がある。『プロクルステスの斧《おの》』についての質問に、この場で答えてほしい。

——わかった。日程は調整してみる。答えられるかどうかわからないが、質問してくれ。

横のクレアが、「日程はそれでいい」とうなずく。

——オレを攻撃したのは、『プロクルステスの斧』だな？

サナイは、クレアの「答えていいわよ」という返事を確認してから返答する。

——そうだ。それ以外の攻撃方法と組み合わせて利用した。

——実戦配備されているのか？

——テスト中だ。

——オレは実験材料ってことか、なめられたもんだ。一度使わせてくれ。興味があるんだ。

——それは無理だ。わかってるだろ。

——互いが休戦を守る保証が必要だ。こちらは、『プロクルステスの斧』に一度でいいからログインして中を確認したい。このシステムは、一年くらいは機密情報扱いなんだろう？　いい人質になる。すぐにＩＤは削除してもらって結構だ。

「クレア、これは可能か？　ボスもラボも、ＯＫは出さないと思う」

サナイはクレアからの返答を待つ。

「使われていない外注用のIDをゼロにやって、それで勝手に入り口をこじあけて入るなら、一時間は目をつぶる。あくまでも、あっちが勝手にハッキングしたという形にしてもらいましょ」

「でも、外注のIDじゃ、B9にはログインできないぞ」

「B9にアクセスする方法だけを教えて、あとは向こうのがんばり次第。できなければそこまで。これが最大の譲歩《じょうほ》。お手並み拝見といきましょう。相手は一番の腕ききを出してくるだろうから、それで相手のレベルがわかるし、相手の居場所や、佐久間尚樹以外のメンバーの情報を得られるかもしれない」

「わかった」

——外注用のIDを、一時間貸す。それと『プロクルステスの斧』のアクセス方法を教える。ただし、ログインに必要なIDとパスワードは教えない。そちらに力があれば、こじあけて入れるだろう。

——わかった。いいぜ。その条件、飲んだ。二百万ドルはIBAN《アイバン》を送るから、二十四時間以内に振り込んでくれ。

——それも了解だ。IDは、すぐに送る。そちらがログインしたら、そこから一時間でそのIDを殺す。

しばし間があった。

――ちょっと待ってくれ。

一言連絡があり、さらにしばらく待たされる。クレアは他のメンバーに目配せし、なにか不審な動きがないかをチェックする。特になにも見つからなかった。

――おもしろい。かまわない。口座番号と、デスチームに関する情報を送る。

どちらもすぐに送られてきた。あっけないほど簡単に話がついた。

「口座番号を送ってきた」

「口座を確認した?」

「ルクセンブルクの金融会社の番号口座」

「番号口座は禁止されてたんじゃないの?」

「いや、そうでもないらしい。でも、日本人が口座を開けるとは思わなかったな」

「本当に日本人なの? 単に日本国内の端末を踏み台にしていただけって可能性は?」

「わざわざ日本を踏み台にする意味がない」

「敵のプロファイルは、ひどく矛盾《むじゅん》している。痕跡《こんせき》をべたべた残す不注意な侵入者、インターネットのなんでも屋、慎重で隙《すき》のない防御力を持つ者、未知の脆弱性を使って攻撃してくるA級ハッカー、そして、ルクセンブルクの金融機関に番号口座を持つ人物。チームだとしても、不自然だ」

「クレア。ほんとに、すぐに振り込むのか？」

「そのつもり。いま振り込むと、着金はいつになる？」

「EU内の口座から振り込むように指示されたので、今日中に着金する」

「……ずる賢《がしこ》いヤツ。わかった。すぐに振り込んでちょうだい。忌々《いまいま》しいけど、こちらにはもう時間がない」

「イギー。ラボに内緒で、今から言うことをセットアップしてほしい。こちらが貸与《たいよ》したIDでゼロがログインしたら、アラートを出すようにして、すぐに通信モニターで追跡。B9の監視モニターも、こちらでも確認可能な状態にしてくれ」

「了解。簡単だ。すぐにセットアップする」

「サナイ。イギーのセットアップができ次第、振り込んだことを相手に伝えて、IDも貸与してやって。ログインしてから一時間だけと念を押して」

「いいのか？」

「かまわない」

クレアは、そう言うとサナイから離れた。自分の部屋に戻る道すがら、頭の中でゼロとの交渉の流れを反芻《はんすう》し、なにか見落としや落とし穴がなかったかを確認する。

特に瑕疵《かし》はないはずだ。最大の問題は、短期間でデスチームを叩きのめすことだが、ゼロから入手した情報を暴露するという手がある。Ｂ９を使おう。それに、相手がデスチームとなれば、テストし甲斐《がい》がある。

デスチームに内部情報を暴露された意趣返《いしゆがえ》しという意味もあるが、それ以上に重要なのは、エジプトの案件を失ったことだ。二度と同じことがあってはならない。我々サイバー軍需企業は、世界中の戦争を市場として、シェアを奪い合っている。世界各国の国家予算を誰が手にするかという競争だ。世界の富の収奪合戦と言ってもいい。

サイバー空間では、リアルタイムで各国が正体を隠して攻撃を仕掛けている。そのための情報、武器、場合によってはオペレーションまでを引き受けるのが、サイバー軍需企業だ。こうしている間にも、知らないうちにジャスティス・ゼロのせいで、案件を失っているかもしれない。逆に、デスチームを叩きのめせば、秘密作戦や防御の依頼は増えるだろう。

部屋に入り、届いていたメールをチェックしつつ、ゼロの資料を確認する。やはり、かなり使える。連絡先のついた社員名簿まであるから、これをＢ９に与えれば、会社のスキャンダルに収まらず、社員ひとりひとりを破滅させることができそうだ。

一時間後、画面に複数のメッセージが表示された。ゼロがこちらの社内ネットワークにログインしてきたことを知らせるメッセージだ。ひとつは自動で送られてくるアラート、他はイギーやサナイからのものだ。イギーは「壁の大型モニターに映るようにセットしたので来てほしい」と言っている。

急いで部屋を出ると、いつもは静かなオフィスがざわめいていた。数人が立ち上がって、壁のモニターをながめている。ゼロの動きが気になるのだ。

クレアはイギーの傍《かたわ》らに移動する。

「クレア、ラボの監視モニターを、リアルタイムでこちらのモニターにも投映するようにした」

イギーは、グレーの壁に映し出されているアクセス監視画面を指す。クレアが口笛を吹く。

「B9の監視画面？　管理者IDが必要じゃない。どうやって、ラボと話をつけたの？」

「つけてない。無断でIDを拝借《はいしやく》した。監視している理由を説明すると、こっそりIDを貸したことがばれるからね。右側の画面がうちのネットワーク、左がB9だ」

「ああ、そう。なるほど、まあ仕方がないか……」

「数分前に、うちのネットワークにはログインした」

ログインユーザの一覧に、ゼロに貸したＩＤが表示されている。めまぐるしく活動状況が書き換わる。

「想像より、ずっと早かった。準備なしで、たった一時間で破れると思っているのか？なめられたものだ」

「さっきから、あの手この手でＢ９にアクセスできないかを試してる。ツールを使っているんだろうな。人間業《にんげんわざ》じゃない」

「いよいよクライマックスか」

立ったまま画面をながめていたひとりが、つぶやいた。

「違う。この雑魚《ざこ》に退場してもらってからが本番。アマチュアの出番はもうない」

クレアが、ぴしゃりと言い放った。

「メールサーバーに潜り込んだ。どうやら管理者権限を奪ったらしい。そんなよけいなことしてる時間ないだろう。なにしてるんだ？」

「用心して。相手はＡ級よ」

「こっちはウィザード級が三人いるんだぜ」

「その油断が怖いの」

「メールサーバーの状態を確認する。なんの脆弱性を、どうやって突いたかはわかってるから、同じやり方で入って、状況を確認してみる」

「まるで隠れんぼね」

「隠れてても、B9には入れないのにな」

「なんか変ね。気をつけて」

「わかってる」

B9の監視画面が切り替わり、侵入されたメールサーバーの状況が表示される。

「なにしてるんだ？　というか、手当たり次第《しだい》にパスワードを試してる。わからない。なにをしたいんだ？」

イギーがうめく。クレアは嫌な予感に襲われた。なにかが起きている。鳥肌が立つ。

「サナイ！　ジェイク！　B9の状況を確認して」

クレアの緊張した声に反応し、サナイとジェイクは返事もそこそこに、それぞれのIDでB9にログインする。

「イギー、お前のIDが活動してるぞ」

サナイが叫んだ。

「なに？　当たり前だろ。メールサーバーに入ってるんだから」

「いや、B9を監視してる方のID。管理者権限なんだろ、あれ」

「え？　そんなバカな」

血の気《ちけ》が引いた。やられた。メールサーバーは囮《おとり》だ。そちらで目を引いて、あっという間にB9の管理IDを手に入れた。でも、どうやって？　イギーほどの腕前から情報を盗むなんて、考えられない。

「ラボに連絡して、IDを殺して。可能なら、B9をシャットダウンして」

「わかった」

イギーが叫んでスマホを手にとった瞬間、オフィスが暗転した。

「電源が落ちた？　こんなことは初めてだ」

クレアがつぶやく。

「いや、しかし、B9も落ちたはずだから好都合だろう」

サナイが闇の中で返す。

「マズイ。ラボは非常電源装置がある」

イギーが悲鳴を上げた。パニック気味だ。危険だなとクレアは思う。

「なんでうちにはないの？」

「あるよ。だから端末は落ちてない。落ちたのは、電灯や壁の巨大モニターだけだ。でも、ネットワークが遮断《しゃだん》されてる」

「どういうこと？」

「わからない」

イギーが泣きそうな声を上げる。

――セキュリティセンターより緊急連絡。ただいま、外部からの侵入者によって、送電線と社内ネットワークの一部が、物理的に切断されました。犯人は逃走しました。切断箇《か》所《しょ》は特定し、修復作業を行なっています。一時間以内には復旧の見通しです。有線ネットワークが使用不能になっている部署は、無線を代替手段にして通信するようお願いします。なお、館内のモバイル通信リレー設備も破壊されており、復旧の見込みは立っていません。

館内放送が流れ、クレアをはじめとする全員が慄然《りつぜん》とした。

「やられた。ゼロの仲間が、アメリカにもいたっていうの？」

クレアがうめく。

「バカな。そんなはずはない。B９でコネクションのある人間は完全に洗い出してある。彼らと接点があるのは、日本国内の人間だけだ」

「イギー！　とにかくラボに連絡して、B９止めて」

「クレア、緊急で無線接続していいかい？　でないと連絡手段がない」

「ダメ。罠の可能性がある。無線が危険だっていうことは、知ってるでしょう。内部に侵入したなら、無線装置に細工《さいく》をしている可能性もある」

「じゃあ、どうすれば……」

「あなたのその二本の足でラボまで走るか、有線の生きてる最寄《もよ》りの部署で端末を借りて連絡して。走った方が早い」

「わかった」

イギーが立ち上がると、ノートパソコンを抱えて走り出した。

「市民団体じゃないか？　あの連中は、この間も電線を切断してただろ」

サナイが叫ぶ。

「市民団体？　偶然の一致ってことか？　ゼロがあらかじめ、市民団体の攻撃予定日を把握していた可能性もあるな。くそっ、そんな手があったとは」

立ったまま壁のモニターをながめていた中のひとりが口笛を吹くと、クレアは忌々しげに壁を殴《なぐ》った。ごつと鈍《にぶ》い音がして塗装がはげた。

＊

オレは全身びっしょり汗をかいていた。おそらく一生で一番緊張した。だからサナイがあっさりＯＫしてきた時には、身体《からだ》が震えた。

「お前、よく二百万ドルなんて言えたな」

横座りしている綾野を見る。こいつも上気した顔をしている。

「佐久間さんが訊《き》くから……最初は百万ドルでいいかなと思ったんですけど、二百万ドルの方が分けやすいと思って。あたしも、もらっていいですよね」

「そうだな。百万ドルずつ山分けしよう」

夢みたいな話だ。オレたちは一瞬で億万長者になろうとしている。

「でも、あたし、お金があってもなくても、働かないとダメなんですよね」

綾野はため息をついた。そうだ。オレと違って、こいつは金をありがたく思わない人間だった。

「前もそんなこと言ってたな」

「なにもしなくていいだけのお金があっても、なにかしてないと心が壊れちゃうんで。老後の資金にとっておこうにも、きっとその前に自殺するし。でも佐久間さんにあげるのはしゃくなので、とりあえず、もらっておきます」

よくわけのわからない理由だ。そんな理由なら、オレにくれと言いたい。

「相手にすでに一部とはいえ、手の内をさらしましたから、速攻で取引を終えましょう。こっちからは残りのデータを送り、向こうから金をもらいましょう。振込先はどうします？　凍結されてますよね」

綾野の言葉で、嫌なことを思い出した。口座に振り込んでもらっても、オレの口座はすでにあいつらによって凍結されているし、仮に使えるようになっても、いつまたやられるかわからない。

「ビットコインのオレの口座にするかなあ」

オレが言うと、綾野が口を開けた。

「佐久間さん、本気ですか？」

「え？　なんかマズイか？」

「額が大きすぎます。ビットコインは、ボラティリティが高いんです。ちょっと動いても数百万。大きく動いたら、数千万円の損失になります。それに、セキュリティ上も安心できません」

ボラティリティってなんだっけ？　変動のことだったな。確かにビットコインの価格はすごく変動する。セキュリティ面も含め、怖いと言えば怖い。

「じゃあ、どうすればいいんだよ」

「あたしのルクセンブルクの銀行の番号口座を貸しましょう」

オレは綾野の顔をまじまじと見た。こいつ何者だ？　ゴルゴ13じゃあるまいし、そんなところに口座を持ってるって、おかしいだろ。

「ルクセンブルクの銀行口座？　なんで、そんなもの持ってるの？」

「……親が死んだ時、生命保険のお金が入ったんです。それをどこに預けようか迷っていたら、紹介してくれた人がいて……」

綾野はうつむいて、ぼそぼそとつぶやいた。親が死んだ時のことを思い出すのが嫌なのか、それとも親そのものを思い出したくないのかはわからないし、知りたくもない。

「だって日本にないと不便だろ」

「日本のATMでお金おろせますよ。逆に日本の銀行のキャッシュカードは、海外で使えないから不便です」

そんな話は初めて聞いた。海外の銀行のカードは、世界中で使えるのか？

「日本のハッカーと海外のハッカーには、致命的《ちめいてき》な違いがいくつかあります。そのひとつが、金融に関する知識です。世界中の金融機関はネットワークでつながり、送金、決済が行なわれているのに、日本にいると、それがわからないんですよね」

そう言って綾野はクレジットカードを出して、裏面を見せた。

「Ｃｉｒｒｕｓ《シーラス》とＰＬＵＳ《プラス》ってロゴがあります。これは世界的な決済ネットワークで、ほとんどの国のＡＴＭを使えます。銀行のキャッシュカードならお金をおろせますし、クレジットカードなら借りられます。海外の銀行のキャッシュカードにはついているものが多いんですが、日本の銀行のには、ついてないんですよね」

「不便な分、安全とも言えるだろ。カードを盗まれたり複製されても、海外では使えない」

「そんなことを言ってる佐久間さんは、直接口座をクラックされてるから、たいして変わりませんよ」

「ああ、まあ、そうだが」

綾野は、それから一枚のカードを出した。

「これが、あたしの銀行のカードです。この銀行というか、証券も含めた総合金融機関は、番号口座を提供してます。名前なしの番号だけの口座なんで、完璧に匿名《とくめい》です。ここに送金した後で、他の口座に送金すればいいでしょう」

「それ、いいの？　だって、もろにマネーロンダリングっぽくない？」

「ベータ社は、おそらくヨーロッパの銀行に口座を持っています。EU内なら、比較的チェックはゆるいはずです。たかが二百万ドルです」

「オレがお前から百万ドル分けてもらう時は、どうするんだ？」

「佐久間さんも、この銀行に口座作りましょう。便利ですよ。口座開設時の審査は厳しいんですけど、その後は、そうでもないです。国際送金になると、場合によっては金融当局のチェックが入りますけど、とりあえずルクセンブルク国内の他の口座に送金して、そこからさらに分ければいいでしょう」

「国際送金って、チェックされるんだ」

「日本は二百万円以上だったかな？　国によって違います。こうした基本的なことを知らない日本人のハッカーは多いですね」

「あれ？　じゃあ、お前、最初の保険金の送金は、チェックされたんじゃないの？　そんなたいそうなとこに口座作るからには、二百万円以上あったんだろ」

「あのですね……このルクセンブルクの金融機関は、日本の銀行に口座を持っていまして、そこに送金すると、彼らがルクセンブルクのあたしの口座に移してくれるんです」

「え？　その銀行だかなんだかの日本の口座に、わざわざいったん移して、それをさらに国際送金で、ルクセンブルクのお前の口座に移すの？」

「考え方はそうですけど、実際には国際送金しません。だって彼らは、ルクセンブルク国内にたっぷり資金を持ってますから、そこから、日本で受け取った分を、あたしの口座に移せばいいんです」

「頭いいな。てか、それ違法に聞こえるんだけど」

「そうですね。リフティングサービスっていうんですけど、こっそりやってるとこは多いです」

知らないことばかりだが、綾野の言う通り、ハッキングには金がつきものだ。知らないでやってる方がおかしい。

「口座番号はIBANで指定します」

「なにそれ？ SWIFT《スウィフト》なら知ってるけど」

SWIFTは、国際的な銀行コードだ。これで送金先の指示を行なう。

「IBANは、ヨーロッパでよく使われてたコードです。ひとつのコードで、銀行名、支店名、口座番号までわかるので便利で、最近広まっています。SWIFTはメジャーですけど、ちょっと古いですよね」

「お前、ほんとこういう裏のことを、よく知ってるよな」

「だって、いくらお金を持っていても、安全に保管できなきゃ一円も持っていないのと同じでしょう？　日本の銀行にある貯金は、いつ消えても不思議じゃないですもん」

「ハッカーに盗まれるから……」

「そうですね。それに、マイナス金利とマイナンバーという問題もあります」

「なにそれ？」

「マイナス金利は、文字通り預けておくとマイナスの利子、つまり現金が減ってゆくってことです。いまは一般人には影響ないですが、将来、一般人の口座にも影響してくる可能性があります。マイナンバーは、日本国内在住者の銀行口座を特定し、いつでも預金封鎖《ふうさ》と、資産税の対象にするための準備かもしれないって聞きました。もっとも、マイナンバーは廃止して、携帯のＳＩＭ《シム》に管理チップをつける方式に変更するという、素晴らしい噂《うわさ》もあります」

「預金封鎖？　資産税？　聞いたことねえ。ＳＩＭに管理チップのせたら、丸裸にされるじゃん」

「預金封鎖は文字通り、口座からお金をおろせなくなることです。正確には、一日あたりにおろせる金額を限定するんです。資産税は、持っている貯金にかかる税金です。お金を持ってると、課税されるんですよ」

「バカ言え、そんなことしたら、パニックになるぞ」

「パニックになっても、日本国内に預金を確保するために封鎖するんです。とりつけ騒ぎも起きませんよ」

「だって……貯金に税金がかかる？　そんなら、家に金隠しておいた方がいいじゃないか」

「そういう人がいても、預金封鎖されてたらアウトでしょ？」

「くそっ、なんてことだ。そうか、だからお前は、ルクセンブルクに金を送ったのか」

「それだけが理由じゃないですけど、日本の銀行は、とにかくヤバイです」

綾野が二百万ドルをまるまるくすねようとしても、オレには打つ手がないなと、ぼんやり思った。だが、今回はこいつに世話になったし、しょせんはあぶく銭だ。もし綾野に持ち逃げされたら、なかったものと思って諦《あきら》めよう。

オレは綾野から教わったＩＢＡＮと、残りのデスチームに関する資料を、ベータ社に送った。

ベータ社は、その日のうちに入金してきた。オレたちは、乗っ取った端末を解放し、ベータ社も同じようにした。これで後は、ベータ社がオレに代わって、デスチーム社を叩きのめして、一件落着のはずだ。

しかし、それじゃ、オレは二大サイバー軍需企業の戦いで良いように利用されただけの、哀《あわ》れで間抜けなハッカーだ。オレにだって意地がある。

「佐久間さん、おそらく行けると思います」

さっそくベータ社から借りたＩＤでログインしていた綾野が、楽しそうな声を出した。

「あたしが、『プロクルステスの斧』の入り口をこじあけますから、佐久間さんは、適当に囮をやって目を引いててください」

「わかった。侵入できるようになっても、すぐには暴れるなよ。ヤバイ市民団体の連中が、電源とネットを切断するまで待つんだ」

市民団体の攻撃日程は頭に入っている。それとタイミングを合わせれば、最大限のダメージを与えられる。

「わかってます」

綾野が鼻歌交じりで答えた。なんでそんなに楽しそうなんだ。と思ったが、オレも楽しい。

第九章　テイクダウン

イギーから、「ラボに緊急停止を依頼した」という報告のメッセージが入るとほぼ同時に、電源が回復し、シチュエーションディビジョンに光が戻った。

クレアは立ったまま、イギーのパソコンのキーボードを叩《たた》き、壁のモニターに、B9のモニターを表示させる。

「なんだ。これは？」

画面には、めまぐるしく数値と文字が入り乱れ、ものすごい勢いでアラートがポップアップしては消える。

「クレア！　ラボから連絡だ。B9が暴走した」

サナイが叫ぶと同時に、オフィスに蒼白《そうはく》のイギーが駆け込んできた。

「なんですって？」

「デスチーム社を攻撃している」

イギーは自席に駆け寄りながら叫ぶ。

シチュエーションディビジョンのほぼ全員がモニターを注視し、ざわめきが広がる。

「まさか、B9の実戦テストの対象が、デスチーム社になるとはね。君らしい無鉄砲さだな、クレア」

ケビンが皮肉《ひにく》な笑いを漏《も》らしたが、クレアは無視する。相手をしている余裕はない。

「攻撃フェーズは？」

「第三フェーズに入ってる。つまり、暴露《ばくろ》した情報を拡散してる」

「なぜ、誰も気がつかなかったの？」

「わからない」

「システムを落とせないの？」

「よくわからないが、強制的にストップできないと言ってるんだ」

「なぜ？　電源を抜けばいいでしょ」

その時、クレアのスマホが鳴った。クレアは、他のメンバーにも聞こえるように、スピーカーで音声が流れるようにする。

「クレア、ラボのアレクセイだ。B9が暴走して、デスチーム社を攻撃している。現在、停止させようとしているが、どんなに急いでもあと三十分は止められない」

「電源を抜きなさい」

「違うんだ。そういう問題じゃない。B9は、途中で止められないんだ。B9を使うと、例えば一時間おきとか、消してゆくように設定しておくものなんだが、おそらく敵は、中途で遮断《しゃだん》できないように、わざと途中で消さないように設定した。このまま強制的に遮断すると、全ての痕跡《こんせき》が残ったままになる。だから正規の方法で終了させなければならない。痕跡の消去に三十分かかるんだ」

「痕跡が問題なの？」

「痕跡から『プロクルステスの斧《おの》』が情報収集に使っているアルゴリズムと、ダミーのアカウントがばれる。もちろん、マルウェアなどの違法なものまで露見《ろけん》する。攻撃者の正体が特定される可能性が、とても高い」

「痕跡が残ってても、どこかのサイバー犯罪者が仕掛けたことという話にはできないの？私たちは、ニュースを作れるはずでしょう」

「専門家がマルウェアやアカウントのアクティビティを解析すれば、特定される可能性がある。暴走しているのは、今年の頭の内覧会で見せたものと、ほぼ同じバージョンだ。あれを見た人間なら、攻撃の痕跡から推測できる。デスチーム社は内覧会に出展していた」

「やっかいなことになったわね。あとは、デスチーム社がこちらの仕業《しわざ》と気づかないことを祈るだけってこと」

「君の責任だぞ、クレア」

「なに言ってるの？」

「暴走させたのは、ゼロだ。我々の許可なく侵入を許しただろう」

「根拠は？」

「今回乗っ取られたＩＤが、そこのイギーが乗っ取ったものだということはわかっている」

クレアは舌打ちした。まさか裏をかかれるとは思っていなかったから、イギーの匿名化《とくめい》が不十分だった。イギーが申し訳なさそうな顔をする。

「私が連絡したのは、ゼロからパスワードを入手してほしいからだ。できるか？」

クレアはその意味するところを知って、血の気《ちけ》が引いた。

「まさか……」

「そうだ。Ｂ９の管理パスワードが、全て変更されている。解読も可能だが、解読が終わるまでに数時間かかる。おそらく三時間で全ての攻撃を完了して、痕跡を消すはずだ。それまで指をくわえて待つか、交渉するか」

耳をそばだてて話を聞いていたオフィスの人間がざわめく。

「攻撃開始してから、何分経《た》った?」

「三十分だ。残り百五十分」

クレアが電話を切ると同時に、サナイがやってきた。

「クレア、これはただの市民団体の襲撃じゃない。Ｓｕｔｅｒ《スーター》のようなものを使われた可能性が高いと、セキュリティが報告している」

「バカな! 民間企業を襲撃するのに、Ｓｕｔｅｒを使ったって言うの?」

Ｓｕｔｅｒは、イギリスの総合軍需《ぐんじゅ》企業、ＢＡＥシステムズのサイバー兵器だ。敵の防衛ネットワークにアンテナから侵入して、レーダーに機影が映らないようにしたり、防御通信網を攪乱《かくらん》する。Ｓｕｔｅｒそのものを使ったとは思えないが、類似《るいじ》の機能を持つシステムを利用した可能性があるのだろう。このビルのセキュリティも、アンテナから侵入されることまでは想定していなかったに違いない。物理的な破壊に加えて、ネットワークに侵入して破壊工作も行なっただろう。おそらく情報も盗まれた。市民団体の仕業とは思えない。これはもはや戦争だ。

「うちの中身は、民間とは言い切れないからね。襲撃を確実に成功させるために、手段を選ばなかったんだろう。それにしても、そこまでできるメンバーがいるなんて」

サナイが首を横に振って、ため息をついた。あまりにも想定外のことが起きている。クレアは、なにも言わずに自分の部屋に戻った。

＊

オレは時計に目をやった。『プロクルステスの斧』の停止まで、あと百二十分だ。

まだまだ情報漏洩《ろうえい》は拡大している。デスチーム社にとって一番痛かったのは、NSAとの密約の漏洩だろう。NSAが、グーグルやフェイスブックなどのソーシャルネットワークから入手した情報を、密かにデスチーム社に渡して解析させていた。さらに、そこから不審な個人を特定し、行動の追跡、予測までを行なっていた。NSAが情報を入手するのも問題あるし、それを民間企業であるデスチーム社に解析させていたのも問題だ。漏洩した不審な個人の一覧に、ハリウッドスターや各国の知識人、著名人が多数含まれていたことも、騒ぎの拡大に一役買った。

もちろん、日本人も数人含まれていた。国会議員やタレント、大手企業の役員など、オレもよく知っている連中だ。名前をあげられた国会議員の中には、あわてて記者会見を開いて、疑惑を否定するとともに、NSAとデスチーム社を批判するヤツもいたが、ほとんどは逆効果だった。かえってネットで煽《あお》られ、炎上した。

エジプトをはじめとする各国への、サイバー兵器や軍事サービスの提供の実態も、暴露された。兵器の提供までは公開されていたが、事実上の戦闘行為まで肩代わりしていたことが明らかになった。客がエンターキーを押せばいいところまで、全てを準備するサービス。しかも、そのほとんどは、アクティブ・ディフェンスという名の先制攻撃だ。サイバー戦争の犬たちが、どんな風に世界中にサイバー戦争を広げているかが、嫌というほどわかる。

ソーシャルネットワークが世論や株価に影響を与えるようになった時から、この手の武器が出てくるのは必然だった。選挙がネットで投票できるようになれば、ソーシャルネットワークの力はさらに拡大し、どんな評判になるかが重要な問題になる。いわゆるレピュテーション・リスクというヤツだ。先進国同士が直接、軍事衝突《しょうとつ》しにくいから、サイバー攻撃が幅をきかせる。ただでさえ匿名なのに、レピュテーション・リスクを狙い撃ちされたら、ますます特定が難しくなる上、防御も反撃も難しい。実際に使ってみて、『プロクルステスの斧』の威力に、オレは驚いた。日本人の好きな国家の威信《いしん》だって、台無しにしかねない。

名前をあげられたアメリカ人の大半は、NSAとデスチーム社に対して訴訟を起こすだろう。これは長期間にわたって、デスチーム社を苦しめることになりそうだ。愉快《ゆかい》だ。ざまあみろ。

アメリカ国内の市民活動の連中も盛り上がった。電子フロンティア財団は、デスチーム社を批難する声明を発表した。「インターネットの健全な活動を妨《さまた》げるがん細胞」と罵《のの》り、それと手を組む政府は、悪魔に魂を売った亡者《もうじゃ》とまで言っていた。

『プロクルステスの斧』は、デスチーム社の社員ひとりひとり、さらには取引先まで巻き込んで攻撃している。本当に容赦《ようしゃ》ない。そういうものだとはわかっていたが、実際に取引先企業の個人情報まで漏洩すると、やりすぎだろと言いたくなる。名前や住所だけでなく、銀行口座とパスワードまでさらされて、名誉と財産を一瞬で失ったヤツも、たくさんいただろう。

匿名の相手からメッセージが来た。日本語だ。

――こんにちは。盛大に暴れてくれたわね。

――誰だ？

――ベータ社シチュエーションディビジョンのクレア・ブラウン。知らないとは言わせない。私たちは現在進行形で殺し合っている。

――えらく日本語がうまいな。日本人なのか？

——日本語の習得が難しいと思っているのは、日本人だけ。たくさんある言語のひとつにしかすぎない。C言語やPHP言語を使えるかとハッカーに訊《き》くくらい、意味がない。

——言語仕様とサンプルを見て、すぐに仕事にかかれるのがプロってことだろ。オレもこの商売を始めた時に教わったよ。

——そうだ。

——で、なんのようだ。

——ぼうや。無茶は止めなさい。

——ぼうやだって？　美人にそんな風に呼ばれると、うれしいね。

——殺した人間の数だけ、人は大人になるのよ。あなたは、まだ誰も殺していない。

——じゃあ、オレは死ぬまで大人にならないのかもな。ネット世界のピーターパンだ。

——ティンカー・ベルの羽音《はおと》が聞こえる？　ねえ、なぜ私がこんな話をしていたか、わかる？

——……なに？

——あなたを、ディスプレイの前に座らせておくため。テーブルの前で、あぐらをかいて座ってるわね。腰に悪いわよ。

一瞬で血の気が引いた。確かにオレは、あぐらをかいていた。

――オレが見えるのか？

窓のカーテンが少し開いていた。まさか、あそこから中を見ていたのか？　どうすればいい？　綾野が不思議そうな顔で、画面をのぞき込んできた。

――私が狙撃《そげき》の名手だって知らなかったの？　調査不足ね。その位置なら、窓越しに当てられる。

あわてて身を伏《ふ》せ、床に這《は》いつくばる。カーテンを閉めたいが、怖くて移動できない。

――バカね。撃ちゃしないわよ。だから、ぼうやって呼んだの。そもそも私は今、海の向こうにいるんだから、そんな遠くまで届く弾はない。『プロクルステスの斧』のパスワードを教えなさい。

「こんなのあたしでも、はったりだってわかりますよ。佐久間さんは騙《だま》されやすいんだから」

綾野が、けらけら笑いやがった。

――「教えなさい」だって？　えらそうに命令できる立場だと思ってるのか？

――思ってる。あなたはバカじゃない。私たちを敵に回すことがどれだけ危険か、理解しているはず。ソーシャル・デコイをちょっと使えるくらいじゃ、まだまだ無理。

ソーシャル・デコイ？　そういえば、綾野がそんなことを言ってたな。オレはなにもやってないが、知ったかぶりをするに限る。

――それくらいわかってる。でも、ここで降りても、あんたたちはオレを攻撃するはずだ。だから、自分じゃなくて、デスチーム社に戦ってもらうことにした。

――デスチーム社がこんな罠《わな》にはまると考えているのが、素人《しろうと》の証拠。サイバー軍需企業同士の連絡網があるのよ。

「もちろん、はったりでしょう」

綾野が茶々を入れる。

――おいおい。あんたたちだって、デスチーム社にはめられて、オレを追ってただろ。まあ、いくらオレを説得しようとしても、ムダだ。オレは姿をくらます。あとは、勝手に潰《つぶ》し合ってくれ。

――わかった。あなたには貸しができた。このままで終わるとは思わない方がいい。

――おお、怖い。あんた美人なんだってな。会うのを楽しみにしてる。

――あいにくと、童貞は趣味じゃない。ママとファックしてなさい。

――童貞じゃねえ。あんたの大事なプロクルステスは、童貞に突っ込まれてよがってるぜ。

――懐かしいな。

——なんの話だ？

——私にそんな口をきく男と会ったのは二年ぶり。あなたに興味が湧《わ》いた。会いにいく。私はサーチ・アンド・デストロイのプロなのよ。

そこで相手はログアウトした。オレは、ほっと息をついた。

「貫禄《かんろく》負けしてますね」

綾野がオレの顔をじっと見ていた。

「うるせえ。勝負はこっちの勝ちだから、いいんだよ」

確かに向こうの方が戦い慣れてる感じはした。こいつはもしかしたら、「お前がいたから勝てた」と言ってほしいんだろうか？

「運がよかったんですよ。この戦いは、アオイ社がお膳立《ぜんだ》てしたようなものですから」

「吉沢の情報がなかったら、勝てなかった。それは認める」

しゃくだが、その通りだ。オレは運がよかった。

＊

自室から出てきたクレアは、イギーの席の横に立ち、手をあげてサナイとジェイクを呼んだ。イギーも、のろのろと立ち上がる。

「今回のプロジェクトは終わりだ」

三人がそろうと、クレアは口惜《くや》しそうに漏らす。

「どういうこと？」

イギーは納得いかない表情だ。

「完敗だ。もう私たちにできることはない。フリードマンはプロジェクトを終了させて、デスチーム対策を含めた新しい大規模なチームを組むだろう。そこに我々はいない」

「信じられない。あんなアマチュアにやられるなんて」

イギーが腰を抜かして、椅子《いす》に腰掛ける。

「アマチュアだからさ。プロなら、勝てる確率の低い賭《か》けには手を出さない」

サナイが、長いため息とともにつぶやく。

「この後、どうするんです？　報告書を作って出して、まさか解雇《かいこ》？」

ジェイクは不安そうだ。

「私なら解雇するが、本社はそうしないだろう。この分野の腕ききは貴重だからな。私は辞職する」

クレアの言葉に、三人はぎょっとした。よくも悪くも、クレアはシチュエーションディビジョンの中心人物のひとりだ。クレアでなければ扱えないミッションも、たくさんあった。

「日本に行く。ゼロに一度会ってみたい」

続く言葉に、さらに一同は驚く。

「やめておきましょう。海外での殺人は面倒《めんどう》なことになります」

サナイの言葉に、クレアは残忍な笑顔を浮かべた。

「安心しろ。日本では、詐欺《さぎ》と殺人はほとんど捕まらない。会っても殺したくなるとは限らない。終わったらまた戻ってくる」

「クレア……」

イギーが、なにか言いかけた。

「正直、なぜ負けたのか、まだ理解できていない。おそらく我々の知らないなにかがあるはずだ。それを知りたい。ゼロのチームの構成がわかれば、理解できる。直接戦闘に参加しているA級ハッカー以外に、誰かがいる。そうでないとおかしい」

「確かに手際《てぎわ》もいいし、最初の情報漏洩からここまでの一連の流れが、今考えると計算されていたような気もする。それに、いくら過激な市民団体だって、Ｓｕｔｅｒは使えないだろう」

サナイが腕を組んだ。

「もしそうだとすると、凄腕《すごうで》がいるはずだ。会ってみたいものだ。そう思わないか？」

だが、同意する者はいない。クレアは首をかしげる。こういうことはよくある。自分にとって当たり前のことが、他人には奇異に映る。

「僕は会いたくない。というか、同じ人種とサイバー空間以外で会うのは怖い」

イギーがつぶやき、ジェイクがうなずく。

「なぜ？」

「人間だと認識したくないのさ。敵に回した時に、冷静に判断できなくなる」

「そんな感情があるとは知らなかった。では、私はお前に攻撃されることはないんだな」

クレアの言葉に、イギーは肩をすくめた。

「荷物をまとめて、辞表を出す」

この会社では、退職した瞬間に、黒いスーツの業者がやってきて、荷物を全て持ち去る。持ち帰りたい私物は、その前に整理しておかねばならない。

「クレア！」

クレアが歩きだすと、イギーたちが同時に叫んだ。同じオフィスの何人かが立ち上がる。だが、クレアは振り向きもせずに、部屋に戻った。

「退職だって？　すんなり普通の生活に戻れると思うなよ。狩る立場から狩られる立場になるのが、わからないのか？」

ケビンの乾いた声が響いた。

＊

結局『プロクルステスの斧』は最後まで動作し、見事なほどにデスチーム社と、その関係者を叩きのめしてくれた。

オレと綾野は、セリスホワイトで乾杯した。綾野が気を利《き》かせて、買ってきてくれた。グルメぶるわけじゃないが、日本のビールはあまり好きじゃない。だって刺激はあるけど、味がほとんどないだろ。スーパードライを呑《の》んだドイツ人が、「美味《おい》しいけど、ビールではない」と言ったそうだが、全くその通りだ。

オレを狙っているだろうベータ社の連中やデスチーム社のことが、気にならないと言えばウソになる。あさ美や桃香のことは、業界関係者には知れ渡り、ウィンダム経由で各社の端末《たんまつ》を乗っ取ったことも、ばれているに違いない。サイバー業界の連中や日本の警察も、オレを追っているだろう。だが、今日は忘れよう。休養も必要だ。

オレは綾野を誘って、タクシーで六本木《ろっぽんぎ》にあるイタリアンレストランに行った。派遣《はけん》をやっていた時に、何度かランチで入ったことがある。一度、夜に来てみたいと思っていた店だ。

勤め帰りらしいスーツ姿の連中や、ジーンズ姿の近所のＩＴ企業の連中が目につく。かつてオレも、あの世界にいた。もう二度と戻ることはないだろう。

前菜をつまみながら、オレは綾野に、考えていたことを話してみた。

「しばらく外国で暮らそうと思うんだ」

綾野は、運ばれてきたパンにオリーブオイルをつけながら、上目遣《うわめづか》いでちらっとオレを見た。

「はあ」

「お前も来る?」

「なんですか? そのやる気のない誘い方は」

「やる気がなくて悪かったな。一緒にいた方が楽しそうだろ」

「あたしは仕事しないと不安で仕方がないんですよ」

「それは知ってるけど、一日中、ハッキングしてればいいじゃん」

「あたしのハッキングは趣味です。決してプロにはなりません。何度も言いますけど、生きるために仕事が必要です。少しでいいから普通のことが、あたしには必要なんです。そうでないと、リアルを失ってしまう」

「今でも充分リアル失ってるだろ。病気じゃん」

言ってから、しまったと思った。言いすぎた。

「薬は処方していただいてますが、病気ではありません。あれはODするためにもらっているんです」

「医者の意見は違うと思うぞ」

「いいんです。あたしには、リアルが必要なんです」

「オレはリアルじゃないのか？」

「佐久間さんは、ネットの中に漂《ただよ》う幻《まぼろし》です。こうやって一緒にいても、キーを叩けば消えます」

綾野はにっこり笑うと、キーボードを打つ仕草《しぐさ》をしてみせた。

「嫌なこと言うな」

「わかっていますよね、あたしは佐久間さんを、いつでも消せます」

その通りだ。この女は、オレのことを知りすぎている。肩越しに覚えたＩＤとパスワードだけでも、充分オレを破滅させられるだろう。だからといって、オレが幻だという理由にはならない。

「ネット上のオレを消せても、目の前のオレは消えない」

「いいえ。デスチーム社がやったのと同じことをすれば、佐久間さんは姿を消さざるを得なくなります。普通の仕事は違います。リアルに根っこがあって、職場のひとりふたり消えても、必ずリアルに存在してます」

少しわかったような気がする。

「どうせなら、極《きわ》めつけの狂気が欲しかった。たくさんの人を被害者にするサイバー犯罪をして、笑いながら死にたかった」

綾野は鴨《かも》のテリーヌを食べながら淡々《たんたん》と話し、水のようにワインを呑み干《ほ》した。

「お前ならできるだろ」

「できません。騒ぎを起こすことはできても、きっと笑えない。悪いなって思うんです」

「当たり前だろ。悪いことだよ」

「でも、そこで笑えたら、そのまま死ねそうじゃないですか」

「いつも最後には、そこに行くな。そんなに死にたいのか？」

「希死念慮《きしねんりよ》は、物心《ものごころ》ついてからです。今どき、死にたくならない人間の方が頭がおかしいと、ずっと思ってます。佐久間さんも、幸福な連中は不幸を感じる感受性がないんだって言ってたじゃないですか」

「まあな。だが、オレは死にたいわけじゃない」

なぜこんな話になったんだと思いながら答えた。オレはこいつと外国で暮らす話をしたいんだ。

「じゃあ、あたしを殺してください。あなたを殺せる人間が、ひとり減ります」

そう。こいつにとっては、いつも死が最終地点だ。リアルの世界には逃げ場がない。

「殺してくれなかったら、あたしが殺します」

綾野はさらっと言い、オレは『蘇《よみが》える金狼《きんろう》』という映画のワンシーンを思い出した。主人公が女に刺されるシーンだ。綾野は松田優作《まつだゆうさく》という俳優が大好きで、いろんなDVDを嫌と言うほど見せられた。その中で一番気に入っていたのが、『蘇える金狼』だ。

「最後に死ぬんです。最高じゃないですか」

見終わると、綾野はうれしそうに同意を求めてきたが、あいにくオレは、全くそう思わない。破滅や死に魅了されるのは、まだ早い。手に入れた金と力で好きなことをして、オレを邪魔《じゃま》するヤツらに、破滅と死をもたらす。先に自分が死んでどうするんだ?

オレたちはこうして平行線のままだ。綾野とは暮らせない。

部屋に戻って綾野を抱いた。許してくださいと泣きわめくあいつの首を絞《し》め、全身に噛《か》みついた。いったい、なんの許しを求めているんだろう。

ふたりで並んで横になったが、眠れない。綾野はいつものように、寝ているのか起きているのかわからない状態だ。オレが「眠れねえ」とつぶやくと、ぱちりと目を開けて「あたしもです」と答えた。

それからふたりで『ベティ・ブルー』という映画を観た。狂気の愛の物語だ。綾野が好きそうな話だった。とことんまで愛を確かめ合えないと、ダメになる。オレが首絞めも噛みつきも暴力もふるわなくなったら、綾野は狂うだろう。あるいは、オレを捨てて、どこかに行く。

「他の女と関係することはあるけど、死ぬ時は一緒。そう思っていていいんでしょうか?」

じゃあなぜ一緒に来ないと言いたかったが、止めた。

「そんな約束はできない。そうなるような予感はする」

「それだけで充分です」

それから手を握《にぎ》り合い、いつの間にか眠りに落ちた。

第十章　殺し合う未来に乾杯!

世界的なサイバー事件を日本のメディアが一番最初に報道したのは、おそらくこれが初めてだろう。通信社や新聞社の連中は、オレに感謝してほしい。

ネット上に、デスチーム社に関する暴露《ばくろ》情報が、大量に流出した。というか、オレが持っていた情報をネットにあげた。とりあえず日本のサイトだけに限定しておいた。ベータ社とデスチーム社の連中に見つからないようにだ。

情報を上げると同時に、要約のまとめサイトをオープンし、そのすぐ後に、アオイ社がプレスリリースを出すという手順で進めた。タイトルはこんな感じだった。

——大手サイバー軍需《ぐんじゅ》企業デスチーム社の内部資料が暴露される。百二十社におよぶ顧客リストには日本政府機関も。

アオイ社のプレスリリース
大手サイバー軍需企業デスチーム社の情報漏洩《ろうえい》事件の分析結果

●概要

大手サイバー軍需企業デスチーム社の内部資料が公開される事件が発生した。かねてから同社は日本政府と取引している噂《うわさ》があったが、今回の暴露でそれが実証された。さまざまな情報とつきあわせた結果、資料は本物であり、記載されている内容は事実である可能性がきわめて高い。資料は左記の内容を含む八ギガバイトの莫大《ばくだい》なデータだ。

・同社の製品およびサービスの紹介資料と価格表
・納入実績
・顧客の企業名、部署と担当者名が記載された顧客リスト
・過去のオペレーションの紹介
・取引先担当者とかわしたメール

当社の監視網で、デスチーム社への攻撃に使われたと思われる検体が発見された。ゼロデイ脆弱性《ぜいじゃくせい》を攻撃するマルウェアで、信頼できる取引先の担当者を巧《たく》みに偽装している。また、情報漏洩に先立つ半日程度の時間帯で、さまざまなソーシャルネットワークを横

断した不審なアクティビティを観測した。

当社の推測では、今回デスチーム社を攻撃した方法は、ソーシャルネットワークでの情報収集と、メールによる標的型攻撃であり、既存《きそん》の攻撃手法の延長線上に位置するものである。

しかし、非常に高度に組織化されている点が注目に値《あたい》する。ソーシャルネットワークで個人情報を特定、深化し、それを元に標的型攻撃を実施、その成果をソーシャルネットワークを介して拡散する。

ソーシャルネットワークで特定の個人、もしくは組織の情報を収集し、行動を予測するなどのシステムは、すでに開発されているが、そこから標的型攻撃までの一連の攻撃を行なうものは、試験段階のものしか存在しない。今回の漏洩事件、ならびにネット上での拡散と影響は、その兵器の有用性を証明した。

マルウェアを解析した結果、攻撃を行なっている組織が特定できた。しかし、これについては公表を控えたい。

●事件の背景について

今回のケースをのぞくと、いずれも正体不明のハッカーによる攻撃であるが、ひとつの可能性として、同業者の妨害《ぼうがい》工作が考えられる。

使用されたと考えられるサイバー兵器、ならびにマルウェアの検体から、同業者による攻撃である可能性が高く、サイバー軍需産業市場の急速な拡大とともに、競争が激化していることを示している。

今回使用されたサイバー兵器は、現実世界における大量破壊兵器に匹敵《ひってき》するものであり、競合相手の攻撃に使用するには危険すぎる感が強い。

●日本との関わり

顧客リストには、警察庁、公安調査庁、自衛隊の具体的な部署と、担当者名まで掲載されていた。また、それらの組織とかわしたメールも見つかった。いずれも購入、利用を示《し》唆《さ》する内容である。

そして詳細な分析が、その後に続いていた。もともとアオイ社は全部知っていたわけだから、これくらいは書けて当たり前だが、事情を知らない連中から見たら、短時間でここまで分析したのはすごい、ということになるだろう。まさしく「サイバーセキュリティ専門家が事件を作る時代」ってわけだ。

プレスリリースには、ベータ社の『プロクルステスの斧《おの》』については触れていなかったが、内容は明らかに、あれが使用された可能性を示唆していた。ここまで書いて大丈夫なのか？　とこっちが心配になるくらいだ。

さっそく、いくつかのテレビのニュースが取り上げていた。やはり日本政府が顧客リストに入っていたことが中心だ。サイバー軍需企業からなにを買って、なにをしたのか気になるんだろう。

ニュースキャスターが、大きなパネルに箇条書《かじょうが》きされたポイントを説明している。

「資料は全て英語で、莫大な量におよびます。それによりますと、日本とデスチーム社との取引はこんな感じだったらしいです。

・警察庁、自衛隊からデモンストレーションと提案書を依頼され、提出した

・警察庁のある部署から情報収集の依頼を受けて実行した

・自衛隊にゼロデイ脆弱性情報を販売した

警察庁、自衛隊ともにメールのやりとりまで漏洩しているのですが、担当者名は仮名で、製品名には符牒《ふちょう》が使われているため、特定できなかったようです」

そこで新しいパネルが出てきた。日本の民間企業の名前がずらっと並んでいる。

「気になるのは取引先に、みなさんよくご存じの国内大手自動車メーカーや電機メーカー

の名前もあった点です。『アクティブ・ディフェンス』という概念がサイバー戦では一般的らしいのですが、これはいわば先制攻撃まで含んだ防衛概念だそうです。ほとんど戦争と変わりません」

キャスターはそこで、テーブルに並んでいるコメンテーターをちらっと見る。

「ええと、牛山《うしやま》先生にいくつかうかがいたいんですが……まず、さきほどのアクティブ・ディフェンスという言葉です。日本政府は先制攻撃を含めた防衛体制を作ろうとしているということでしょうか?」

話を振られたのは、「サイバー軍事評論家」という初めて聞く肩書きの男だった。

「世界の趨勢《すうせい》は、アクティブ・ディフェンスです。軍事だけではなく警察も、同様の動きをしています。事件が起きてから捜査するのではなく、事前に徴候《ちようこう》を発見して、犯罪が行なわれる前に予防する。そのために監視活動を強化してます。サイバー軍需企業の持つサイバー兵器も、アクティブ・ディフェンスを前面に出したものがほとんどです。日本だけが例外ではいられません」

「具体的に、これまでの戦争と、なにが違うのでしょう?」

「サイバー戦争は、従来の戦争と異なり、明確な開戦がなく、攻撃されていることがわかっても、相手を特定するのに時間がかかります。攻撃する側からみると、先制攻撃を仕掛けても誰の仕業《しわざ》かわからないから、批難《ひなん》されることも、迎撃《げいげき》されることもないわけです。
ということは、やったもん勝ち」
「それじゃ、世界中で先制攻撃を始めてしまいませんか?」
「そうです。すでに始まっています。中国がアメリカにサイバー攻撃を行なっていること
は、すでにさまざまな形で暴露されています。他の各国も、程度の差こそあれ、似たよう
な状況です。サイバー空間では、先制攻撃を行なって相手の情報をできるだけ収集し、本
格的な戦いに備えた橋頭堡《きょうとうほ》を作っています」
「我が国でも行なっているんですか?」
「日本は、ほとんど行なっていません。法律上、許されていませんし、基盤がないんです
ね」
「基盤とは?」
「サイバー空間での戦いを支える組織です。表向きは、さまざまなサイバーセキュリティ
組織が存在していますが、決定的に不足しています。たとえば国産アンチウイルスソフト
会社がない先進国は、日本くらいでしょう。マルウエアは、攻撃においてきわめて重要な
役割を果たしますから、専門の研究開発を行なっている組織がないのは、致命的《ちめいてき》です」
「確か、日本にも一社ありますが……」

「その会社の主力は、北米にあります。純粋な国内企業とは言いにくいのですね」

名前を言わないようにしているが、どこの会社のことを言っているか、すぐにわかった。肩書きはいかがわしいが、言っていることは合っている。

オレはそれから、ソーシャルネットワークの炎上を見て回った。あちこちでデスチーム社と日本政府のバッシングが起こっている。日本政府がノーコメントを通しているおかげで、ネットの中では間違いない、確定した話になってしまっている。

アオイ社が伏《ふ》せていた攻撃元の名前が取りざたされ、すぐにベータ社だろうという憶測《おくそく》に結びついた。

やがてイギリスのガーディアン紙が、ベータ社を名指しで攻撃元として指摘した。断定はしていないが、米政府向け内覧会で発表した『プロクルステスの斧』を使って、競合であるデスチーム社を攻撃したのではないかと書いた。それだけでなく、ジャスティス・ゼロの正体がデスチーム社である可能性にも触れていた。かなり突っ込んだ記事だ。よくここまで短時間で調べたものだと思ったが、アオイ社が裏で事前にガーディアン紙に情報を流していたのかもしれない。

ガーディアン紙が取り上げたおかげで、ニューヨークタイムズやワシントンポストなど海外有力紙がこの事件を取り上げ、世界的な大事件に発展した。

ニューヨークタイムズは、「サイバー空間で再軍備を進める日本の戦略」というコラムまで掲載した。オレの個人的な復讐《ふくしゆう》がこんな大騒ぎになるなんて、変な気分だ。

ベータ社は今回の攻撃に関して、やはりノーコメントを通していたが、国防総省が事情聴取に乗り出したとニュースで言っていた。ちょっと話がでかくなりすぎだ。デスチーム社とケンカして潰《つぶ》し合う前に、アメリカ政府に仲裁《ちゆうさい》に入られては困る。かといって、ペンタゴンにまでちょっかい出す度胸《どきよう》はない。

この騒ぎの間に、オレはルクセンブルクの口座を作った。綾野の説明によると、その銀行に口座を開くためには、すでに口座を持っている人物からの紹介状（これは綾野が書いてくれる）、保有している資産状況についての弁護士か行政書士による認証つきの書類、日本のルクセンブルク大使のパスポート認証……想像以上にやっかいだった。

オレは、わざわざルクセンブルク大使館に、パスポートの全ページをコピーして持っていった。大使はごくろうなことに、全ページにいちいちサインをしてくれた。すごくムダだと思うんだが、きっと大事で、欠かせないことなんだろう。

資産状況の認証は、それに比べれば簡単だった。預金通帳をコピーし、それを行政書士に「間違いありません」という文言《もんごん》とともに、サインしてもらった。綾野に紹介してもらった行政書士は、パチスロに入り浸《びた》っているヤバイヤツだったが、その代わりに金を払えばなんでも認証してくれるという、便利なヤツでもあった。

綾野によれば、海外では、行政書士のような業務を行なうには、それなりの手間と努力が必要だそうだ。日本のように簡単になれるものではないらしい。

書類を全部そろえたところで、銀行の担当者とホテルの部屋で会って、開設手続きは完了した。三日もかかった。

気がつくと、オレの銀行口座やアカウントも復活していた。

それ以外は全て順調に進んでいる。あとは高みの見物を決め込むだけだ。おそらくオレや綾野が動いても、流れを変えることはできないだろう。ここまで大きくなってしまったら、誰にも手出しできないような気がする。

勝手にどんどんまとめサイトができ、ニュースサイトのコメント欄が、寄せられたコメントで埋まった。「デスチーム」「ベータ」「サイバー軍需企業」がツイッターのトレンド入りし、デスチームに対する批判が飛び交《か》う。

そんな中で、警察庁は、デスチーム社との取引があったことを公式に認めた。ただし、あくまでも研究用として製品を購入し、その使用方法や技術的側面についてコンサルティングを依頼しただけであるという言い訳つきだ。

見えすいたウソってすぐにわかるおかげで、それも燃料となって、ネットはさらに炎上した。愉快《ゆかい》だ。ベータ社の連中は、さぞかし怒っているだろう。

その後、数日間、今か今かとデスチーム社の反撃を待っていたが、いつまで経《た》っても始まらない。

デスチーム社は公式の謝罪会見を開き、その直後に、NSAも会見を開いた。どちらも公開された内容をほぼ事実と認め、謝罪した上で、再発の防止と関係者の処分を約束した。

デスチーム社は会見で、犯人への怒りをあらわにしたが、調査は行なうが特別なアクションはとらないと明言した。

その後の報道によると、デスチーム社は、アメリカ政府関係のいくつかの入札からはずされたようだ。それが何百億円、あるいは何千億円の損失になるのか、想像できない。

オレは少し不安になった。これで終わりなのか？　ベータ社への反撃はないのか？

数日後、アメリカ国内で、銀行口座などへのハッキング事件が立て続けに発生した。いつものことだと最初は見過ごしていたが、ブライアン・クレブスというサイバーセキュリティジャーナリストが、同一犯によるものである可能性を記事にした。

綾野がその記事を見つけて、オレに見せてくれた。確かに同じゼロデイ脆弱性を突く攻撃が行なわれているし、手口やツールから同一犯の可能性が高いと言われれば、その通りだ。

そのくせ攻撃対象はバラバラだし、限定的だ。普通は銀行口座を狙うなら、同じ銀行の口座を一度にたくさん狙うものだ。そうでなきゃ効率が悪い。標的型攻撃でも、同じ組織を狙う。

やがて、なりすまし事件が増加し始めた。フェイスブックやツイッターのアカウントが乗っ取られ、勝手なことをネットにアップし始めた。そこでようやく、なにが起きているのかわかり始めた。それでもオレは、なかなか信じられなかった。可能だし、やりかねないけど、この短期間で、そこまで調べ上げたってことが考えられないのだ。

やがて、ブライアン・クレブスが記事を発表し、ニューヨークタイムズが追随《ついずい》した。銀行口座のハッキングもなりすまし事件も、被害に遭《あ》ったのはいずれもベータ社の社員だったというのだ。

記事によると、実際に起きていた事件は、それだけではなかった。社員の銀行口座から有り金が全部、不正送金されていたり、住んでいるコンドミニアムのエレベータに乗ったら急停止して長時間閉じ込められたり、停電に見舞われたりと、さまざまな方法で攻撃を受けていた。

デスチーム社は、慎重に復讐の計画を練っていたようだ。直接ベータ社を攻撃するのではなく、社員個人をひとりずつ狙い撃ちしていった。特にターゲットにされたのは、シチュエーションディビジョンの人間らしい。オレを狙っていたチームの連中も餌食《えじき》になった。

哀《あわ》れなのは、ベータ社の社員の家族だ。巻き添えを食って金を盗まれたり、なりすまされて知人を誹謗中傷《ひぼうちゅうしょう》する書き込みをされ、一気に友人をなくしたりした。陰湿《いんしつ》なこと、この上ない。でも、いい気味だ。オレを付け狙うから、こんなことになるんだ。クレアも思い知っただろう。

オレはクレア・ブラウンの記事を探したが、ひとつしか見つからなかった。サンフランシスコ郊外で起きた交通事故だ。高速道路で十台の車がクラッシュした事故に巻き込まれかけた。乗っていた車は破損したが、本人には怪我《けが》がなかったらしい。自動車と聞いて、人なるほどと思った。噂では、クレアは同定できない顔を持つ正体不明の女らしいから、人間を特定して攻撃するのではなく、乗っている車を特定して攻撃したのだろう。

最初にクラッシュした数台の車は、マルウェアに感染していた。ぞっとした。ネットに接続できるものは、なにも信じられない時代だ。ベータ社に狙われだした時、都内の数カ所で事故が起き、オレの会社の前でも起きた。もしかしたら、あれはベータ社が仕掛けたものだったのかもしれない。

翌週には、デスチーム社の社員の銀行口座が狙われだした。完全に泥仕合《どろじあい》になった。

そして、ニューヨークタイムズに「サイバー内戦勃発《ぼっぱつ》！　世界を支配する軍ネット複合体の脅威《きょうい》」と題した記事が掲載された。デスチーム社とベータ社の戦いを「内戦」と表現している。オレの拙《つたな》い英語では内容がよくわからなかったのだが、すぐに日本語版に記事が出た。

――互いに争いが無益であることはわかっているが、止める方法がない。

我々は、第三次世界大戦の悪夢に悩まされてきた。しかしそれは、すでに起きている。我々の日常生活を支えるインターネット、そのサイバー空間の中で、国家を超えた軍需企業同士が戦い、その影響がリアル世界に押し寄せている。リアルの軛《くびき》で動けない政府には、止めることができない。

「さすがニューヨークタイムズは違うな。第三次世界大戦とは大きく出たな」

オレがつぶやくと、綾野が首をかしげた。

「佐久間さんは時々とても単純ですね。権威に弱いのでしょうか？」

「専門卒だからって、バカにするんじゃねえ」

「あたしが四大卒なのが、佐久間さんの学歴コンプレックスを刺激するんですね。どのみちアンダーグラウンドに堕《お》ちたら、みっともなく野垂《のた》れ死《じ》ぬだけです。それまでどんな生き方をしていても、関係ないです」

「全然フォローになってねえ。それより、なにか気になったのか？」

「なぜ、最初の事件が日本でなければならなかったのかの説明がありません」

「それは……」

罪をひっかぶせる相手の候補の中から、たまたま日本人であるオレが選ばれただけだろうと言いかけて、言葉が止まった。

「それは知っていますが、世界中で日本人の佐久間さんしかいないって、ありえないと思います。英語圏の人の方が、都合がよかったはずです。日本人の方が都合のよい理由が、なにかあったんだと思います」

「確かにそれは一理ある」

「現に、ニューヨークタイムズやガーディアンが取り上げて、一気に世界中に広まったわけです。前回の事件も、タイミングから考えると、ガーディアンが取り上げて、それからエジプト政府は発注先を変えたのでしょう。だったら、最初に有力英語圏メディアに載るようにした方がよかったはずだし、ウィキリークスにアップした方がよかった」

そうだ。ウィキリークスでなくて一般のクラウドサービスを使った理由は、いまだにわからない。オレに罪をかぶせやすい以上の理由はない。つまり、全ての謎《なぞ》は、なぜオレをスケープゴートに選んだかという点に集約される。

謎は解けないが、もうオレの中で全ては終わった。手に入れた金と情報で、おもしろおかしく世の中をわたってゆく。


それからの数日を、オレたちは一緒に過ごした。昼頃に起きだし、テレビを見ながら、ああだこうだと雑談し、気が向くとゲームもした。どちらからも、これからのことは話さなかった。結局、オレと綾野は、一瞬の積み重ねでしか一緒にいられない。これからのことなんかわからないし、考えてもそのようにはならない。

やがて、オレが海外に出る日になり、オレはスーツケースを手に、綾野の部屋を出た。

「今さらですが、このまま、ここにいてもいいんですよ。すがりつく女を演じたいのですが、よろしいでしょうか?」

玄関で綾野がうつむいたまま、ぼそっと言った。

「オレにいてほしいのか？」

「好意的な解釈をなさっています。そうは申し上げておりません。でも、すがりついていいですか？」

「いや、オレは行く」

綾野がオレの脚《あし》を蹴《け》った。

「忘れ物してませんか？　あってもお前が持ってきてくれるだろ」

「ねえよ。あってもお前が持ってきてくれるだろ」

「佐久間さんは、いつも他力本願《たりきほんがん》」

「うるせえ」

オレは部屋を出て、扉を閉めた。エレベータで一階まで降りる。

マンションの入り口の扉を押して、外に出た。まぶしい陽光が目を射《い》る。

「佐久間さん！」

見上げると、綾野がベランダから手を振っていた。見送りのつもりかと思って、手を振り返すと、そうではなかった。

「あたし、ひとつ大事なことに気がつきました。なぜ、佐久間さん、いえ日本人でなければならなかったか、わかったような気がします」

なんでそんな大事なことを先に言わない！

「入札に勝つには、英語圏に広がるように最初から仕組めばよかったって言いましたけど、そうじゃないんです。英語圏には、どのみち広がるんです。アメリカの大手企業のスキャンダルですから。でも、英語圏の人間をダミーにしたら、日本ではあまりニュースにならない。敵は日本で大きく取り上げてほしかったんです。だから日本人、それも利用しやすい一匹狼《いっぴきおおかみ》が、都合よかったんです」

ぞくっとした。頭の中の構図が崩れた。確かに綾野の言う通りだ。もしそうだとしたら、今まで起きたことは、まるで違った意味を持つ。だが、それがどんなものか全然わからない。

「それじゃあ」

綾野は言うことだけ言うと、部屋の中に戻ってしまった。一瞬、オレは戻って真相を確認しようと思ったが、止めた。

空港を歩いていると、スマホが震えた。メッセージだ。

——ごきげんよう。さようなら。

綾野のメッセージは、それで終わった。オレはしばらく言葉を失って、立ち尽くしていた。

「意味がわからねえ」

再び歩きだすと、妙《みよう》に身体《からだ》が重かった。胃の底に鉛《なまり》が詰まっているような気がする。あいつのせいだ。

いつかまた会うことがあるんだろうか？　オレはセフレのようなものと思っていたが、どうやらそれは違っていたらしい。自分の気持ちがわかるヤツなんか、ほんとに稀《まれ》だ。綾野を無理にでも連れ出さなかったことを猛烈に後悔しているが、後の祭りだ。「殺し合う未来に乾杯！」という綾野の言葉が耳の奥に蘇った。

エピローグ

　オレは、北米と南米をぶらぶらしていた。カジノで金をすったり、うまいものを腹一杯食ったりする生活は、すぐに飽きた。雨の似合う街で、昏《くら》い顔の女を抱きたいと切実に思うようになった。悔《くや》しいことに、その女の顔は綾野だ。

　ある日、スカイプに綾野から着信があった。

　なにも録音されていないボイスメッセージが残っていた。あいつもオレに会いたいのかもしれないと思うと、胸がうずいた。

　綾野のツイッターアカウントをのぞくと、おかしなことになっていた。

——ごめんなさい。ごめんなさい。ごめんなさい。ごめんなさい。ごめんなさい。ごめんなさい。ごめんなさい。ごめんなさい。ごめんなさい。ごめんなさい。ごめんなさい。ごめんなさい。

——死にたい。殺してください。殺してください。殺してください。殺してください。

ごめんなさい。

死にたい、殺してください、ごめんなさいは、こいつのツイッターでよく出る三大ワードだ。珍しいわけじゃないが、今日は特に多いみたいだ。おそらくアルコールを入れて、ODしたんだろう。明日にはなにをしていたか忘れている。

懐かしさと同時に、愛おしさがあふれてきた。サイバー軍需《ぐんじゅ》企業のサーバーを乗っ取るほどの腕前なのに、このざまはどういうことだ。ダメな女をクズな男が支える、あるいは逆。典型的な共依存《きょういぞん》だ。以前は、ぎりぎりであいつの中に踏み込まず、共依存にはならなかった。離れた今の方が危ないってのは、どういうことだ？　失って大事だったことに気づく？　笑わせるな。

綾野の肌の感覚が蘇《よみがえ》ると同時に、最後の言葉が脳内に響き、電撃が走った。

「入札に勝つには、英語圏に広がるように最初から仕組めばよかったって言いましたけど、そうじゃないんです。英語圏には、どのみち広がるんです。アメリカの大手企業のスキャンダルですから。でも、英語圏の人間をダミーにしたら、日本ではあまりニュースにならない。敵は日本で大きく取り上げてほしかったんです。だから日本人、それも利用しやすい一匹狼《いっぴきおおかみ》が、都合よかったんです」

あの時は、はっきりとわからなかったことが見えた。頭の中でパズルが組み合わさり、嫌な真実が否応《いやおう》なくオレに迫ってくる。

そうだ。オレは決して腕ききじゃない。そこそこ動き回れるが、サイバー軍需企業と渡り合えるほどじゃない。なのに今回は、世界でも指折りのサイバー空間の殺し屋クレア・ブラウンと戦って勝った。おかしいだろ？　なぜ勝てた？

それだけじゃない。デスチーム社にすら勝った。強すぎる。自分の姿を見てみろ。そんな力があるか？　今のオレに同じことはできない。あの時、できたのは、周りに都合よくオレを助けてくれる連中が現われたからだ。

オレが警察に追われなかったのも、誰も被害届けを出さなかったからだ。被害企業や被害者が表沙汰《おもてざた》にしたくなくて泣き寝入りしたんだろうと思っていたが、誰かが圧力をかけたのかもしれない。

リアルは、アニメじゃない。絶妙のタイミングで、ヒーローを助ける親友や彼女が現われることはない。もしも現われたら、用心した方がいい。それは罠《わな》だ。そうだ。あれは罠だったんだ。

綾野はそのことを教えようと何度もヒントを出していたのに、オレは目の前のことに気を取られて、気がつかなかった。はっきり教えてくれなかったのは、綾野もグルだったからだ。オレに、あんなかわいい女が惚《ほ》れるわけはない。オレの近くにいて監視しつつ、べータ社やデスチーム社と戦えるように、うまく誘導した。

あいつの腕前は、かなりのものだ。そんなヤツが秋葉原でバイトしているわけがない。バイトと言って、本当はアオイ社に行ったに違いない。だから、あいつはオレについてこなかった。いや、できなかったんだ。雇い主との契約が残っていたんだろう。オレに対する情で、最後にとびきりのヒントをくれた。

ベータ社が最新サイバー兵器でデスチーム社を攻撃し、その詳細をあいつらが全て分析できれば、世界の中で一目《いちもく》置かれる存在になる。ついでに、国内市場から目障《めざわ》りな二社をしばらく追い出せる。オレはうまく使われたってわけだ。

オレは、ベータ社を物理的に攻撃した市民団体を調べた。あの事件の数カ月後に、ハッキング被害に遭《あ》っていたことが報じられていた。サーバーが乗っ取られていたらしい。ハッキングされている間、どっかの誰かが市民団体になりすましていたってわけだ。ほとんど活動していなかったため、発見が遅れたらしい。じゃあ、オレが連絡を取っていた相手は誰だったんだ？

冷や汗が流れる。いくら過激な市民団体だって、軍需企業の中まで忍び込める可能性は低い。だが、戦闘のプロがなりすましていれば、話は別だ。

なにか手がかりがないかと探し回り、ベータ社から盗んだデータの中から、敷地内に忍び込んだ市民団体の連中を捉《とら》えた写真を発見した。八人の顔が手に入った。それを画像検索すると、そのうちのひとりが警察に逮捕された記事があった。

――民間軍事会社ブラックゲームの元社員アル・クラークが逮捕された。

民間軍事会社だって？　アメリカには、軍から軍事行動を請け負《うお》う民間軍事会社が存在する。文字通り、正規軍の兵士に代わって戦争してくれる。最大手はブラックウォーター社だ。ブラックゲーム社は、業界三位らしい。

記事の日付は、ベータ社襲撃の二カ月後だ。ベータ社を襲撃した後で、民間軍事会社に就職して、それから逮捕されるなんて早業《はやわざ》は無理だろう。ということは、アル・クラークはベータ社襲撃の時に、ブラックゲーム社の社員だったってことになる。

ベータ社への襲撃が成功したのも、プロを使ってれば当たり前だ。誰かが連中を雇ってベータ社を襲撃させた。それも、オレをうまく騙《だま》して巻き込んだ上で。

笑い声が聞こえて、はっとした。部屋のパティオの向こうにあるプールからだ。誰かが遊んでいるらしい。ジュニアスイートの豪華な部屋。海の見えるパティオがついている。誰かがウソくさい。あぶく銭の使い道なんて、こんなもんだ。オレはルームサービスで珈琲《コーヒー》を注文すると、調査を続けた。

吉沢と伊坂は、グルだったに違いない。仕上げの段階になったら、吉沢がオレに会って、デスチーム社とベータ社の両方を叩《たた》く知恵を授《さず》けるという筋書きだ。オレが勉強会に参加することは綾野も知っていたから、事前に連絡したのだろう。

いや、待て。じゃあ、加賀あさ美はどうなんだ？　伊坂を紹介してくれたのは、あさ美じゃないか。伊坂ほどの人間が、突然現われたオレに近づいてくるのは不自然だ。誰かが間に立たないとおかしい。それだって不自然だが、好みの女なら警戒心はゆるむ。しかし、だからって、セックスまでするか？　するだろう。狙った相手に色仕掛けで近づくハニートラップは、諜報《ちようほう》の基本中の基本だ。オレがわざわざ小細工《こざいく》なんかしなくても、最初からオレに抱かれる覚悟だったわけだ。あさ美の容姿《ようし》がもろにオレ好みだったのも、狙ってのことだろう。

一之瀬桃香がどちらかはわからないが、少なくとも、あさ美は意図的《いとてき》に桃香を紹介したに違いない。それに桃香も、サイバー軍需企業の一員だ。薬に耐性があって、演技していた可能性も否定できない。真相は確かめようがないが。

オレは、加賀あさ美に関する情報でネットを検索し、ベータ社のファイルをしらみつぶしにチェックした。ベータ社のファイルに、アオイ社に関するレポートがあり、社員の中に加賀あさ美の名前が載っていた。どういうことだ？　としばらく考えて、ここでも騙されていたことに気がついた。

あさ美は、大日本電気の社員ではなかった。受付でウソの肩書きをオレに名乗ったのだ。本人以外で、あさ美のことを大日本電気の人間と言ったヤツらは、グルだ。大日本電気のウィンダムに侵入させるために、そんな手の込んだことをした。あさ美がアオイ社の人間だったら、伊坂に「アオイ社に行こう」と誘われた時、素直に行かなかっただろう。あまりにもアオイ社が関わりすぎてるからだ。

オレがマンションに荷物を取りに帰った時だってそうだ。綾野がアオイ社に連絡して、オレをガードさせるために、こっそり先回りするよう伝えたんだろう。なぜ、オレに抱かれたかはわからない。もう一回くらいして、味わっておきたかったのか？　バカにしやがって。M女はわがままってのは、本当にその通りだ。

まんまとやられたという悔しさと、あさ美のあの痴態《ちたい》も演技だったかもしれないと思うと、自分の間抜けさで恥ずかしくて死にたくなった。オレとの行為に溺《おぼ》れたわけじゃなかった。

気がつくと、日が暮れていた。窓の向こうからは、変わらず笑い声が流れてくる。BGMじゃないかというくらい、ずっと聞こえる。パティオに出ると、ライトアップされたプールの周りで、楽しそうに酒を呑《の》んでいる客の姿が見えた。こういうシーンは何度も映画で見たことがある。自分とは縁のない、遠い世界のことだと思っていた。

今ならあの景色の中に入ることができるんだが、そうなってみると、したくない。ああいう明るく陽気なシーンの中に、オレはいない。横目でながめて、ネットを散策する方が性《しょう》に合ってる。

パティオから部屋に戻り、ミニバーからウォッカのミニチュアボトルを出し、一気に呑むと、ベッドに転がり込んだ。

一週間かけてアオイ社のシナリオを整理した。長い時間をかけて練られた罠だった。サイバー軍需市場のシェアを奪うために、アオイ社はベータ社とデスチーム社を蹴落《けお》とし、同時に自社の評価を上げる仕掛けを用意した。

そして、ベータ社とデスチーム社がぶつかる大規模案件が出てくるのを待った。エジプトの案件は、うってつけだった。デスチーム社がゼロという正義の味方を使ったように見せかけて、ベータ社の内部資料をネットに公開した。次に、ベータ社がデスチーム社の仕業《しわざ》と気づいて攻撃を仕掛けるように、そして同時に内部崩壊するように、異分子であるオレを使った。

オレなんか使わずにアオイ社自身がやった方が効率的だが、それだと、犯人も目的も見抜かれやすい。だから一匹狼のハッカーがデスチーム社の罠にはまってベータ社に反撃しているように見せかけた。

でも内実は、綾野をはじめとするアオイ社の腕ききが、オレの代わりに戦っていたんだろう。孤軍奮闘《こぐんふんとう》して勝利を収めたつもりになっていたオレは、ほんとにピエロだ。吉沢の野郎《やろう》は笑っていたに違いない。オレは最初から最後まで罠にはまって、思い通りに踊らされていたんだ。そう考えると、全てつじつまが合う。

オレは、なにもやってない。道理で、特定まで妙に時間がかかったわけだ。オレの知らないところで、ソーシャルネットワークを舞台に、最新兵器『プロクルステスの斧《おの》』とその迎撃兵器が、しのぎを削っていたわけだ。

それにしても、黒幕の連中は忌々《いまいま》しい。オレをはめるために、事前にデスチーム社に侵入して、オレを騙すための情報を残しておいたんだ。デスチーム社から入手したベータ社の情報は全部、黒幕があらかじめ残しておいたものだろう。

アラファイもそうだ。架空《かくう》のメールアカウントを勝手に作って、それらしいやりとりを残しておいた。

全てのシナリオが読めると、ひどく虚《むな》しかった。だが、このまま引き下がるわけにはいかない。あいつらとベータ社に戦争してもらおう。

ただ戦争するんじゃつまらない。トヨタとグーグルを表に立てて、代理戦争させてもおもしろい。世界中の注目を浴びて大炎上する。それくらい、がんばってほしい。

バカなことを考えていると思った。そんなことをしても、なんにもならない。できる保証もない。しかし、今のオレには戦場が必要だ。ぴりぴりするような緊張と恐怖の中でしか、生きている実感を味わえない。戦う理由なんか、なんでもいい。

アオイ社の吉沢の顔が、頭に浮かんできた。シナリオを書いたのは、あいつか？　そりゃあ、自分の書いたシナリオを、危険を顧《かえり》みずに遂行《すいこう》してくれるバカが部下にいたら、やりやすいだろうな。それとも、もっと偉いヤツか？　いずれ調べ上げてやる。家族と交友関係を含め、洗いざらい暴《あば》く。

アオイ社を叩きのめして、綾野をさらう。そのために、クレア・ブラウンと手を組もう。きっとベータ社は『プロクルステスの斧』以上の強力な新兵器を開発しているに違いない。それを使って、アオイ社を潰《つぶ》す。

アオイ社の顧客には日本政府機関が多いから、楽しい機密文書がたくさん出てきそうだ。

綾野の正体も、わかるかもしれない。おそらく綾野ひとみは、本名ではないだろう。

オレがいくら調べても、「綾野ひとみ」も、ネット上のハンドル名である「とんこつ次郎」でも、ここ数年のことしかわからない。どこで、あそこまでの技術を身につけたんだろう。アオイ社のバックアップがあったとしても、リアルタイムであんな攻撃ができる人間は限られる。ソーシャル・デコイを使いこなすようなヤツだ。簡単に追跡できないのは、当たり前と言えば当たり前。

腕ききが現われそうなイベントやカンファレンスにも、綾野らしき人物の記録はない。そもそも、この業界は女性の数が少ないから、目立つはずなんだ。それでもわからない。

何日もかけて少しずつ情報を積み上げ、可能性がありそうなヤツらを三人まで絞り込んだ。ひとりは、サイバーセキュリティ関係のカンファレンスの事務方をよくやっている女、もうひとりはIT企業に勤務していてサイバーセキュリティの大会に参加するチームに何度も名前を連ねていた女。そして最後の女は、数年前に活動を停止したサイバーセキュリティコンサルタントのアシスタントだった。

前のふたりは仕事を辞《や》めて結婚し、業界から消えた。三人目は、サイバーセキュリティコンサルタントの活動停止とともに、消息《しょうそく》を絶《た》っていた。

だが、三人の経歴をながめた範囲では、あそこまでの技術を身につけていたとは思えない。もしかしたら業界から消えた後、サイバー犯罪に手を染めて、腕を上げたのかもしれない。

まっとうなサイバーセキュリティビジネスから犯罪に手を出すことを「ダークサイドに堕《お》ちる」と言うが、一定以上の基礎技術がある人間がダークサイドに堕ちると、怖い。元の実力に、アンダーグラウンドのツールや人脈が加わり、法の縛りがなくなるから、攻撃に関してはかなり実力がかさ上げされる。ありそうな話だが、真相はわからない。

　綾野にもう一度会って確かめたい。オレとのことは全て演技だったのか、それとも、そうじゃなかったのか。もし演技だったら、オレはあいつを殺すだろう。演技でなくても殺したくなるだろう。

　結婚式では、「死がふたりを分かつまで」と言うらしいが、オレたちは、死によってしか結ばれない。オレはあいつを殺す。あいつはオレを殺す。それだけが、オレたちのハッピーエンドだ。

●あとがき　銃の代わりにハッキング、腕力の代わりに向精神薬を駆使して戦う悪党

当初、ここまで悪党な主人公にするつもりはありませんでしたが、プロットを固める段階で、「主人公を大藪春彦《おおやぶはるひこ》先生の小説に登場する伊達邦彦《だてくにひこ》や朝倉哲也《あさくらてつや》のような人物にしたらどうなるだろう？」と思いつきました。高校生の頃に大藪春彦先生の著作にはまり瞬《また》く間に全著作を読破しましたくらい好きでしたので、さっそく主人公の設定をそのようにしました。

その結果が本作です。伊達邦彦や朝倉哲也ほど頭はよくなく、腕っぷしもからきしですが、代わりにハッキングと向精神薬を駆使して世界的なサイバー軍需《ぐんじゅ》企業を相手に戦うピカレスクロマンになりました。

軍産複合体が軍ネット複合体に変貌《へんぼう》したように、ハードボイルド、ピカレスクロマンの主人公も、マッチョで頭の切れる男からサイバー空間でのサバイバル術に長《た》けた悪党に変わってもよいかもしれません。

脱稿してすぐに感じたのは考えていたよりもだいぶダークな話になってしまったなあと

いうことでした。バイオレンスとカタルシスにあふれたエンターテインメント小説にするつもりで書き始め、実際そうなっていると思うのですが、綾野ひとみの危うい昏《くら》さが全編を通して闇を感じさせるようになりました。ハッキングの世界もダークですし、向精神薬も底なし沼です。果たしてエンターテインメントに仕上がったのかいささか不安を覚えました。

無事に刊行の運びとなり、ほっとしております。今さらながら読み返してみると、数ある私の本の中でもバイオレンスとダークさでは群を抜いています。

なお、本書に登場する薬は架空のもので、仮に似たような名前のものが存在したとしても、同じ効果が得られるとは限りませんし、そもそもODは危険です。やってはいけません。医師の指導に従って適量を服用することをおすすめします。

晩夏のバンクーバーにて

一田和樹

●謝辞

本書の執筆に当たり、サイバーセキュリティ専門家の方に査読をお願いいたしました。この場を借りて御礼申し上げます。ありがとうございました。

海上自衛隊　幹部学校　未来戦研究グループ　三村 守様
株式会社サイバーディフェンス研究所　専務理事／上級分析官　名和 利男様
NTTコミュニケーションズ株式会社　西 淳平様
PwCサイバーサービス合同会社　最高執行責任者／スレットインテリジェンスセンター センター長 パートナー　星澤 裕二様

査読をお手伝いいただいた株式会社イード ScanNetSecurity 発行人 高橋潤哉様、ありがとうございました。

サイバーセキュリティの最新情報についてアドバイスいただいた江添佳代子様、ありがとうございました。

本書の改稿に当たってご尽力いただいた平野様ありがとうございました。

執筆を支えてくださった佐倉さく様にもこの場を借りて御礼を申し上げたいと思います。

ミステリの愉しみを教えてくれた母にも感謝します。

最後に、本書を手に取ってくださったみなさまに御礼申し上げます。楽しんでいただければ、これにまさる喜びはありません。

●用語について

本書はフィクションであり、登場する人物、企業、事件などは全て架空のものです。ただし、一部実在するものも含まれています。

■実在するもの

・軍ネット複合体　本文の通り。二〇一四年に刊行されたShane Harris氏の著作『@War: The Rise of the Military-Internet Complex』で詳細が整理されている。ただし、まだ一般的な用語としては定着していない。なお、同書ではグーグル社がサイバー軍需企業エンドゲーム社の顧客であることが指摘されている。

・アメリカ国家安全保障局（ＮＳＡ）アメリカの諜報機関のひとつ。国内外に対して広範な監視傍受活動を行なっている。グーグル、アップル、マイクロソフト、フェイスブック、ヤフーなど主要ＩＴ企業や大手インターネットプロバイダから情報を入手し、分析している。二〇一三年、エドワード・スノーデンによって、その監視傍受活動が暴露され、国際的なスキャンダルとなった。ただし、本文中にあるようにNSAのPRISMはテロ予防には役に立っていなかった。

・湾岸戦争、「ソーラーサンライズ（Solar Sunrise）」タスクフォース、「ムーンライトメイズ（Moonlight Maze）」タスクフォース、「タイタンレイン（Titan Rain）」タスクフォース、総合演習「エリジブルレシーバー（Eligible Receiver）」、「オーロラ発電機実験（Aurora Generator Test）」、「バックショットヤンキー（Buckshot Yankee）」タスクフォース　これらは全て現実のもの。アメリカはサイバー戦において優位ではなく、むしろ常に危機に見舞われている。日本はさらに危険な状況。

・標的型攻撃　本文の通り。

・水飲み場型攻撃　狙った相手や組織が利用するサイトに罠を仕掛け、マルウェアに感染させる攻撃手法。

・サイバーディフェンス連携協議会（ＣＤＣ）アメリカの国防総省のＤＣ３（DoD Cyber Crime Center）内ＤＣＩＳＥ（Defense Industrial Base Collaborative Information Sharing Environment）いずれも本文の通りに実在する組織です。セキュリティがぬるいかどうかはわかりません。

・サイバー軍事企業（ガンマ社、ハッキングチーム社、レイセオン社、ヴューペン社、クラウドストライク社など）いずれも実在し、脆弱性情報を販売したり、ボットシステムを提供したりしている。社内情報の漏洩事件も実際に起きた。なお、レイセオン社は総合軍需企業の大手。

ハッキングチーム（Hacking Team）は、イタリア、ミラノに本社を置く、監視システムなどを提供するサイバーセキュリティ会社で、二〇一五年七月には同社の電子メール、顧客リスト、ゼロデイ脆弱性情報、技術資料などを含む五〇〇ＧＢのデータが流出する事件が起きた。日本の政府機関が同社に問い合わせを行ない、デモンストレーションを依頼したメールも公開された。

ガンマインターナショナル（Gamma International）はイギリスにある企業で、FinFisherという世界的に有名なマルウェアを開発、販売している。二〇一四年八月に漏洩した情報には、同社のプレゼン資料や製品解説、C&Cサーバーのネットワークなど多《た》岐《き》に及び、ソースコードやリリースノートまで含まれていた。

レイセオン社以外のボーイングやロッキード、BAE Systems などの既存の軍需企業もサイバー軍需市場に参入しており、独自のシステムを開発したり、新興サイバー軍需企業を買収したりしている。

・HPKP（HTTP公開鍵ピンニング拡張）　本来は、ウェブサイトで使われているSSL証明書の不正を防止するピンニング技術。ひらたく言うと、アクセスしているウェブサイトがニセ物だった場合に見破る方法のひとつ。ピンニングには今のところふたつの方法があり、HPKPはそのひとつ。ネット犯罪防止に役立つ。

この機能を用いて、ユーザが訪問したサイトの情報などを収集することができる。以前使われていたcookie に代わるものとして利用されている。

・Canvas Finger Printing　HTML5 の canvas 機能を利用して利用者を追跡する方法。利用者には追跡されていることはわからない。

・ライアット（ＲＩＯＴ）　二〇一三年に、英ガーディアン紙が暴露して問題となったレイセオン社のソーシャルネットワーク監視システム。フェイスブック、ツイッターおよび各種ブログなどのソーシャルネットワークのデータを元にその人物の行動パターンや人間関係を割り出し、今後の行動を予測することができる。主に国家保安上の目的で使われることを想定している。ワンクリックで、狙った人物および家族や知人の写真を入手でき、訪問した場所や知人および知人の知人に、要注意なものがあればアラートを出すことができる。

・ＦＢＩのＤＩＴＵ（Data Intercept Technology Unit）　強力な情報収集、分析組織であり、ＮＳＡもここの協力を仰ぐことがある。

・日本攻撃キャンペーン　年金機構を始めとする組織への攻撃と、個人の銀行口座などを狙った攻撃が繰り返されており、被害が広がっている模様。

・マルウェア開発キット　本文の通り。

・自動車ハッキング　本文の通り。ただし、特定の相手を襲撃するまでの制御を遠隔で行なうのは現状では困難。近い将来、起こり得る可能性としてお考えください。

・アメリカ民主党全国委員会　グシファー2・0　実際に起きた事件で、グシファー2・0も実際に犯行声明を出した。なお、グシファー2・0は、「グシファー」という名前の著名ハッカーからとった名前で別人。

・ブライアン・クレブス　世界的な（あるいは世界唯一《ゆいいつ》の）サイバーセキュリティジャーナリストで、これまで数々のサイバー事件を独自取材で明らかにしてきた。

・民間軍事会社、ブラックウォーター社　実在します。ただし、ブラックゲーム社は架空の会社。

■実在しないもの

・匿名ネットワーク　オーア（Oor）

・ベータ社
・LINEの通信内容については韓国国家情報院が傍受しているといった記事もあるものの、そうと決まったわけではない。本文中にあるのは、韓国国家情報院がLINEの通信内容を入手し、米国と共有しているというフィクション。
・オメガインテリジェンス社
・デスチーム社
・NLY社
・寝言サイバーセキュリティ研究会
・大日本電気
・ウィンダム（WINDUM）
・アラファイ社
・アオイ社
・『プロクルステスの斧』近い将来、レピュテーション・リスクを狙った兵器が登場する可能性が高い。最初のターゲットは東京オリンピックかもしれない。
・ソーシャル・デコイ
・ブラックゲーム社

左記の薬品名は架空のものです。

・リリミン　赤玉　ドパス　ルキソタン　ロタリン　ビロン　ケンタック　ホイスリー
ケンサータ　ルボナ　ペレドニゾロン　ルンデロン

●参考資料など

“Spam Nation”(2014) Brian Krebs 著
“@War: The Rise of the Military-Internet Complex”(2014) Shane Harris 著
“Dark Territory: The Secret History of Cyber War”(2016) Fred Kaplan 著
〝ロシアの諜報活動? 米国の陰謀論? 謎が謎を呼ぶ「米民主党全国委員会」侵入事件〟(2016) 江添佳代子 https://the01.jp/p0002590/
〝サイバーディフェンス連携協議会（ＣＤＣ）の設置・取組について〟
http://www.mod.go.jp/j/approach/others/security/cyber_defense_council.pdf

（本書は書下ろしです）

一〇〇字書評

切り取り線

購買動機（新聞、雑誌名を記入するか、あるいは○をつけてください）

- □（　　　　　　　　　　　　）の広告を見て
- □（　　　　　　　　　　　　）の書評を見て
- □ 知人のすすめで
- □ タイトルに惹かれて
- □ カバーが良かったから
- □ 内容が面白そうだから
- □ 好きな作家だから
- □ 好きな分野の本だから

・最近、最も感銘を受けた作品名をお書き下さい

・あなたのお好きな作家名をお書き下さい

・その他、ご要望がありましたらお書き下さい

住所	〒				
氏名		職業		年齢	
Eメール	※携帯には配信できません		新刊情報等のメール配信を 希望する・しない		

この本の感想を、編集部までお寄せいただけたらありがたく存じます。今後の企画の参考にさせていただきます。Eメールでも結構です。

いただいた「一〇〇字書評」は、新聞・雑誌等に紹介させていただくことがあります。その場合はお礼として特製図書カードを差し上げます。

前ページの原稿用紙に書評をお書きの上、切り取り、左記までお送り下さい。宛先の住所は不要です。

なお、ご記入いただいたお名前、ご住所等は、書評紹介の事前了解、謝礼のお届けのためだけに利用し、そのほかの目的のために利用することはありません。

〒一〇一-八七〇一
祥伝社文庫編集長　坂口芳和
電話　〇三（三二六五）二〇八〇

祥伝社ホームページの「ブックレビュー」からも、書き込めます。
http://www.shodensha.co.jp/bookreview/

祥伝社文庫

サイバー戦争《せんそう》の犬《いぬ》たち

平成28年11月20日　初版第1刷発行

著　者　一田和樹《いちだかずき》
発行者　辻　浩明
発行所　祥伝社《しょうでんしゃ》
東京都千代田区神田神保町3-3
〒101-8701
電話　03（3265）2081（販売部）
電話　03（3265）2080（編集部）
電話　03（3265）3622（業務部）
http://www.shodensha.co.jp/
印刷所　萩原印刷
製本所　積信堂
カバーフォーマットデザイン　芥　陽子

Printed in Japan ©2016, Kazuki Ichida　ISBN978-4-396-34261-6 C0193

〈祥伝社文庫　今月の新刊〉

川崎草志
崖っぷち町役場
観光資源の開拓、新旧住民のトラブル、高齢者の徘徊……わが町の難問、引き受けます！

一田和樹
サイバー戦争の犬たち
朝起きたら、世界中が敵になっていた――軍需企業の容赦ないサイバー攻撃が殺到する！

宇佐美まこと
愚者の毒
葉子と希美、後ろ暗い過去を抱える二人を襲う惨劇……絶望を突きつける衝撃のミステリ。

辻堂　魁
天地の螢《ほたる》　日暮し同心始末帖
連続殺しの背後に見え隠れする人斬りと夜鷹の正体とは？　龍平を最大の危機が襲った！

有馬美季子
縄のれん福寿　細腕お園美味草紙
「なんと温かで、心に美味しい物語であることか」大矢博子氏。美人女将の人情料理譚。

黒崎裕一郎
公事宿始末人　千坂唐十郎
お白洲では裁けぬ悪事や晴らせぬ怨みを、直心影流の剣客がぶった斬る！　痛快時代小説。

佐伯泰英
完本　**密命**　巻之十七　初心　闇参籠《やみさんろう》
清之助が越前にて到達した新たな境地とは……。父の背を追い、息子は若狭路を行く。